EL BUEN SIRVIENTE

Autores Españoles e Iberoamericanos

CARMEN POSADAS

EL BUEN SIRVIENTE

 Planeta

© Carmen Posadas, 2003

© Editorial Planeta, S. A., 2004
Diagonal, 662-664, 08034 Barcelona (España)

Primera edición: octubre de 2003
Segunda edición: noviembre de 2003
Tercera edición: noviembre de 2003
Cuarta edición: diciembre de 2003
Quinta edición: enero de 2004
Sexta edición: febrero de 2004

Depósito Legal: M. 4.256-2004

ISBN 84-08-04948-8

Composición: Fotocomposición gama, sl

Impresión y encuadernación: Mateu Cromo Artes Gráficas, S. L.

Printed in Spain - Impreso en España

A mi ahijado Ignacio,
para que lo lea dentro de cuatro o cinco años

El Diablo, para sus asuntos, prefiere valerse de un buen sirviente antes que de uno malvado.

Epitafio en un sepulcro
del cementerio de Begbroke
(Oxford)

PARTE I

EL PRIMER ENGAÑO

1. EL EFECTO BRAM STOKER

—Parece que me estás disparando —dijo la mujer—, siempre creo que me están balaseando. —Sonrió como si se sometiera a aquello todos los días, como si a cada rato la acribillaran con distintos tipos de cámaras y flashes, disparos de Rolleis o Pentax.

—Por favor, incline la cabeza un poco hacia la izquierda y no me mire —dijo la voz de detrás del objetivo—, así, chévere.

¿Chévere? ¿De dónde le había salido esa palabra? Inés no la utilizaba nunca. Ella no era sudamericana, ni adicta a los culebrones, ni siquiera era tan joven como para haber incorporado a su lenguaje las últimas novedades del argot al uso.

—Ahora míreme; bien, bárbaro, muy lindo —añadió y entonces supo que, pasase lo que pasase, aquellas fotos serían de las buenas.

«El efecto Bram Stoker», así llama Inés al fenómeno que intuye puede producirse entre ella y su retratada porque vampirización suena demasiado dramático y poco fotográfico; el efecto Stoker en cambio, pasaría inadvertido entre otras frases hechas de la jerga profesional y define muy bien esa conjunción que se logra con una cámara en la mano, y que permite introducirse en la personalidad del otro (en este caso, en la de una mujer de unos sesenta y cinco años de aspecto y acento venezolano) para captar su espíritu e intentar retratar belleza donde no abunda. Por una extraña asociación de ideas Inés entonces se toca una herida que se ha hecho en la muñeca y que le duele. (¿Con qué demonios me corté anoche?) También le duele la cabeza pero enseguida vuelve a su trabajo.

—Otra vez; incline la barbilla hacia la izquierda, un poco más. Así... regio, chévere.

Inés Ruano no presta atención a la entrevista que está realizando Vicky, la periodista que la acompaña. Sólo percibe fragmentos de la conversación, frases sueltas que le hacen conocer unos datos e ignorar otros. Sabe, por ejemplo, que la entrevista es la primera de una serie llamada «Encuentros con Mujeres en la Sombra», una idea poco novedosa en realidad, y la revista que se la ha encargado tampoco es el *Time Magazine* precisamente, pero Maira, la directora, es vieja conocida, de modo que hoy por ti y mañana, etcétera.

—Ésa me gustó, ahora no me mire.

La mujer se llama Isabel Alzúa García y, según ha podido deducir Inés por retazos de conversación, es la compañera sentimental y marinacastaño, enfermera, pararrayos y ama seca, relaciones públicas, bulldog, masajista de egos y futura heredera universal de un maduro escultor, famoso galán en tiempos, llamado Alonso Blecua a quien Inés admiraba cuando estaba en la universidad, tanto como para prestar un poco más de atención a lo que la señora Alzúa está diciendo y sumarlo a lo que ve a través de su objetivo. Cambia de cámara, ahora va a atrapar la imagen de la mujer en su viejísima Rolleiflex.

—¿Qué tal así?

Ya tiene la imagen de Isabel Alzúa sobre el cristal esmerilado del visor, invertida y a media distancia. La gente se delata cuando se la pone cabeza abajo, parece como si las ideas, algunas muy indiscretas, fluyeran con más soltura, obligadas por una fuerza parecida a la de la gravedad. Al menos eso piensa Inés y, desde hace poco, también ha llegado a la conclusión de que mirando a una persona al revés se pueden llegar a conocer ciertos rasgos del carácter ocultos por el orden lógico de las cosas y de los cuerpos.

Desde su particular observatorio, Inés piensa, por ejemplo, que aquella mujer juega a parecerse a Irene Papas y enfoca su cara hasta comprobar el modo en que ha intentado reinventarse las cejas o el perfilado de los labios, demasiado oscuro para alguien de su edad, pero se fija, sobre todo, en sus rasgos «casi». A Inés le fascina fotografiar personas «casi»; dan tanto más juego que las personas completas, y esta mujer en su declinante imitación de la Papas resulta perfecta: es casi delgada (si exceptuamos unas piernas dóricas que Inés piensa excluir de la foto), casi alta y con una línea de mandíbula casi bella.

—Ay, chica, ni te imaginas. Nadie, ¿tú me entiendes? nadie se da cuenta de lo inteligente que tiene que ser una mujer para aguantar a un genio —dicen ahora unos labios que Inés imagina caribeños por su acento y que, sin embargo, sólo lo son de adopción. Porque si hubiera prestado atención a las preguntas de Vicky, Inés sabría que Isabel Alzúa García es una de esas descendientes de ilustres exiliados de la guerra con un ministro de la República en su árbol genealógico que consiguen que la inteligencia del difunto se les dé por supuesta a ellas. No importa que la lucidez familiar se haya secado hace años o elegido otros rumbos genéticos; no importa que el (o la) descendiente del gran hombre tenga el intelecto de un mosquito y la educación de una señorita de colegio de monjas caraqueño, porque el coeficiente intelectual de las personas de esas características es un acto de fe que nadie se molesta en analizar.

Sin embargo Inés, que es veinte años más joven, no vivió la guerra, ni siquiera la posguerra y no sabe nada de actos de fe. Por eso siente una leve vergüenza ajena al ver cómo los labios caribeños se fruncen para confesarle a Vicky:

—Mira, mihijita, estos grandes hombres en realidad son purititos niños, ¿tú me entiendes?, con decirte que lo único que me falta por hacer es cambiarle los pañales a Alsi... No, no me mires así, tú eres muy joven, pero si alguna vez llegas a ser alguien en esta vida, te darás cuenta de que los varones cuanto más importantes, inteligentes o talentosos son, más pendejos. Pendejazos, mihijita.

Inés recuerda cuánto le gustaban en tiempos las esculturas de aquel pendejazo y decide que va a concentrarse en los ojos de su retratada. Pretende ignorar sus palabras. Sean cuales sean las ideas de la mujer sobre el mundo y los hombres, no quiere que se trasluzcan en sus fotografías. Ella no es de las que intentan sacar siempre guapos a sus personajes como si fueran policromías del *Paris-Match*, pero tampoco es de las que se afanan por retratar el lado oscuro. Le parece un recurso demasiado barato. Y tan fácil. Una legaña deliberadamente ignorada aquí... una narina peluda allá... Inés opina que el público *lee* las fotos más que las entrevistas y que cada detalle oculta un mensaje: uno ve el retrato de un hombre con cuatro o cinco hebras de cabello fuera de su sitio o demasiado pegadas al cráneo, por ejemplo, e instintivamente piensa: «éste es un depresivo»; o bien, como ocurre en el caso de Isabel Alzúa García: «he aquí una mujer que habla demasiado», porque así lo sugieren esos labios perfilados en oscuro y fuera de su línea natural, o el ancho código de barras que luce sobre el labio superior síntoma de mil frunces y desfrunces; pequeños pero peligrosos signos a veces engañosos, piensa Inés.

Ésa es la razón por la que vuelve a elegir la Pentax —estos detalles los captaré mejor con la digital, piensa— y no mira la boca de Isabel Alzúa sino que se concentra en sus ojos, que son muy negros y seguros de sí mismos, ojos que parpadean poco y se clavan en el prójimo con la límpida seguridad de los de los santos. O los de los jumentos.

—Ahora gire el cuerpo hacia la derecha, por favor, y mantenga la postura. Muy bien, una más.

Si Inés prestara menos atención a los detalles físicos y más a las palabras, se enteraría de datos muy interesantes sobre cómo Isabel Alzúa conoció a Alonso Blecua, y cómo lo rescató de un camino que conducía «derechito a una perforación de estómago, mihijita», en el momento en que la fama de Blecua comenzaba a menguar y él a cumplir demasiados años. «No, linda, que tú no puedes imaginarte cómo estaba Alsi cuando yo lo conocí en el 98, esto no es algo de lo que me guste hablar, tú me entiendes, cualquiera pensará que intento hacerme la importante y nada más lejos de la realidad. Pero las cosas son como son, chica, yo voy siempre con la verdad en la mano, y la verdad es ésa, qué quieres tú que te diga.»

A partir de ahí, Isabel Alzúa bajó la voz para abundar en lo mal que estaba el gran hombre cuando ella lo conoció y lo bien que está ahora, y luego la subió para comentar el homenaje que le van a hacer a Alsi en la próxima Bienal de Venecia, homenaje que ella misma ha negociado en un rápido viaje a Italia, «porque estas cosas resultan demasiado delicadas como para dejarlas en manos de los representantes, que son puritita incompetencia, ya tú sabes». Otra vez la voz mengua para añadir que Alsi «está regio, no te imaginas, superchévere, pero de todos modos, antes del homenaje y por las dudas, me lo voy a llevar unos días a Baden Baden porque, no te creas: últimamente me tiene un poco preocupada, no me come bien del todo, una contrariedad...». Y si Inés escuchara, o al menos estuviera mirando los labios de su fotografiada, comprobaría cuántos yo, mí, me, conmigo hacen falta para describir la vida al lado de un artista de fama, pero Inés se alegra de haber desechado la Rolleiflex porque, de pronto, ha descubierto las manos de la mujer y sobre todo sus dedos y quiere retratarlos: Míralos, Inés, míralos, están levemente curvados de modo que sus uñas rojas parecen arar el aire o, mejor aún, cavarlo al compás de quién sabe qué explicaciones. Una y otra vez los dedos se adentran en la inexistente materia como si quisieran extraer de ahí algún jugo mientras ella los fotografía, aunque las instrucciones de Maira, la directora de la revista, han sido muy claras: «Con dos fotos va que chuta, un retrato, un plano medio y nada más, que esto no es una superproducción sino una serie sobre las amantes de tipos famosos, ah, pero eso sí: las quiero para mañana sin falta, vamos fatal de tiempo.»

Muy bien. Inés se va a dar prisa, terminará cuanto antes con la sesión para procesar las fotos esa misma noche, aunque lo cierto es que le resulta difícil alejar la mirada de aquellas manos. Tienen algo de terrible, como si estuvieran diciendo ven, ven, e Inés vuelve a apretar el disparador mientras piensa cuánto le asustan los dedos de uñas rojas que se curvan, acércate, parecen decir, y entonces comprueba que, a pesar de tener las primeras falanges torcidas, son manos demasiado jóvenes que no encajan con el resto del cuerpo, como si fueran autónomas. A Inés le viene estúpidamente a la memoria la bruja de Blancanieves que vio en una obra de teatro bastante humilde allá en Granada, cuando era niña, durante unas vacaciones en casa de sus abuelos, en la que la joven actriz que hacía de madrastra se había olvidado de maquillarse las manos al convertirse en bruja. Un fallo de teatro malo, claro, pero la imagen no sólo no se le había olvidado, sino que aquellas manos adolescentes en el cuerpo de una vieja se fijaron en la memoria de una niña de seis años hasta adquirir un grado de maldad que ahora vuelve a percibir. Pero qué tontería, piensa, todo esto es producto del efecto Bram Stoker, la culpa es mía por intentar invadir el territorio de los fotografiados, sólo que de alguna manera extraña parece como si hoy las corrientes de flujo se hubieran invertido igual que en un enchufe defectuoso y ahora, en vez de ser Inés la que intenta extraer lo mejor de esa mujer, son esos dedos rojos los que mandan y la obligan a acercarse, pero ¿a qué?

Vamos a ver: esto es ridículo, sólo se trata de una sesión fotográfica y esta señora no tiene el menor interés; me gustan sus rasgos «casi», es cierto, pero eso se retrata y se olvida. En cuanto a las cosas que dice, mejor taparse los oídos, qué tía.

Está bien, en realidad todo está muy bien. No hay que preocuparse por lo que está ocurriendo porque precisamente esto es lo que más le gusta a Inés de su profesión: la capacidad de adentrarse en un mundo imprevisible, algo que sucede pocas veces pero que permite acercarse al otro, tanto, que uno puede oírle pensar. No, oír es incorrecto. *Ver*, es la palabra. Inés ha sentido antes esta sensación pero siempre con personas que le resultan agradables, esta mujer, en cambio... «Es todo lo opuesto a lo que yo valoro —piensa— una mujer mayor encantada de vivir a las costillas de un hombre y cuidarlo a cambio de respetabilidad social y quizá de su herencia cuando muera, pero mientras tanto: "Alsi me come, no me come bien, nos vamos a Baden Baden, mihijita, tú no sabes nada de la vida ni de los hombres" y las manos, otra vez las manos explicando quién sabe qué cosas ahora con un desgarro nuevo que hace que se curven sobre sí mismas igual que si desearan arrancarle algo de cuajo.» Inés enfoca de cerca los dedos que se cierran sobre las palmas (así, así, fantástico) como quien comprime alguna cosa: ¿el alma de Alonso Blecua, quizá?, ¿su voluntad?, ¿su cuenta corriente? «...Esta mujer tiene unas manos raras, ni siquiera parecen suyas, harían una buena serie fotográfica por sí solas. Dan ganas de separarlas de su dueña.»

Pero vamos a ver, e Inés retira de pronto la cámara. Una punzada en la muñeca herida y un dolor de cabeza que no es nuevo la detienen y piensa: ¿a mí qué me importa todo esto? Con el clavo que tengo y lo poco que dormí anoche y yo aquí fotografiando manos... bueno, a lo mejor la culpa de todo la tiene precisamente la falta de sueño.

La mujer hace otro gesto con la izquierda, «mira, mírala, Inés...» y no puede evitar aproximar la imagen con el zoom para seguir disparando mientras la mano acaracolada se acerca a la cabeza, ¡oh, Dios mío!, qué manera tan horrible de rascarse con sólo una uña. Inés está tan cerca con la lente que imagina que puede oír el rascado, primero con el anular, ahora con la uña del meñique, socorro, crich.

¿Pero qué me pasa? Ya vale, ¿no? Baja la cámara. Ya está bien, acabaré odiando a esta mujer. ¿Cómo se puede odiar a alguien que no se conoce de nada? No sé, pero juro que voy a cortarle las manos, por mis muertos que estas manos no saldrán en la foto, no se las merece, están demasiado vivas. Dispara, dispara una foto y otra más.

A pesar de lo extraño de la situación, hay algo que alegra a Inés. Estos estados de exaltación son muy creativos. Seguro que las tomas de las manos serán espléndidas y las podrá aprovechar para algo, presentarlas a un concurso, o incluirlas en una próxima exposición en Ginebra. Míralas ahora, Inés, no dejes de capturar este nuevo movimiento: meñique, anular, mayor, índice... un leve tecleo, arriba y abajo, como un abanico que se cierra, qué bellas le parecen las manos horribles. ¿Las habrá esculpido Alsi en alguna ocasión?, seguro que no, ésta es una chaladura suya, maldito efecto Bram Stoker, se ha excedido y la situación se le está escapando de las manos para caer en otras. ¿Qué me pasa con esta tía?, se pregunta Inés justo cuando el pulgar izquierdo de la mujer hace otro gesto respingón. Me carga, me revienta, pero, bueno, si uno lo piensa no es tan raro sentir así. En la vida se odia gratuitamente a desconocidos todos los días, sólo que no llevamos la cuenta. Y mataríamos incluso. Mataríamos al tipo que nos arrebata la única plaza de aparcamiento que quedaba libre, y a la ancianita humilde que se pasa dos horas en la ventanilla del negociado preguntando estupideces, maldita vieja, y al bebé que nos taladra los tímpanos con sus llantos durante una noche entera, Herodes for president, y al músico sin talento que practica el clarinete, ojalá te caigas de un quinto piso. Inés justamente tiene un vecino de estas características pero nunca lo ha odiado tanto como a la propietaria de las uñas rojas. ¿O sí? Claro que sí. Más de mil veces ha deseado que se trague el puto pito, porque el odio no es como el amor, que elige y excluye. El odio es promiscuo y se odia todo, hasta lo más sagrado pero, además, también se detesta lo circunstancial, aquello que osa perturbarnos minúsculamente: hijo de puta, que con ese cacho cabezón no me dejas ver la película; maldito cerdo, ¿nadie te ha enseñado a comer con la boca cerrada? Odio trivial, odio sin proporción ni sentido, odio filosófico: hay que jorobarse con la niñita esta del bañador de flores, ¿pues no me está tapando el sol ahora que quiero ponerme morena? U odio puramente estético a lo feo como el que ella siente en este momento multiplicado por su teleobjetivo, e Inés obtura uno, dos, tres, hasta doce impactos antes de detenerse para cambiar la lente.

—Chica —aprovecha para decir la voz venezolana salida de quién sabe qué lejanía, allá en los confines de su teleobjetivo—, parece que me estás disparando.

Inés Ruano se da cuenta entonces de que ha seguido sacando fotos de la forma más innecesaria, multitud de ellas, y se detiene, y pide disculpas a la voz venezolana que ahora se templa y suena falsamente molesta, halagada, en el fondo, de ser objeto de tanta atención, porque ¿no es acaso un piropo que una fotógrafa de renombre como Inés dedique tanto tiempo a retratarla? Y es por eso que la voz venezolana, al decir «siempre creo que me están balaseando», parece que sonríe y tal vez diga algo más o revele alguna otra miseria de Alsi Blecua, pero Inés no tiene ni idea, porque está pensando que Maira necesita el material para mañana a primera hora y que tendrá que trabajar hasta tarde procesando las fotos a pesar de todo su cansancio. Termina de recoger sus cosas, los distintos objetivos, el paraguas, ojo que no me olvide el trípode, y sólo al cerrar la maleta repara en que aún tiene el fotómetro en la mano. Es la hora de las despedidas.

—Adiós, mi hijita —dicen los labios caribeños mientras le tienden la mano.

Sin darse cuenta, Inés aprieta el fotómetro entre los dedos como si fuera una reliquia o temiera que estuviese vivo. En cambio, es un apretón sin fuerza el que intercambia con aquella mano que tanto la ha perturbado: porque, igual que el hombre que al cerrar la puerta del motel de carretera en el que ha vivido un amor temporero olvida lo que llegó a sentir hace sólo unos minutos y que tan auténtico parecía mientras duró: mi bien, mi vida, dámelo, mírame…, también Inés al salir y cerrar la puerta para volver a casa es incapaz de entender el odio pasajero que le inspiró aquella mujer. Ya pasó todo. Mira el reloj y sólo piensa en que esas manos pueden ser un material fotográfico interesante, ¿tendrá que pedirle permiso a Isabel… (¿Alzula? ¿Elosúa? ¿Cómo demonios se llamaba?, imposible recordarlo) para reproducirlas? Claro que no; una vez cercenadas del resto del cuerpo, nadie, ni siquiera ella, sabrá que son las suyas y, en último término, se dice Inés, esas manos no le pertenecen, desentonan muchísimo con el resto de su persona, merecen que alguien se las corte.

2. EL PASADIZO DE
LA CALLE VENTURA DE LA VEGA
—

La casa de Inés Ruano no refleja en absoluto que su dueña sea uno de los pocos mortales que detesta el teléfono móvil. Para empezar, hay uno en lugar muy visible sobre su mesa de trabajo, rojo y minúsculo, con aspecto de gramola americana que enciende luces de colores pero sin proferir sonido alguno. Es un Nokia al que seguramente le molesta haberse convertido en lo que ahora es: nada más que un contestador disuasorio y tan impersonal que emite un mensaje de usted («Soy Inés Ruano, no puedo atenderle en este momento», etcétera) y una pieza olvidada durante los días de trabajo a la que sólo sacan a pasear los fines de semana y, por las dudas, siempre apagada. Porque, increíblemente o no, existen aún distintos tipos de telefonófobos en este mundo: algunos intelectuales a los que el móvil les parece un artefacto de horteras y marujas (aunque ellos no lo expresarían así, sino diciendo que supone una intrusión horripilante en el proceso creativo). Luego están los excéntricos, que cultivan el «yo no soy como vosotros, mindundis» con tanto ahínco que prefieren buscar teléfonos públicos bajo el diluvio universal antes de reconocerle al móvil virtud alguna. Se conocen, además, casos de grandes sacrificios personales como a los que se someten algunos maridos infieles en fase de ultimátum, quienes, para evitar catástrofes irreparables, prescinden de él cancelando incluso todos los contratos con el fin de no dejar rastro (este tipo de telefonófobo, no obstante, suele ser temporal y recuperable). Y existe aún otro enemigo del móvil: el gran millonario que, aunque tiene varios modelos herrumbrándose en casa y uno en el bolsillo, jamás lo atiende pues resulta más cómodo (y chic) tener como filtro a Mari Jose —léase su secretaria de toda la vida—, que sabe perfectamente para quién está y para quién está en las Chimbambas.

Inés Ruano, sin embargo, no pertenece a ninguno de estos colectivos, y sus razones para no usar teléfono celular son puramente supersticiosas: desde que un día se le malogró toda una sesión fotográfica mientras mantenía una entrecortada y muy dolorosa conversación sentimental repartida en veinte llamadas y siete mensajes escritos: «por favor, no», «¿tan poco significo para ti?», «¿cómo, pero cómo que adiós?», decidió dos cosas: abandonar a su amante de entonces y no llevar jamás un móvil encima mientras trabajaba. Si alguien quería comunicarse con ella, tendría que dejarle un recado en el proscrito teléfono móvil, en el contestador de su casa, mandarle un correo electrónico o un fax.

Justamente estas cuatro herramientas electrónicas y la casa entera de Inés Ruano disfrutan, por el momento, de la latente expectación de los hogares que aguardan a sus dueños. Ella no ha llegado aún. O mejor dicho, no ha llegado *del todo* a casa. Le falta recorrer el pasadizo que lleva del portal de la calle Ventura de la Vega hasta el gran espacio diáfano que se ha arreglado como vivienda en el fondo del edificio; un camino que Inés disfruta recorriendo muy despacio desde el día en que descubrió que poseía la particularidad de borrar los acontecimientos desagradables ahogándolos en un entrevero de músicas provenientes de sus distintos vecinos.

«Ojo: hoy es diferente. Acabe a la hora que acabe, dejaré procesadas las fotos e incluso las mandaré a la revista por correo electrónico», se dice, como quien hace un pliego de intenciones porque conoce bien el poder amnésico del pasillo, poder que ella misma ha alimentado como Pavlov a su perro para que, al pisar el primer tramo y oír las distintas músicas, comiencen a desvanecerse las responsabilidades del día permitiéndole entrar libre de angustias externas en esos ciento noventa metros que son su orgullo y su guarida.

No bien ha puesto el pie en el vestíbulo cuando ya recibe el primer sedante musical. Si un estudioso de los fenómenos de la inmigración conociera el pasillo de Inés, seguramente se ahorraría mucho trabajo de campo. Porque ¿para qué molestarse en visitar asentamientos rumanos en el extrarradio, para qué entrevistar a jóvenes dentistas argentinos, prósperos comerciantes chinos, asistentas ecuatorianas, porteros argelinos o clarinetistas rusos si todos coinciden en ese corredor de una casa antigua a medio rehabilitar de la calle Ventura de la Vega? Inés apenas conoce a sus vecinos. Ignora qué se esconde tras la hilera de ocho puertas de las que emanan, además de música y según las horas, efluvios de cuscús mezclados con gulasch y asado de tira. Desconoce sus caras, sus vidas y su situación económica, que imagina muy distinta en cada caso, tal como ocurre en este tipo de edificio. Pero a cambio podría adivinar el estado de ánimo de cada uno simplemente por las pistas que le dan sus músicas. Y es que resulta sumamente sencillo detectar, por ejemplo, la melancolía añadida que tiene hoy el *valsesito* andino del bajo interior izquierda o la estridencia inusitada de Nacha Guevara tras la puerta de buen roble y mejor picaporte del número 5, eso sin ponerse a calcular, *hari te quiero hari yo te adoro*, por qué Alí, el portero, ha olvidado tirar la basura o qué presagia una cascada de cascabeles chinos tan alegre esta noche. E Inés avanza pasadizo

24

adelante contraviniendo al perro de Pavlov, que ya saliva anticipando el momento en que, tras otros rituales preparatorios, se tirará en el sofá a no hacer nada, a anestesiarse con la televisión. Pero no. Hoy deberá mantener el espíritu alerta, la amnesia reparadora tendrá que esperar hasta que Inés vea sus fotos, especialmente las de las uñas rojas. ¿Y ese corte en la muñeca que tanto le pica, y ese horrible dolor de cabeza que la está matando?, bueno, también requerirán un momento de atención, de modo que nada de tumbarse a ver la tele, se dice, y lo repite justo en el momento en que le toca atravesar el único tramo desagradable de su camino, uno que ella suele recorrer tapándose los oídos como si con ese gesto pudiera conjurar el problema. Porque si todas las músicas del pasadizo son agradables en su presagio de «ya estoy en casa», la del bajo cuarto izquierda es pura pesadilla, una pesadilla rusa y sin talento alguno. Vaya, ya está Vladimir con el pito, piensa Inés, aunque ignora si es ése el nombre del clarinetista o cualquier otro —Dimitri, Ivan, Aliosha, quién sabe—, como también ignora cuál puede ser su estado de ánimo porque el ruso es el único de los vecinos que no varía el repertorio ni toca canción alguna: su aportación a las músicas del pasillo consiste en una tropelía de escalas musicales que no se acaban nunca o, peor aún: acaban para recomenzar repitiéndose hasta el infinito incluso por las mañanas cuando Inés aún duerme, qué martirio, ojalá te caigas del quinto piso, dice, aunque la posibilidad es remota, el ruso vive en un bajo, ojalá te atragantes con el puto pito, Vladimir, pero, bueno, ya está, retira las manos de sus oídos, ya vale, Inés dobla el recodo e inmediatamente estará en casa, en su reino, se terminó el pasillo.

En los tres años que lleva de soltería recobrada, Inés Ruano ha aprendido a disfrutar de muchos placeres individuales. Son ritos cadenciosos que amortiguan la caída de una Alicia cualquiera desde la cruda realidad exterior. Por eso ahora, al abrir la puerta, comienza por quitarse los zapatos. Primero uno que catapulta hacia el lado de la ventana, luego el otro que con el tiempo y el perfeccionamiento ha aprendido a despedir siempre con mucho cuidado para no malograr una lámpara en forma de tótem regalo de su madre que, entre las liturgias de regreso a casa, ha adquirido un valor oracular: si le paso por la izquierda con el zapato me irá bien el trabajo mañana, pero ay como le pase por la derecha. Luego toca poner la música para que cante Edith Piaf ahogando en lo posible las escalas rusas, y a continuación deberá dirigirse al cuarto de baño, abrir los grifos y llenar la bañera para unas purificaciones muy necesarias que acabarán por conjurar el cansancio del día. Este repertorio de ritos —incluido el tránsito anestesiante por el pasillo— Inés lo ha visto en decenas de películas en las que la protagonista parece estar encantada de entrar en su santuario, dueña de su espacio, sacerdotisa de su divino templo como lo es ella en éste donde los muebles no son Ikea sino de Philippe Starck y las paredes, algunas de ladrillo visto y otras estucadas en añil; todo bello, todo caro, pero aun así, al igual que en esas películas americanas en las que la protagonista, mujer de gran éxito y envidiada por todos, después de pasar revista a sus tesoros, se sienta en la cama y llora, Inés, cada tarde, haría otro tanto: por Dios, si alguien la viera... ¿Pero qué más quiero?

Como todo está previsto en la ordenada rutina casera que se ha organizado, Inés Ruano también ha aprendido a neutralizar esa debilidad que no es más que una congoja pasajera a la que ella llama «el nudo de las ocho y media»:

se levantará, irá hacia el centro de la habitación y luego se acercará a su mesa de despacho —no por el frente sino por la retaguardia—, todo muy lento y deliberado. Una vez allí, estirará la mano hasta donde se encuentra su Nokia presumiblemente lleno de recados y después se volverá hacia la derecha donde puede verse el fax. Un medio giro más y ya controla la esquina opuesta: ahí están sus dos ordenadores, uno de ellos siempre encendido y esperando.

Y es que para Inés, cuya infancia son recuerdos de un patio donde paseaban sueltas muchas y circunspectas gallinas por deseo de la cocinera de su abuela, el momento de descubrir qué mensajes guardan estos aparatos tiene mucho de placer infantil: el mejor neutralizante del nudo de las ocho y media. Mira, se detiene y desliza un dedo todo a lo largo de la mesa... porque, igual que cuando niña después de la siesta veraniega demoraba por puro placer el momento mágico de asomarse al nido de las ponedoras para encontrar allí el regalo de uno, dos y hasta tres huevos aún tibios, Inés Ruano, divorciada dos veces, sin hijos, fotógrafa de renombre, y con 45 años recién cumplidos, también retrasa el descubrimiento. ¿Y si nadie se ha acordado hoy de ella? ¿Y si no hay ni una llamada, ni un maldito fax de propaganda o el e-mail de algún pesado pidiendo una entrevista, algo así como: Señora Ruano, estamos haciendo un reportaje sobre cinco fotógrafos famosos en Europa, podríamos contar con...?

Con el mismo sigilo, con el mismo temor niño de encontrar el nido vacío, Inés rodea la mesa. Lo mejor de vivir sola, piensa muchas veces, es saber que no hay testigos de nuestras tonterías más necesarias. Chaladuras indispensables como ponerse de puntillas, ella que mide 1,74, para asomarse a los distintos aparatos y sonreír aliviada: cuatro mensajes nuevos, dice la pantalla de su teléfono. Un vistazo más a la derecha como quien busca un segundo nido y,

Dios es grande, he aquí más recados tibios: un fax y tres correos electrónicos.

Inés duda: si no tuviera trabajo pendiente, ahora sería el momento de servirse un Aquarius, abrir los mails y luego, con el móvil lleno de mensajes en una mano, recoger la hoja del fax para disfrutar de todo aquello en la bañera, mientras Edith Piaf canta *Je ne regrette rien*... Ése es el final de los ritos caseros habituales, lo mejor de la tarde; pero la imagen de aquella mujer de las uñas rojas la espera dentro de su cámara. ¿Por qué se ha empeñado en trabajar esta noche?, ahora le tocará activar el software, enfocar, afinar colores, incluso ha pensado estrenar una pantalla plana TFT regalo de su madre: «Tesoro, es la misma que usa Anne Menke, ¿qué te parece?» Y ella no sabe qué le parece porque desde que se la regaló está instalada pero sin usar por culpa de esa resistencia numantina que siente hacia todo lo que viene de su madre.

Hoy, en cambio, se alegra de tener una herramienta tan sofisticada, y mientras aparecen los iconos aprovecha para echar un vistazo a su celular: cuatro mensajes, cuatro anuncia el monitor y hay también un fax, aunque ése no hace falta preguntarse de quién procede, ¿y los mails? ¿No vas a abrirlos para ver de quién son?

3. CUATRO MENSAJES, UN FAX
Y TRES CORREOS ELECTRÓNICOS

Parte del placer de recibir correspondencia es esperar el momento de abrirla. Como el niño hambriento que retrasa el goce de perforar los dos extremos de un huevo recién robado y chupar. Como el amante que se demora en rasgar el sobre que contiene una carta de amor haciendo mil cosas distintas, Inés se entretiene en pasar un paño por su pantalla nueva mientras espera que se active el programa. Es increíble que sea tan imbécil como para no haber usado antes esta maravilla, a quien se lo cuente no se lo va a creer, se dice mientras empiezan a aparecer las primeras imágenes de Isabel Alzúa en su monitor. Son series de 24 fotogramas muy pequeños en los que Inés no logra distinguir bien los labios venezolanos ni las expresiones de ese rostro gesticulero que casi no recuerda a pesar de que sólo han transcurrido dos horas desde que se despidieron. Abre, selecciona con el ratón, pero de momento no son más que escenas repetidas como en una minúscula galería de espejos, muñequitas inofensivas.

Inés prefiere seleccionar primero una serie de seis, mirarlas, ampliar las que más le gusten y a partir de ahí retocarlas. Abre una carpeta de imágenes donde las archivará, pero de pronto siente curiosidad por los mensajes recibidos. ¿Quién la ha llamado? ¿Habrá ocurrido algo? Tiene muchos más recados de los que recibe normalmente en una sola noche. Entonces, como el amante tramposo que decide despegar una esquina de la carta adorada, sólo una esquinita para mitigar la urgencia, a Inés se le ocurre que mientras trabaja con el ratón bien puede con la otra mano (¿con la otra mano, Inés?, qué tontería, necesitas las dos para hacer la cosas bien)... bien puede ir conociendo el contenido de alguno de los mensajes. ¿Por qué no? Se pueden hacer varias cosas a la vez, es muy fácil: ¿dónde ha leído que una de las diferencias entre hombres y mujeres es que los hombres son sistemáticos y concentrados en el trabajo mientras que las mujeres son siempre multiactivas, igual que sus antepasadas de las cavernas que cocinaban al tiempo que atendían al bebé y vigilaban la entrada de animales dañinos?

«Instrucciones para lidiar con un hombre narciso» es el asunto del primer correo electrónico. Inés lo abre, lee por encima, sonríe y lo vuelve a cerrar, hace lo mismo con el segundo y con el tercero. ¿Por qué llega un momento en la vida en el que nuestros amigos más íntimos viven todos dentro de un ordenador y no en la puerta de enfrente?, piensa al tiempo que en la otra pantalla amplía una foto que le parece bastante mala. Bueno, suele ocurrir con las primeras tomas, ¿a ver qué más hay por aquí? Abre otra serie: les mejora el color, las hace más *flou*, les vendría bien un poco de cirugía electrónica para atenuar arrugas pero le llevaría mucho tiempo y lo que ella busca es otra cosa: ¿dónde están las fotos de las manos? Por aquí estarán. No te pongas nerviosa.

Es entonces cuando decide hacer una pausa para leer el fax que emerge del receptor. Inés sabe de quién es, incluso podría adivinar su contenido porque unos monigotes dibujados sobre el encabezamiento así lo presagian.

Los hombres se delatan tanto, piensa Inés, y cómo se repiten. Incluso se repiten para hacerle daño a una, añade y lee.

Dear Watson,

(Da la casualidad de que siempre que manda un fax para cancelar una cita amorosa largamente deseada, Ignacio de Juan elige reproducir en el encabezamiento de la carta los personajes de *Los bailarines,* el cuento de Sherlock Holmes preferido de Inés, como si esa mínima generosidad sirviera para mitigar cualquier puñalada.)

Dear Watson,
I deeply regret to inform you that I am unable to keep our appointment as planned. Please excuse all inconveniences
Yours,
Sherlock Holmes

Tonta, no debería haberlo leído, ni falta que hacía, ahora Inés ya no podrá reprimir la letanía de reproches que acompaña siempre la llegada de los bailarines:
...Quédate con tu mujer y no me des más la brasa, imbécil, te odio, olvídame, dice en voz alta, y todo ello dirigido a uno de los bailarines del texto, el que está al pie de la firma, como si ese símbolo de los juegos y mensajes eróticos por fax que comparte desde hace más de tres años con Ignacio de Juan tuviera la culpa de todo. Han sido muchas, demasiadas ya las veces que se ha jurado romper con aquel hombre, no jugar más con él a detectives ni a mensajitos en inglés ni a tardes de amor apresurado por la ame-

naza de la llegada de Lady de Juan, que es como él llama a su mujer. ¡Lady de Juan! Cacho-cursi, exclama, tan alto que por un momento teme que alguien pueda oírla y llegar a conocer su impresentable vida amorosa, serás chuflita, Ignacio de Juan, y hortera de bolera, pero si lo único inglés que tienes son unos zapatos Church que te compraste cuando eras profesor de literatura española en un colegio de niñas en Sussex, hace de esto lo menos un siglo, mucho antes de convertirte en un escritor festejado, mucho antes de ganar premios internacionales y casarte con una santa adoratriz que te permite jugar a detectives con tontas como yo, tontas de capirote que se mueren por pasar contigo un rato, beberse un Baileys y oírte monologar sobre tus éxitos internacionales, ególatra, tirano, cacho narciso del copón... ¿por qué no me quieres al menos un poquito, coño?

Y coño es la palabra que sirve para volverla a la realidad porque se da cuenta de que, sin querer, ha seguido jugando con el ratón y un fotograma de la mujer de las uñas rojas se ha hecho tan enorme que parece la gárgola de una catedral, vaya desastre, a ver, pulsar varias veces la tecla menos, así está mejor.

Inés debe ahora olvidar amores de media tarde, detectives y bailarines, porque a este paso terminará de trabajar de madrugada y tiene que dormir un poco, sobre todo después del resacón de ayer, tía, a ti se te olvida todo cuando te pones delante del Photoshop, pero recuerda cómo acabaste anoche, concéntrate un poquito y terminemos ya. Inés abre otra serie de fotos en las que Isabel Alzúa García aparece en un medio plano bastante aceptable, vale, éstas las mando a la revista, seguro que a Maira le gustarán. Sin fijarse demasiado, Inés corta y pega, selecciona las fotos sin ampliarlas, total qué más da, son muy parecidas, alguna buena encontrarán, pues quiere llegar a las otras. Por aquí, por aquí deben de andar las manos, pero una vez más vuelve a pensar en los recados que la aguardan. ¿Y si hay una buena noticia o una propuesta sensacional de trabajo?, ¿y si me ha llamado alguien nuevo? Venga, Inés, continúa con tu trabajo. Prueba a actuar como un hombre y no hacer veinte cosas al mismo tiempo, por una vez en tu vida, se dice. Compórtate como ellos, sin mezclar el trabajo con nada más complicado que el disfrute de un café o un cigarrillo y todo te saldrá mejor. Pero el problema es que a Inés no le gusta el café y no fuma. Tampoco le gustan las demoras innecesarias: vamos, es sólo un minuto. Además no se te van a socarrar las fotos como ocurría antes cuando se revelaba en batea, que los tiempos adelantan, a ver: Inés cambia el ratón por el móvil, marca Menú luego –> Mensajes –> selecc –> registro de llamadas –> .

Ahora tiene el teléfono aprisionado entre el hombro y la cara, una mano vuelve al teclado mientras que la otra, que nunca debería haber abandonado el ratón, se detiene sólo un segundo para escuchar:

«Tesoro, tesoro. Soy Mamá. ¿Como estás? Yo en Sicilia con Ferdy: la comida es sensacional, el barco cómodo pero las ruinas griegas son un poco repetitivas, ¿quién te quiere a ti?»

En la nueva tanda de fotos tampoco aparecen manos, y para colmo desde seis o siete fotogramas la mira una cara que apenas distingue. Inés amplía una y resopla. Dentro de poco, y te guste o no, tendrás que ponerte gafas. Vaya susto, en esta serie, la mujer, que debe de ser más o menos de la edad de Beatriz, su madre, pero con los liftings peor hechos, parece la bruja de Blancanieves. Bah, están para tirarlas. A ver otras.

«Tesssoooro, ¡feliz cumpleaños! (Bravo, mamá... fue hace tres días). Adoro tanto Italia que creo que no voy a volver a Madrid por ahora. (Risas en la línea, jadeos y luego la voz de su madre que intenta sonar maternal). ¿Sigues con ese amante imposible, ese imbécil? Te he comprado una mantelería divina por tu cumpleaños y además tengo otra cosa sensacional que es una sorpresa (más ruidos inoportunos). Ah, sí, y Ferdy dice que te manda *tanti, tanti baci.* Cuídate.»

Si Inés no se negara a comprarse unas gafas mejores que esas que venden en las farmacias y que pierde a cada rato, no estaría haciendo una selección tan chapucera. Pero ¿de qué vas? Pareces tonta, ¿tan cansada te encuentras?, ¿de qué te sirve tener una pantalla de alta definición si no ves un carajo? Seguro que Anne Menke no tiene estos estúpidos reparos con la edad y usa la superpantalla como Dios manda y no como si tuviera la vista de una jovencita. Venga, me rindo, ¿dónde está la prótesis? Inés busca y encuentra unas gafas a las que les falta una patilla. *Tanti baci,* será cretino, dice en voz alta intentando recordar al novio de Beatriz, a *este* novio en concreto, aunque lo cierto es que resulta difícil distinguir a unos de otros: siempre muy jóvenes, de ojos claros, con un irritante parecido a Tony Curtis y en no pocas ocasiones ricos, pero ¿de dónde los saca?, y mientras tanto, yo sin nadie a menos de 4.000 kilómetros de distancia a quien contarle que mi madre tiene más éxito con los hombres que yo.

Afortunadamente, la nueva tanda de fotogramas es espléndida. Inés separa otra media docena que seguro también le gustarán a la directora de la revista. Hay varias fotos en las que la mujer está mirando a la cámara y otras en las que se la puede ver de cuerpo entero. ¿Y qué hacer con las piernas dóricas? Inés contempla por un momento la pequeña maldad de ampliar dos o tres en las que Isabel Alzúa aparece con la falda tan arremangada que se nota mucho el contraste entre sus tobillos cuadrados y las redondeces de los muslos: ¡uf!, en ésta las piernas más que dóricas parecen jónicas. Bueno, bueno, nada de maldades, cancela, reduce, cierra, vamos a seleccionar las que la muestren más favorecida, a ver... aquí está estupenda, voy a mandarlas todas y ya está, que elija Maira. ¿Habrá más primeros planos en la próxima serie? Inés sospecha que a partir de ahí todo son manos, decenas, docenas de dedos, uñas, venas, tendones.

Pero qué tonterías hace, con lo cansada que está, ya hasta le bailan las imágenes delante de la super pantalla TFT. Dentro de poco comenzará a ver duendes como le pasa a una amiga suya de internet que vive en Wellington: *My screen is full of leprechouns, Help!* La de Inés no está llena de lepricornios, pero está llena de manos, ¡míralas! ¡Aquí están! Bueno, muy bien, ¿y ahora para qué las quieres, tonta? Las manos son junto con la cara la parte de la anatomía humana más fotografiada de todos los tiempos, eso lo sabe cualquiera. No te servirían ni para una colección de fotos artísticas de segundo nivel, qué perdida de tiempo, ya no tienes edad para chaladuras de este tipo, Inés.

«Inesita, Inés, soy mamá.»

Desde niña, Inés Ruano ha preferido siempre el tono mundano y mujerfatal de su madre antes que este infrecuente deje materno que ahora escucha. Quiere apagar el contestador del móvil pero no llega a hacerlo. Unas uñas en primer plano atraen toda su atención.

Inés amplía y comprueba que las mejores fotos de las manos son aquellas en las que, al fondo, puede verse la cara de la mujer. Se nota que está hablando, casi se podría adivinar lo que estaba diciendo cuando le tomó la foto, y no por la forma de los labios sino por la expresión de esas manos tan elocuentes, manos que arrancan y socavan, que desgajan y extirpan.

«Inesita, Inés, acabo de decirle a Ferdy que nos volvemos a Madrid porque mi niña hace meses que no ve a su mamá.»

Inés mira una foto y otra más: magníficas, magníficas manos y todas suyas para hacer con ellas lo que le dé la gana, incluso sumarlas a una próxima exposición en Ginebra, ¿por qué no?, es cierto que el tema está muy explotado pero estas fotos tienen algo especial. Vuelve a mirar aquellas en las que, al fondo, se entrevé la cara de su dueña... indudablemente son las más inquietantes. Así, tal como están no valen, es cierto, debería convertirlas en manos anónimas que nadie pueda identificar, unas manos cualquiera, pero la solución es fácil: *select-copy-new image-paste-crop*.

«Hola, bebé, mamá te ha encargado para tu cuarenta y cinco cumpleaños algo que seguro va a cambiar tu vida. Escucha...»

Inés deja por un momento las fotos para cortar en seco la voz en el contestador. Un doble pitido del móvil anuncia que acaba de entrarle un nuevo mensaje. A las 19.30... Vaya, ¿en qué momento se le ha colado otra llamada de su madre sin que se diera cuenta? Porque debe de ser ella, ¿quién si no, con la mala suerte que tiene hoy con los mensajes? Inés acerca ahora un irritado dedo a la tecla de borrar de su telefonino. Apretar-un-botón: el deseo más extendido entre el género humano; si la vida se pudiera cambiar con un acto tan limpio como ése, nadie resistiría la tentación: con él mataríamos, con él anularíamos contratiempos, todo lo que nos duele. «Hacer desaparecer a alguien es simple como apretar un botón, adiós, mamá», se dice en voz alta. Pero ¿y si el recado no es de su madre? ¿Y si la suerte ha decidido compensarla de tanto estrés telefónico con algo especial, con una nueva propuesta de trabajo, por ejemplo? Inés mira su contestador:

Llame al 123.

Mensajes nuevos: 1.

Otra vez el gesto mágico al alcance de la mano, pero no, en vez de «borrar» pulsa «play» y una voz rioplatense emerge del teléfono móvil.

«Hola, soy Milton Vasques (¿quién es Milton Vasques?, ¿no será Vázquez?). La llamo de parte de Graydon Carter, editor de *Vanity Fair*. A Graydon y a mí nos encantó el trabajo que hizo para *Vogue* España en el número de verano y nos gustaría contactar con usted.»

Aquí la comunicación queda ahogada por un ruido de burbujas como si la buena noticia hubiera llegado a nado desde el otro lado del Atlántico. No obstante, y a pesar de los ruidos, no hay duda: la de Milton Vasques es la voz más bonita y masculina que Inés ha oído en su vida. Además, una vez concluido el burbujeo, vuelve a oírse.

Y cuando Inés se apresura a coger un papel cualquiera para apuntar lo que va a decirle Milton Vasques, se da cuenta de que sigue teniendo el ratón en la mano y que una vez más ha ampliado la imagen jugueteando con la ruedecita hasta que aparece enorme la figura de Isabel Alzúa con sus manos en primer plano.

«Mañana es feriado aquí en Estados Unidos, pero la próxima semana la llamaremos. De todos modos, le dejo nuestro número en Nueva York, apunte: 1212546... (los hombres son concretos y las mujeres multiactivas, siempre haciendo dos cosas a la vez..., ríe Inés: mírate, tonta, ni siquiera puedes concentrarte en una cosa cuando acabas de recibir una noticia sensacional) ...6754 o 755 (ya, pero si selecciono esta parte izquierda de la foto, le corto la cabeza, el tronco y cliqueo aquí... *cut*). También le dejo mi número de celular, marque primero 01...»

E Inés apunta, y tan ocupada está en comprobar si anotó bien el número de su magnífica propuesta de trabajo, que no se da cuenta de que, agrandadas por quién sabe qué clic involuntario, desde la pantalla de su ordenador la saludan ahora dos manos de uñas muy rojas mutiladas a la altura de la muñeca.

«...o acabado en 356. Señorita Ruano, ¿lo tiene?»

4. POCOS DÍAS ANTES, MARTÍN OBES

Lo más parecido a la magdalena de Proust que había en la vida de Martín Obes era la máquina tragaperras de un bar cualquiera. Sucedía siempre igual: comenzaba a sonar una melodía, oía el caer de las monedas e inmediatamente, como si fuera al conjuro del sabor «de ese pastelillo que mi tía Leoncia me ofrecía mojado en su infusión de té los domingos por la mañana», aparecía allí, en Madrid, España, a 11.000 kilómetros y a muchos años de su desastroso pasado, todo un desfile de recuerdos. Dicen que los recuerdos se difuminan con el paso del tiempo y que de tanto evocarlos terminan por perder su fuerza, pero los de Martín Obes debían de ser de un material muy duro porque ahí estaban todos sentados sobre la barra del bar como niños malos sobre una tapia, tercos y minúsculos con las piernas colgando mientras gritaban: mírennos.

Y, según el momento, o mejor dicho, según el contenido del vaso o taza que tuviera delante, se le insolentaban uno u otros. Así, el café de la mañana invocaba, normalmente, unos molestos recuerdos de su infancia: tardecitas de Punta del Este paseando cerca de las ventanas abiertas del Casino de San Rafael, cling, cling, de la mano de su madre, tan linda, con la pollera del vestido cubriendo y descubriendo sus piernas al hacer del viento. Aquel recuerdo no tenía cabeza, sólo tronco y extremidades, porque era el

39

mundo visto desde la altura de los cuatro años: Cuidado con el helado, sonso, ¿no ves que vas a ensuciarle el vestido a mamá?, decía la voz de su hermana Florencia cuando ya era demasiado tarde, cuando ya la mano pegajosa se había agarrado a la pollera tan linda. Mami, mirá a Martín, mirá lo que hace. Y mirando a Martín se había quedado toda la familia desde entonces: Martín metido en drogas a los quince años, Martín rebotando de colegio en colegio primero y después de universidad en universidad siempre queriendo agarrarse a la pollera de su madre, siempre con las manos sucias.

Peor aún era la cerveza de la una y media, porque ésta, al conjuro de la tragaperras, ponía a bailar otro recuerdo casi más doloroso. Entonces se veía en aquella temporada que pasó en Estambul, allá donde la realidad queda tan lejos que uno puede fumársela en un narguile o desleírla a besos haciendo el amor con Helga a la que Alá confunda. ¿Dónde estaría ella ahora? Seguramente en alguna parte de Baviera con ese hijo de ambos que le juró que jamás vería cuando aún no era más grande que una china de hachís. Y así podían seguir desfilando recuerdos, como comparsas de un corso interminable uno, otro y otro, porque luego venían los invocados por el vino del almuerzo o los acompañantes del café de la sobremesa, todo esto por no hablar del capuchino de las cinco y media que traía recuerdos de bohemias en París donde fingía tocar la guitarra mientras enamoraba cincuentonas para pagarse una buhardilla. Pero en seguida aparecían otros menos amables aún, como el recuerdo de su época en Londres, su momento estelar, cuando creyó que iba a conseguir ser actor de cine porque le dieron un papelito en una película de Monthy Pyton en la que hacía de orate desnudo en el desierto de Palestina. En cambio, la siguiente vez que se puso delante de una cámara fue para hacer de semental en *Dos suecas ca-*

lientes, y así siguió varios años pensando siempre que la suerte estaba al llegar, confiando y esperando. Por eso, el whisky de las siete y media era una mezcla de dos recuerdos: el de su carrera cada vez menos artística y el de la llegada de salvadoras cartas con el membrete del Banco de la República que anunciaban giros bancarios desde Uruguay porque su mamá lo mimaba y su papá también (aunque sólo por lo mucho que la quería a ella), y a continuación sin necesidad siquiera de oír el cling, cling de la máquina tragaperrras sino que, invocados por el tintineo imitamonas del hielo dentro de su vaso de whisky, aparecía de pronto la voz de Florencia dando la noticia: «Murió mamá, tenés que volver.»

Con todo, eso no era lo peor: lo verdaderamente doloroso era pensar que no sólo no volvió sino que casi había olvidado que tenía un padre en Montevideo, quien, diez, doce años después de todas las catástrofes financieras más previsibles, vivía en un apartamentito prestado con un retrato de mamá por toda compañía. Esto último, sin embargo, no era un recuerdo, sino una verdad tan dura que Martín no se atrevía a mirarla de cara. Ésa era la razón por la que prefería seguir sufriendo con los recuerdos alineados en el mostrador porque eran chiquitos y sólo se insolentaban cuando algún parroquiano —tres guindas y una campanita— conseguía arrancarle a la máquina un premio. Lo de su padre, en cambio, era una realidad, y muy fea.

A pesar de las apariencias, Martín no era un irresponsable ni tampoco un adicto a la nostalgia. Quienes lo conocieron coinciden en decir que era, simplemente, el hombre más bello que habían visto en toda su vida y ahora, con treinta y cuatro años, aunque ya no lograba petrificar a colegialas en plena calle como si se hubieran cruzado con el mismísimo Arcángel San Gabriel en cuerpo glorioso, aún poseía ese don de la extrema belleza que hace que a los

41

guapos se les tolere todo, al menos al comienzo de cualquier encuentro, al menos hasta que la indulgencia plenaria da paso a la envidia. «Caer parado» o «caer en gracia», así llamaba su hermana Florencia a ese don que, por cierto, ella no poseía. Pero a pesar de que vos lo tenés o precisamente por eso, deberían haberte llamado Cándido, sonso. Mirá tu filosofía de vida: todo es para bien en el mejor de los mundos y sigamos adelante hasta que nos den la próxima trompada. ¿No te ha demostrado la experiencia, requeteimbécil, que caer parado es sólo el primer paso y que después empieza el quilombo?

A pesar de todo, Martín seguía confiando en su suerte porque los espejismos que crea la belleza son tan engañosos y mucho más tercos que los de un desierto, de modo que lo más que había aprendido con las trompadas era a manejar un poco «el don». O, al menos, a dosificarlo. Sabía, por ejemplo, cómo había que usarlo para conseguir que la funcionaria —también el funcionario— de inmigración diera prioridad a su expediente y lo pusiera encima de los de otros menos afortunados, pero intuía que habría sido un error abusar de él para retrasar el pago del alquiler (a pesar de que su casera tenía cincuenta y un años y un alma romántica) a menos que lo combinara con algún gesto de buena vecindad. Doña Teresita, ¿quiere que eche una mirada al tendal de las toallas? Me parece que está un poco chueco, permítame. Y doña Teresita le permitía hacer cualquier cosa con tal de poder disfrutar de la visión de sus omóplatos (tan bronceados, no te puedes imaginar, hija, es un dios, un Apolonis como dice la Raquel, te lo juro, y ¿el pelo?, uy qué pelo rubio) mientras hablaba por teléfono con su cuñada desde su negocio de peluquería dejando resbalar la vista por cada músculo y cada ángulo, agudo como la perdición.

De la buena vecindad salían muchas posibilidades de trabajos eventuales para ir trampeando entre llamada y llamada de la agencia de modelos a la que Martín se había apuntado al llegar a Madrid unos meses atrás. Llamadas casi inexistentes porque un dios de treinta y cuatro años no puede competir con un ejército de mortales de dieciocho por muy celestial que sea. Además, como alguien inmune a la panfilia que produce la belleza se había encargado de decirle, precisamente en un bar, precisamente delante del whisky de las siete y media: Pero ¿qué te creías, rubio, que aquí ibas a triunfar por la cara? Los españoles ya no son culibajos y cejijuntos como eran antes. Ahora todos miden un metro noventa como tú y parecen importados de Hollywood, ¿o es que no lo ves?

A Martín Obes le gustaban esas conversaciones circunstanciales con gente de paso, guiris, forastas... el público habitual de la zona de Madrid lindante con el Rastro y que se entrevera con los vecinos ya establecidos: gatos de toda la vida, senegaleses, marroquíes, chinos, extremeños de segunda generación, hindúes, croatas y también sudacas como él. Pero si se confesaba a menudo con gente de paso, no era por elección sino porque a pesar de que ya hacía meses que se había instalado en una buhardilla húmeda de la calle Amparo, aún andaba haciendo méritos para que lo aceptaran los vecinos, sobre todo los hombres, porque desde muy chico, y a pesar de lo que creía su hermana, Martín Obes sabía que después de la primera «caída en gracia» llegaba el momento de intentar ser aceptado, de entrar en un grupo, en una comunidad y, en contra de lo que la gente cree, en ese caso la belleza no sirve para abrir puertas sino ventanas (y galantes en su gran mayoría).

Así andaban las cosas cuando un día, mientras le arreglaba la lavadora a doña Teresita, en cuya casa y negocio —como en las de sus amigas— parecía haberse desatado

43

últimamente un poltergeist de desperfectos caseros, Martín Obes recibió una llamada en el móvil que siempre llevaba muy a mano en el primer bolsillo del pantalón más por cábala que por necesidad. Mejor dicho: no recibió una llamada sino un mensaje, porque en el preciso momento en el que sonaba el teléfono la lavadora de doña Teresita se había convulsionado con unos espasmos tan raros que parecía que alguien la había descompuesto a propósito. Fue más adelante, mientras se tomaba el café de media tarde, cuando pudo oír la voz de Pepa, la secretaria de la agencia de modelos, que le adelantaba que una productora de campanillas, tela marinera, según Pepa, había visto su foto y le ofrecía trabajo. Así, sin más. No se hablaba de pruebas, ni de ensayos, sólo de una entrevista con las dueñas de la productora «pero ni te preocupes, te quieren a ti y sólo a ti porque —y la secretaria había sido enfática en este punto–, según parece, has nacido para el papel. De modo que apunta, bonito: Guadiana Fénix Films, calle Arenal, número 13, segundo izquierda, a las doce y media, preguntas por Karina o por Roberta. Que vas a triunfar, te lo digo yo. Venga, un besito».

Martín Obes miró al mostrador donde habitualmente se alineaban sus recuerdos como niños traviesos sentados sobre una tapia y vio que todos ellos movían sus patitas.

5. PRIMER CONTACTO
CON GUADIANA FÉNIX FILMS
—

—Un ángel es lo más parecido a un demonio —había dicho la tal Karina, y a continuación pasó a tantear la mercancía empezando por los bíceps. Martín estaba de pie frente a la chica y, sin necesidad de que sonara ninguna máquina tragaperras proustiana, se le representó una escena de su infancia: en el campo, un gaucho con una brizna de hierba entre los dientes y unos ojos sabios con ribetes de aburrimiento inspeccionaba una vaca. Primero le miraba las orejas, después le tanteaba las patas, más tarde las ancas, llegaba hasta las pezuñas y, a continuación, volvía a subir por los cuartos traseros hasta meter inopinadamente la mano en la concha del animal, larga, larga la mano quirúrgica, impersonal.

—Mira lo que voy a hacer, Ro —dijo una de las mujeres, y entonces Martín apretó instintivamente todos los músculos, en especial los estriados.

Por fortuna la mano inspectora pasó de largo, le acarició el torso y subió hasta la cabeza para despeinarlo como se les hace a los niños. Luego bajó con rapidez y fue a posarse, no en Martín, sino sobre el brazo de su socia para acariciarla a ella.

—Si le teñimos el pelo y las cejas de negro ala de cuervo, quedará de muerte, el largo hasta los hombros es perfecto —dijo, y la otra asintió.

—Este tío es lo más parecido a Lucifer que he visto desde aquella película *gore* en la que potamos juntas, Ro.

—Es verdad, Kar.

—Eres una genia, Ro.

—Y tú, Kar.

Más tranquilo ahora, Martín se permitió hacer una pequeña valoración de las dos inspectoras de ganado y de su ambiente. Eran idénticas. O mejor dicho, lo fingían con esa simetría que viene de compartir armario. Si Ro usaba chinos negros con camiseta gris, Kar lucía chinos grises y una camiseta que, en una reencarnación anterior, también debió de ser endrina. Lo mismo ocurría con el pelo, que ambas llevaban rojo, aunque el tono de Kar estuviera veteado de amarillo y el de Ro no. Las dos fumaban sin filtro. Las dos bebían agua de unos botellines de plástico que guardaban en los bolsillos de los chinos y que desenfundaban con frecuencia casi yonky; y el parecido se mantenía también en el tono de voz y en la manera aniñada que tenían de dirigirse la una a la otra excluyendo al resto del mundo.

Martín supuso que tanto mimetismo se manifestaría igualmente en una profusión de tatuajes y *piercings* y le sorprendió ver que no era así. Las dueñas de Guadiana Fénix Films no llevaban perforada parte alguna del cuerpo, ni siquiera el lóbulo de la oreja, y en cuanto a los tatuajes sólo les descubrió uno. Tanto Ro como Kar lucían una larga y fina pluma en la cara interior de la muñeca. ¿La pluma del ave fénix?, pensó Martín tratando de hacer memoria y recordar las historias de la mitología que su madre solía leerles a Florencia y a él. ¿No eran plumas de fuego? Imposible acordarse.

—Coño, Kar, es el Diablo perfecto, ¿no te parece?

—El que andábamos buscando, Ro, tócale un poco los riñones, a ver qué tal.

Una providencial pausa acuífera permitió a Martín

echar un vistazo en derredor. Si el aspecto de las chicas pregonaba ese posmoderno afán de que la ropa, a pesar de ser de Donna Karan, parezca del baratillo del Ejército de Salvación, la oficina en la que estaban era lo más parecido a la cueva de Alí Babá. Y no por los ladrones, eso era difícil de apreciar en una primera visita, sino por los tesoros. Porque tesoros debían de ser cada uno de los muebles birmanos de diseño minimalista que decoraban el lugar, como joya era la distribución del espacio interior que parecía abrirse sobre una gran terraza desde la que se adivinaba el Palacio Real. Carísimas también las litografías, entre las que Martín creyó reconocer unas de Barceló ¿y otras de Bacon? Cielos, pero si sólo con un florerito que tenía todo el aspecto de pertenecer a la dinastía Ming, que había sobre una mesa, Martín calculó que podría pagarse el alquiler de un año.

—...Y lo mejor del asunto es que podemos empezar a trabajar esta misma semana. Como nuestra primera víctima va a ser la fotógrafa Inés Ruano, una vez rodado el *pograma* piloto, ya lo tenemos vendido seguro a Canal Plus Francia y a los italianos; ella empieza a ser muy conocida en Europa, no hay *poblema*.

¿Había dicho *pograma*? ¿Y *poblema*? ¿De verdad había oído *po-ble-ma*? A Martín le costaba cuadrar el aspecto de aquella oficina con sus dos inspectoras sanitarias, una de las cuales (Ro) parecía demasiado interesada ahora en las dimensiones de su antebrazo, y lo acarició no exactamente con la asepsia de inspector de ganado que había utilizado su amiga, sino con una sensualidad que llegó a alarmar a Martín: ¿será que le gusto?

—Tócale los bíceps, Ro, anda, venga, cuéntame cómo los tiene de duros —dijo la voz de la otra, aniñándose aún más.

Su socia sobrevoló el brazo derecho del muchacho y luego se interesó por los hombros.

47

—Mírame, Kar, mírame ahora a mí.

Martín cerró los ojos. Tenía la sensación de estar representando el papel de intruso en una escena privada, como si su cuerpo no fuera el suyo sino un campo de maniobras.

—Ahora tócale por aquí, Ro, así, así. Y los abductores, Ro, no te olvides de los abductores.

Y el plexo solar y hasta el ganchoso le tocó aquella mujer en un magreo que a Martín le seguía pareciendo impersonal.

¿Cómo que impersonal, grandísimo boludo? ¿Acaso no es a ti al que están toqueteando? ¿No son tus brazos los que acaricia esa mujer y tus músculos y tu cadera?, reaccioná, imbécil, gritaba la voz de su hermana Florencia en su cabeza, pero Florencia nunca había salido de Montevideo, qué sabía ella de cómo son las cosas en Europa. Florencia no había tenido que pelear por sobrevivir, ni vérselas con las Helgas de este mundo que desaparecen con el hijo de uno en las entrañas, tampoco tenía idea de lo que era bajarse los (dígase finamente) boxers para comer, entre otras razones, porque Flo no usaba boxers, o mejor dicho, sólo los vestía para jugar al paddle y eso no es lo mismo, como tampoco es lo mismo jugar al bridge de cinco a ocho que a policías y ladrones una vida entera, ni ser ex alumna del British School de Carrasco que del Brixton Club of Porno Actors; qué sabía ella por tanto, si jamás se había aventurado por ese camino cada vez más desbarrancado que lleva de la inocencia a la licencia y de la licencia a la indolencia y de la indolencia al ya qué carajo importa; un camino desastroso, sí, pero en el que se aprende a mirar las cosas de otro modo y a comprender al prójimo.

—Acaríciale más los hombros, Kar, cómo me gusta, pero cómo me gusta.

Sí, al final del camino uno comprende casi todo, no hay problema o *poblema* como dirían estas chicas de tanto éxito que tienen una litografía de Bacon en la pared y un florerito Ming de veinte centímetros que pagaría el alquiler de un año. Robáselo, no seas tarado, grita la voz de Florencia, seguramente será falso pero igual lleváte el florerito de mierda, es lo mínimo que se merecen ese par de millonarias locas y analfabetas por lo que te están haciendo, dale. Pero Flo, que no ha perdido la inocencia al uso, sólo conoce la moral del ojo por ojo y no la de la gramática parda, las leyes del bridge y no el código de los atorrantes, por eso ignora que ciertas cosas no se hacen; por ejemplo: donde-dan-de-comer-no-se-roba es una regla de oro y también lo es saber tragarse el orgullo, porque en cuanto se aprende a hacerlo se descubre que no se muere uno ni nada. El orgullo es como el sable de un fakir, piensa Martín Obes, lo peor son los primeros veinte centímetros de hoja pero a partir de ahí dale nomás e incluso, si le añadís humor al asunto, te aplauden y todo. Igualito que en el circo.

—Mira esto, Kar: ¿no te parecen es-pec-ta-cu-la-res estos ojos de gato?, pásale también la mano por la nuca. Ese pelo rubio, a ver, deshazle otra vez la coleta...

Además, piensa ahora Martín —más pendiente de la voz de su hermana en su cabeza que de las evoluciones de las chicas—, date cuenta, Flo, de que todavía no sé en qué consiste el trabajo. Hacer de Diablo en un programa para no sé qué canal, han dicho las chicas, por tanto debe de tratarse de algo relacionado con la televisión, y en la tele se gana un platal.

¡Qué platal ni qué ocho cuartos! ¿No vas a darles al menos una buena trompada a estas dos pelotudas? Mirá lo que hacen, te están tratando como a una mujer, ¡como una mujerobjeto para más vergüenza!, ¿no te das cuenta? Peor todavía: ni siquiera te tratan como a una persona sino como a una foto del *Play Boy* que una pareja veterana utiliza para excitarse; siempre serás un inocente, Martincito.

Cuando logra al fin acallar la voz de Florencia, Martín se da cuenta de que las chicas ya no se ocupan de él sino que se han sentado sobre el tablero de sus mesas gemelas. Ahora parecen dos imágenes enfrentadas en un espejo. Kar a la derecha, Ro a la izquierda. El sonido del móvil de Ro ha sido el que ha dado por terminada la inspección ganadera y ahora una habla por teléfono y la otra bebe agua de un botellín. Sus gestos son especulares, sincrónicos en su disparidad. Es después de terminar una con el agua y la otra con la llamada salvadora, cuando Kar le pregunta a Martín qué le parece su propuesta de trabajo.

—Bueno, te lo diría con mucho gusto si la conociera —sonrió—. Pero, no tengo ni la más remota idea de para qué quieren contratarme —añadió a pesar de que seguía teniendo la impresión de que aquellas mujeres no lo escuchaban. Paciencia, se dijo, tal vez se lo contaran después de la próxima pausa Fontvella.

6. LA PROPUESTA
—

Dos días más tarde, mientras Martín Obes se teñía en casa el pelo de negro ala de cuervo con un champú color (enjabónese dos veces dejando actuar veinte minutos, evite el contacto del producto con los ojos y aclárese bien), aprovechó para leer parte del resumen de preproducción que las chicas acababan de mandarle por mensajero.

«La gusanera te hace la cama y te cubren los gusanos. ¿Cómo has caído del cielo, Lucifer, hijo de la mañana? ¿Cómo has sido derribado a tierra tú, el vencedor de las naciones?»

Caramba, exclamó Martín, porque un romanticismo —que era el único homenaje a su madre muerta— le impedía decir o pensar palabrotas: caracoles, hay que ver las cosas que lee uno en los dossieres de trabajo hoy en día, ISAÍAS 14-11, aquellas chicas no sabrían hablar correctamente tal como se empeñaba en resaltar todo el tiempo la voz de su hermana Florencia, pero desde luego eran muy profesionales en lo suyo:

«Tú eras sello de perfección, lleno de acabada belleza. En el Edén habitabas (*fijáte, Martincito, pero si parece la historia de tu vida... Salí, Florencia, no jorobés*) tú eras

51

perfecto desde el día de tu creación hasta que fue descubierta en ti la iniquidad *(calláte, Flo)* se engrió tu corazón, echaste a perder tu esplendor, por tierra te he derribado y he hecho brotar fuego en medio de ti. EZEQUIEL 28:12-19. *Carambolas.*»

Martín encendió un cigarrillo sin filtro. Uno no se lleva las porcelanitas Ming de la oficina de sus productoras, pero puede llevarse los puchos, eso sí está dentro del código de los atorrantes. Hacía años que no fumaba cortos, de hecho hacía meses que había dejado de fumar del todo y no sabía por qué ahora tenía ganas. Debe de haberse vuelto a poner de moda acá en Europa, se dijo, porque si algo había sacado en claro de la visita de ayer era que todo lo que hacían o decían aquellas chicas estaba a la última o lo estaría muy pronto. Hay gente así de afortunada, pensó, olfatean el futuro, qué sé yo. «A ver, tío, vamos a aclararte el tema», le habían dicho aquella tarde cuando llevaban allí más de una hora y ocho botellines de benéficos efectos, arruinados por paquete y medio de Chester. Al fin, turnándose, las dos mujeres habían explicado su proyecto. La idea era hacer un programa de cámara oculta de alto presupuesto y ambición, una broma televisiva que tendría como víctimas a varias personas muy importantes y conocidas.

—Será algo así como «Inocente, Inocente» pero a lo bestia —contribuyó Kar— con los medios más sofisticados y sin reparar en gastos, todo al estilo Spielberg, ¿vas pillando?

A Martín, al que aquello de pillar le sonaba a otra cosa, dijo que más o menos, y Kar y Ro debieron de tomar su parquedad por reparos económicos porque inmediatamente pasaron a asegurarle que Guadiana Fénix Films llevaba la friolera de tres años y medio sin quebrar ni cambiar de nombre, y que no sólo tenía la mejor facturación del sector, sino que ahora acababan de producir dos programas de máxima audiencia como «Desnuda tu alma» y «Operación Relámpago» que, según le explicaron al ignorante Martín, recién llegado del extranjero, además de tener enganchado a medio país, eran una mina de ingresos colaterales, derechos cinematográficos, musicales, merchandising, contratos con Mac Donald's y cosas así.

—Una pasta, tío, guay de la muerte. Donde Kar pone el ojo, se dispara el share —dijo Ro con un suspiro lleno de orgullo y de humo de Chester.

—No falla, te lo aseguro, no fallamos, y esta vez tampoco, porque la idea principal es muy sencilla: mira: la broma consiste en hacer creer a la víctima que ha vendido su alma al Diablo y que tú, querido Mefistófeles, vienes a cobrársela con un maletín.

Muchas cosas había oído Martín a lo largo de su vida, muchos engaños, y sabía que las personas están dispuestas a creer cualquier cosa si se les vende bien el embuste, pero que apareciese el Diablo a buscar almas en pleno siglo XXI era lo más estúpido, lo más retrógrado que había... a menos que (una idea le electrificó los pelos de la nuca) ¿no serían estas dos, a pesar de su aspecto y actitudes, miembros de alguna secta rara que querían hacer algo ejemplarizante del tipo pecadores, arrepentíos? ¿Con quién se estaba enredando?

Vos siempre metiéndote en quilombos para hacer el ridículo más espantoso, sonaba ya la voz de Florencia, y las chicas, como queriendo corroborar las palabras de su hermana, se descolgaron con un:

—Será acojonante, tío, ya verás, vamos a mancársela a Almodóvar y a Javier Bardem —afirmaron sentada cada una en su mesa fumando Chester mientras dejaban columpiar las piernas arriba y abajo igual que hacían los recuerdos de Martín sobre los mostradores de las barras. Luego Kar añadió:

—Y eso no es todo, cuando ya tengamos el *pograma* más rodado, ampliaremos el lío a Robert Redford y a Cher; la única dificultad es que creemos que ella *de verdad* tiene un pacto con el Diablo... en fin, habrá que averiguarlo para no meter la gamba, pero de todas maneras no te asustes, falta mucho para la fase 2, de momento te lo vamos a poner fácil. Para que vayas aprendiendo el oficio de Diablo, empezaremos con alguien de menor fuste.

Y Martín se quedó pensando cómo una chica que habla de *poblemas* utilizaba la palabra fuste, por eso apenas oyó que la rata de laboratorio de aquel programa de celebridades engañadas, la primera víctima, iba a ser una tal Inés Ruano.

—Se trata de una fotógrafa de mucho éxito y bastante monilla —explicó Ro—. Le va tan bien, gana tanta pasta...

—Que tiene un cacho casoplón en la calle Lope de Vega —la interrumpió la otra.

—No, cariño, ésa es su madre; ella vive en *Ventura* de la Vega que, de momento, no es lo mismo.

—Uy, ¿no me digas que se ha ido a vivir a una calle casi tocaya de la de su mamá? Mejor no sacar ninguna conclusión freudiana del asunto...

Para Kar aquella coincidencia no parecía tener demasiada importancia porque se encogió de hombros.

—Lo fundamental es lo que te iba diciendo, Martín: Inés Ruano es fotógrafa, bastante mona, gana una pasta y por eso tiene todos los requisitos para nuestra broma: es algo insegura... algo supersticiosa... fijo que cae como un pichón.

—Ustedes están locas —dijo Martín, pero pensó muchas cosas más. Pensó que en otras épocas de su vida hasta le hubiera divertido participar en aquella trampa. Incluso se dijo que, aunque era obvio que las chicas estaban locas de remate, también lo era que manejaban un platal y que, saliese mal o bien el programa, ser protagonista de una hora de televisión siempre le abriría alguna (ventana no, gracias, estaba harto de las ventanas) alguna puerta, aunque fuera la del infierno.

Sos el mismo imbécil de siempre, Martincito, opinó la voz de Florencia. No te has parado a pensar lo siguiente: Si nadie cree en Dios hoy en día, ¿quién va a creer en el Diablo, decíme?

—Díganme, chicas, ¿quién cree en el Diablo a estas alturas?

Kar suspiró.

Ro suspiró y echó humo.

—Mira, tío, el *poblema* —dijeron, y Martín, llegado este punto, ya no distinguía si hablaba una u otra— es que, a pesar de lo guapodemuerte que eres, no has tenido éxito en tu puta vida, me refiero a éxito de verdad, del que da miedo. A saber qué te ha pasado: jugaste las cartas al revés, te miró un tuerto, no sé, pero el caso es que eres un *loser*. Por eso no puedes comprenderlo, pero todos, ¿me oyes?, *todos* los que triunfan a lo bestia, desde los deportistas a los políticos, los escritores, los cantantes y no digamos los actores o los artistas, tienen algo en común. Es cierto que a priori no lo parece porque unos son más prepotentes, otros menos, unos piensan que todo les es debido y otros están pallá, en fin, hay de todo, pero existe *un* rasgo común que no falla: cada uno de ellos teme que en algún momento, más pronto que tarde, la vida les pase factura por lo que tienen. Peor aún, están seguros de que un día sucederá algo terrible: que se les morirá un hijo o que contraerán una enfermedad incurable... porque sencillamente no *es posible* que el mundo entero sufra, que la vida esté llena de injusticias, de muertes prematuras, de niños abusados y de mujeres violadas mientras que ellos parecen transportados de bueno a mejor con una cadencia angelical.

—Pero el enigma es ¿transportados por qué? y sobre todo ¿por *quién*? Ah, eso nadie lo sabe —suspiró Kar—. El éxito tiene algo de sobrenatural, ¿comprendes? Por muy grande que sea el esfuerzo que se realiza para conseguirlo, siempre parece ajeno a nosotros.

—Y frágil y arbitrario, como si se debiera a un capricho externo. «Yavé me lo dio, Yavé me lo puede quitar» —citó Ro, que ahora, igual que su compañera, hablaba con la erudición de un catedrático de lenguas muertas—. Por eso, el éxito da ese vértigo del que todos hablan, ¿vas captando?

Martín consideró que las chicas esperaban de él que pusiera cara de no entenderlo del todo para que pudieran explicarse con más precisión, y eso hizo. Además aquello empezaba a resultarle, al menos, curioso.

La manera más fácil de comprender lo que se siente allá arriba, en el Olimpo —explicó una de ellas—, es saber que el éxito se parece muchísimo al fracaso, ya que ambos se rigen por las mismas caprichosas normas. Igual que cuando vienen mal dadas una calamidad llama a otra y ésa a una tercera, luego a una cuarta y llega un momento en el que hasta los perros te reojean por la calle, cuando estás en racha, tío, todo se cumple y se encadena de forma increíble, vamos, que ríete tú de la *serendipity*.

—¿Y qué es eso? —se atrevió a interrumpir Martín, que nunca había oído semejante palabra. Ahí las chicas desenfundaron sus botellines como si pregunta tan estúpida les diera mucho calor.

—¿Pero en qué planeta vives, tío, es que ni siquiera vas al cine? *Serendipity* literalmente quiere decir «la facultad de encontrar o conseguir cosas de forma feliz e inesperada». No obstante, la racha prolongada de buenísima suerte, la llamada aristotiquia, que es de lo que nosotras hablamos (y que incluye, naturalmente la *serendipity*), es algo mucho más sorprendente. En pequeña medida todos lo hemos vivido alguna vez: resulta que un día te levantas como si tal cosa y no sé qué cojones de estrellas se alinean allá arriba pero resulta que vas de oca en oca y todo te sale bien. No te lo puedes creer, y de hecho no te lo crees.

—De pronto —contribuyó Kar— todo son signos positivos, coincidencias. ¡Coño!, dices, pero si yo había deseado esto (una tontería, que me llame Mengana o que aparezca un taxi cuando está lloviendo) y... sucede. A partir de entonces empiezas a ver carambolas afortunadas por doquier, del mismo modo que cuando vienen mal dadas todo son pulgas. Tal vez sea que la suerte llama a la suerte como dicen, pero lo cierto es que cuando estás en racha suceden cosas increíbles que encajan como un puzzle tan afortunado como sospechoso.

—Sí, señor, ¡pero si hasta los feos se ponen guapos! —contribuyó Kar—, y no es que se *pongan* es que se *transforman*, tío.

—Y te cae dinero cuando no te lo esperas... —añadió Ro.

—Y de repente la gente piensa que eres listísimo, y no es que lo *piense*, sino que (como decíamos antes de la guapura) lo *eres* porque hasta las neuronas se enteran de la buena onda y se vuelven listas.

—Créeme, así ocurre —explicó la otra chica entre una nube de Chester que parecía brotada del averno—. Es muy fuerte; por eso los tocados por la fortuna andan neuróticos perdidos al tiempo que se dejan llevar como atónitos sujetos de una carambola afortunada a otra, tío, y eso da un canguelo, un mal rollo...

—Sí, claro, un mal rollo como ése querría para mí —dijo Martín, y tuvo, una vez más, la sensación de que nadie oía sus palabras porque las chicas habían pasado a otro punto de la explicación.

—¡Ah! pero... —dijo Kar levantando ahora el índice derecho a modo de advertencia mientras que Ro la imitaba en espejo levantando el izquierdo—. ¡Ah!, pero atención, porque aquí está el meollo del asunto: lo que los mindundis de este mundo ni podéis imaginar es el precio que tiene todo esto. La buena suerte se paga con sangre, créeme, ni te imaginas lo que es el yuyu, tío: cuanto mejor te van las cosas, más canguelo. Resulta que estás allá arriba con los dioses, por fin en las alturas, lo que siempre has soñado, y de pronto te das cuenta de que tú, ellos... todos los elegidos de la fortuna andan con un miedo del copón viendo cuándo se van a escachifollar y caerse del Olimpo.

En este punto Martín podría haber dicho las obviedades oportunas. Protestar que para él querría las zozobras de esos suertudos. Decirles a las chicas que no se molestaran en contarle la triste historia de tantos elegidos de los dioses tipo Marilyn, Elvis o Kurt Cobain, que de puro afortunados habían acabado labrando su propia desgracia. Y Martín podría haber añadido también que, por favor, no le insistieran con el bolero de que los ricos también lloran, que ya lo había oído muchas veces y no le consolaba en absoluto de su pésima suerte, pero no lo hizo. Prefirió ver cuál sería el próximo argumento de las productoras de Guadiana Fénix Films, de modo que sólo contribuyó con un:

—Dale, no joroben, pero si no hay más que ver a cualquiera de esos tipos en las revistas para darse cuenta de lo importantes que se sienten, de lo encantados que están.

—Encantados y acojonados, tío —apostillaron los dos índices en espejo—. El Olimpo es que es la hostia. —Se turnaban ahora las chicas para explicar como si fueran descubridoras de una nueva y contagiosa maldición—. Mira, da tanto yuyu estar en la cumbre, que el que más y el que menos acaba volviéndose terriblemente supersticioso. Como a cada rato piensan que se les va acabar la chamba, empiezan a creer cosas irracionales como que la suerte se esfumará en cuanto den un paso en falso. Y cuando decimos un paso en falso —apuntaron las chicas usando de pronto un plural mayestático muy adecuado, no sólo al discurso conjunto, sino al ambiente de aquelarre que empezaba a formarse al amor del humo y del empinar de botellas con sorbos cada vez más largos y sedientos— no nos referimos a errores en sus carreras, sino a la tontería de pisar mal un adoquín cuando van por la calle: «Si piso raya no me llamarán de la Warner» o «Coño, una raja en el asfalto, ahora sí que la jodí con el contrato de los cinco millones de dólares». Ya, ya, tú ríete, la gente normal se quedaría ojiplática al saber las cosas que hacen los que ellos imaginan como elegidos de la fortuna para sentirse seguros: el que no lleva en el bolsillo una castaña de la suerte, carga con dos clavos herrumbrados que una bruja balinesa le regaló una noche de luna, y se agarra a ellos como tú te agarrarías a tu novia o nosotras a nosotras mismas, porque de algún modo tienen que conjurar el pánico de que llegue el temido día en que alguien les pase factura por todo aquello. Y ese alguien serás precisamente tú, querido ángel caído, un tipo con un maletín que viene a cobrar.

—¿Con maletín y todo como en las malas novelas, carajo? —dijo Martín y en seguida, acordándose de su madre, corrigió—: Caracoles.

—Claro que sí, lo que tú quieras, tío: caracoles, lagartijas y hasta entraña de mono te proporcionaremos para la ambientación. Luego los detalles de la puesta en escena te los dejamos a ti, lo mismo que los de la vestimenta; por nosotras puedes disfrazarte de Lucifer al estilo clásico con jubón y pluma de gallo o de hombre Martini con gafas de sol y corbata de cuero, cualquiera de los *looks* es adecuado: de todos modos tu víctima se la va a tragar doblada...

—No entiendo cómo pueden estar tan seguras...

—Ya lo comprobarás, querido ángel —dijo una de ellas, y lo miró de una forma tal que a Martín le pareció que, a pesar de su aire desprolijo, a pesar de que acababa de decir que le dejaban a él los detalles, en Guadiana Fénix Films no había nada librado al azar, como si todo estuviera planeado por un estratega muy cuidadoso.

—Ojos de sapo... y entraña de mono, lagartijas o caracoles vivos... todo te lo proporcionaremos —rió Kar—; no tienes más que pedir por esa boquita... y por cierto, cariño, ¿no te gustaría saber cuánto te vamos a pagar?

—Es el momento que estaba esperando.

—¿Qué tal 3.000 euros por *pograma*, más dietas y gastos?

Diablos, iba a decir Martín, siempre fiel al pequeño homenaje que rendía a su madre, pero por alguna razón aquello sonaba peor que carajo.

Unas semanas más tarde, Martín Obes (en efecto con un maletín, en efecto con traje oscuro, corbata, gafas negras como el hombre Martini y el pelo ala de cuervo) haría su aparición en casa de Inés Ruano. Sin embargo, antes de que esto sucediera habrían de ocurrir algunas otras cosas y una segunda y bastante inevitable tintura de pelo.

7. LAS CARPETAS ROJAS

A partir de su acuerdo verbal con Guadiana Fénix Films, y después de una nueva visita para ajustar algunos detalles y cobrar un adelanto, Martín Obes empezó a recibir en su casa unas carpetas rojas con el dibujo de una larga pluma de gallo en la tapa que trataban de temas relacionados con su próximo trabajo. Unas contenían copia de antiguos estudios sobre la figura del ángel caído y estaban atribuidos a individuos de los que Martín nunca había oído hablar, como Lactancio, Tertuliano, Orígenes o un tal —y este nombre era el favorito de Martín— Dionisio el Aeropagita. Curiosamente, la información combinaba citas teológicas con datos dignos de una revista de cacareos. Fue así, por ejemplo, que Martín Obes pudo enterarse de que Orígenes, gran experto en ángeles, nacido en el siglo II, al cumplir dieciocho años, para evitar los engorros de las tentaciones lascivas y poder dedicarse en alma (y cuerpo) al estudio, había encontrado más práctico castrarse. Lamentablemente, este error de juventud no sólo le trajo muchos problemas a la hora de ordenarse sacerdote, sino que impidió que le hicieran santo «por no estar entero», según se decía en las carpetas rojas. Pese a esto —continuaba la explicación—, nada impidió a Orígenes ser uno de los teólogos más importantes de su tiempo y una autoridad en la figura del Diablo.

Cada uno de los ensayos contenidos en aquellas carpetas rojas estaba escrito de forma amena e incluía muchas indiscreciones mundanas como la de Orígenes. Martín encontró, además, diversos datos sobre la caída de Luzbel, el más bello de los ángeles, y un fragmento de *El Paraíso perdido,* de Milton, que las chicas, que debían de considerarlo muy cosmopolita, incluyeron en su versión original. Martín Obes, que no tenía entre sus escasas posesiones un diccionario de castellano y menos aún uno de inglés, no logró pasar de la primera y famosa línea de libro I «Del hombre la primera desobediencia, y la fruta (ah, ¿entonces no era una manzana? No, ignorante. Según notas al pie, incluidas por quienquiera que redactara aquello, jamás en la Biblia se menciona de qué fruta se trata. La manzana surge de un error de traducción, partiendo del latín malus) ... y la fruta de ese árbol prohibido cuyo sabor mortal trajo la muerte al mundo y todas sus miserias con la pérdida del Edén.»

Había, además, fragmentos tomados de otros libros, incluido el *Fausto,* de Goethe, en los que se pormenorizaba cómo hacer un pacto con el Diablo. Con el estilo simple y algo infantil que se emplea para explicar el modo de uso de un robot de cocina, las carpetas rojas enumeraban rituales y círculos mágicos, conjuros y salmodias. Y una vez explicados con gran desapego y nula prosopopeya todos los detalles de la ceremonia diabólica de la venta del alma, se pasaba a decir que aquello eran pamplinas, restos de un pasado ya caduco, en el que hasta Satanás se había visto obligado a mostrarse caballeroso con sus víctimas para hacer honor a sus nombres número 2 y número 4, que eran los que mejor encajaban con la mentalidad de tiempos pretéritos. «En cambio hoy en día, para las transacciones néuticas no utilizamos grandes ceremoniales, nada de apariciones sulfurosas ni propuestas como: ¡Acércate, oh mortal, entrégame tu alma y yo a cambio, etc., etc.!» No, no, decían las carpetas rojas expresando un comprensible desprecio por unas puestas en escena que, según se especificaba en el texto, habrían producido no pocas negativas y muchísimas carcajadas en tiempos modernos. «Ahora utilizamos el sistema del Gran Sueño para el que Satanás sólo debe hacer honor a uno de sus nombres: el número 6, un número, además, que es de su especial agrado.»

Martín detuvo aquí la lectura. Primero para preguntarse si no era exagerado que, para preparar una simple intervención en un programa de cámara oculta, tuviera que remontarse a los Santos Padres y a la Biblia, y luego, porque sentía curiosidad: ¿Qué quería decir eso de los distintos nombres del Diablo? ¿Cuáles eran el número 2 y el 4 que le obligaban a guardar las formas y comportarse como un caballero? ¿Cuál era el número 6? Hojeando un poco más entre los papeles enviados por Guadiana Fénix Films, y tal como era de esperar de un dossier tan completo, encontró dos folios que contestaban a sus preguntas. «Algunos de los nombres más comunes de Satanás son los siguientes», decía, y a continuación, en la primera hoja, figuraban media docena de palabras en griego, y en otra lengua que Martín supuso que sería hebreo, a las que acompañaba su correspondiente pronunciación fonética. Martín no se detuvo a mirarlos, pero, en cambio, le llamó la atención el segundo folio, en el que se traducía el significado de cada uno de los nombres.

ALGUNOS NOMBRES DE SATANÁS

1) El adversario
2) Estrella de la mañana
3) El tirano
4) El príncipe del mundo

5) El ángel exterminador
6) El mayor tramposo
7) El gran falsario
8) El acusador

¿Cómo se actúa entonces de acuerdo con el nombre número 6?, se preguntó Martín, y una vez leído «El mayor tramposo» decidió volver al contenido de las carpetas.

«Para ponernos al día con los tiempos modernos —*rezaba el texto*— hemos decidido sustituir todos los engorrosos ceremoniales mencionados anteriormente por El Gran Sueño, o lo que es lo mismo, una monumental borrachera a la que se inducirá a la víctima. El método no es exactamente ortodoxo —*se lamentaba el autor de aquellas líneas*—, pero el resultado es el mismo: se intoxica al sujeto a conciencia (ya verá usted cómo) y, antes de que se disipen los efectos del alcohol, el hábil agente inductor **tendrá la precaución de realizar un pequeño corte en la muñeca izquierda de la víctima hasta que brote sangre**, de modo que parezca que el pacto ha sido consumado durante la borrachera de la que el sujeto, naturalmente, no guardará memoria: muy sencillo y eficaz.»

A renglón seguido, el autor pedía disculpas por la chapuza a Paganini, a Madame de Montespan, a Rasputín y también a Harry Houdini como famosos pactistas diabólicos, al parecer; y remitía al lector curioso a otra carpeta roja en la que se explicaban con gran detalle los antiguos rituales de venta de almas, tanto más hermosos.

¿Para qué me mandan todo esto?, volvió a preguntarse Martín, pero la parte de su cabeza que se comportaba como Florencia debía de estar desconectada porque nadie contestó a su pregunta. Tal vez su hermana —o mejor dicho su sublimación— estuvieran en ese momento jugando al bridge.

Al cabo de unos días, el envío de las carpetas rojas menguó considerablemente, pero fue sustituido por una nueva forma de correspondencia. Ahora lo que más abundaba en la pequeña buhardilla de Martín Obes eran unos sobres marrones todos del mismo tamaño.

Los traían por las mañanas unos mensajeros irritantemente madrugadores y su contenido le recordaba a Martín el comienzo de la serie «Misión: Imposible» cuando el agente elegido recibía un paquete con unas cuantas fotos y directrices a seguir. «Esta información es confidencial y se autodestruirá en diez segundos», bromeó Martín la primera vez que abrió uno de aquellos envíos. Sin embargo, dentro, acompañando las fotos, no había cintas grabadas con acento de telefilme años sesenta, sino unas instrucciones muy precisas que venían firmadas por quien Martín imaginó sería el guionista de Guadiana Fénix Films, un tal Malphas que a veces se divertía firmando con otros nombres como Abraxas o Mandrágoras, pero que debía de ser la misma persona pues tenía la extravagancia de escribir a mano con una letra picuda y, a la vez, sorprendentemente clara.

Una mañana, seis o siete días después de la última reunión en Guadiana Fénix Films, mientras leía su correspondencia y a ratos ponderaba si sería mejor dejarse perilla o mosca para completar su nuevo y oscuro aspecto de Mefistófeles, Martín Obes recibió una corta nota de Malphas acompañada de dos fotos. En la primera aparecía un hombre de unos cincuenta y muchos años, flácido de brazos y piernas, que a Martín se le antojó como la reencarnación humana de Rocinante: «Gregorio Paniagua será su compañero en estas lides, es un buen operador de cámara oculta y un verdadero artista. Lo conocerá usted el día que les toque trabajar juntos», decía la nota. Martín se volvió entonces hacia la segunda foto esperando encontrar la imagen de otro miembro del equipo, un segundo colaborador a la hora de montar aquella farsa, pero, para su sorpresa, la foto era de él mismo antes de que se tiñera el pelo, es decir, antes también de su segunda entrevista con Kar y Ro. Aparecía rubio, con los ojos muy claros y esa mirada estulta de quien ignora que está siendo observado. «El baile empezará pronto —decía la nota del guionista—. Pero antes, serán necesarias dos cosas. Que se familiarice con la cara de su compañero de trabajo (eso es muy sencillo, basta, por ahora, con estudiar la foto adjunta), y luego deberá volver a teñirse el pelo de su color.» (¿Otra vez?, pero, dale, salí, que no joroben, a ver si me voy a quedar calvo con tanto colorinche.)

Aquélla iba a ser la única vez que Martín llamara a Guadiana Fénix Films para quejarse. No entendía por qué tenía que volver a dejarse el pelo de su color.

—Porque así lo exige el guión en el comienzo de la historia, tío —dijo la voz de una de las chicas, tal vez Ro.

—¿Y no lo podrían haber pensado antes, ustedes? —protestó Martín mirándose de reojo en un espejo para comprobar que, en efecto, con el pelo largo negro y los ojos verdes apenas le haría falta la perilla para tener un oportuno aspecto diabólico.

—Necesitábamos verte con el *look* demoníaco antes de cerrar el trato, querido Mefistófeles; era un problema de *casting*, pero ahora todo debe volver a su estado primitivo para comenzar el engaño. Tu primera aparición ante Inés Ruano será angelical como corresponde: al principio estaban los ángeles y después vienen los demonios, así ha sido siempre.

—¿Y no puedo aparecerme con una angelical peluca, por amor del cielo?

—A partir de ahora mencionaremos poco ese lugar —dijo la voz al otro lado de la línea—. Es por mantener la tensión dramática, y en cuanto a los inconvenientes, ¿qué te parecen otros mil euros más por las molestias?

Sos un pelotudo, por lo menos andá a la peluquería de tu admiradora doña Teresita para hacerte el cambio de *look* o te vas a quedar calvo y feísimo con tanto enjuague casero, dijo la voz de Florencia, regresada, seguramente, de su partida de bridge. Pero se equivocaba. Cuando empezaron a desarrollarse las primeras escenas de este engaño, Martín Obes con su bello pelo otra vez rubio teñido en casa y sus ojos claros era lo más parecido a un ángel que se recuerda desde que Peter O'Toole ayudó a Lot y a su familia a escapar de Sodoma.

8. UNA TONTA BORRACHERA

Inés Ruano jamás se había interesado por tipos más jóvenes que ella, pero aquel hombre la inquietaba. Para empezar era el ser más guapo que ella, tan acostumbrada a retratar belleza, había visto en toda su vida. Llevaba una camisa blanca y destacaba entre el resto de los presentes, a los que las luces ultravioleta del local habían convertido en promontorios oscuros sobre los que brillaban demasiado sus dentaduras o en grandes sombras negras que blandían bebidas fluorescentes, verdes o azuladas contenidas en vasos con forma de tubo como unos menguados sables de *La guerra de las galaxias,* aunque aquello no era precisamente el planeta Dantooine, ni siquiera Dagoba, sino una nueva discoteca llamada Crisis 40 en la que sólo admitían cuarentones heterosexuales en paréntesis sentimental. ¿Qué hacía entonces un hombre tan joven ahí?

En ninguna parte del establecimiento figuraban los requisitos para entrar, pero, por alguna ley de selección natural más sofisticada que la reserva del derecho de admisión, no había en el local, además del muchacho, más que mujeres y hombres influyentes, Jedis y princesas Leias curtidos en guerras en contra —o a favor— de imperios cuyos nombres eran Saatchi & Saatchi o Time Warner. Si las luces ultravioleta permitieran ver algo más que dientes y vasos tubo, se podría comprobar que el local estaba lleno, además, de peligrosos Darth Vaders de la publicidad, y mercenarios Han Solos de grupos multimedia, e incluso de no pocos R2-D2 muy bien aceitados: en suma, de moradores de distintos universos de las artes, la publicidad y la fotografía, a los que se anteponían casi exacto número de princesas Leia y reinas Amidala. Era imposible ver nada a menos de dos metros de distancia, lo que propiciaba el ensimismamiento y, al tiempo, la cercanía más violenta con extraños y extrañas que vestían todos de forma muy similar, siempre de oscuro. A veces, ciertas notas de color destacaban por su escasez: una corbata lila, una camisa gris o, como gran concesión al *hágase la luz*, los sostenes blancos de algunas chicas que se transparentaban a través de sus jerseys negros pero que a nadie parecían llamar la atención. Aparte de estos puntos de color, también podían apreciarse tenues motas blancas en los trajes de peor calidad, algún pelo teñido de rubio platino (siempre en hombres) y poca cosa más salvo el ir y venir de aquellos vasos tubo en la negrura como espadas de luz, modelos a escala de la que, sin duda, día tras día blandirían sus dueños para luchar por el orden del universo planetario.

—Otra Bombay con tónica —dijo Inés mientras volvía a mirar al hombre de la esquina. No tenía con quién comentar. Lejos quedaban los tiempos en los que las chicas salían en grupos de tres o cuatro, risitas nerviosas de colegialas azaradas y cuchicheos al oído: «Fíjate, me gusta aquél, ay, por favor, no me des codazos que se va a dar cuenta, tonta...» Pero no, las mujeres de éxito de hoy no van en bandadas como los estorninos, acuden solas a lugares como Crisis 40, se acodan a la barra y si tienen ganas de comentar que han visto al hombre más guapo del mundo, se lo cuentan a su Bombay con tónica.

Otra copa, se dice Inés, total mañana sólo tengo que hacer unas fotos para Maira, para una serie que ella llama

«Encuentros con Mujeres en la Sombra», nada importante. De hecho, ahora que lo piensa, sus tres próximos días parecen vacaciones comparados con su actividad habitual: hasta pasado mañana, que viaja a Zurich por encargo de una galería de arte, no tiene nada que hacer salvo ese reportaje, algo bastante marujil para sus cánones.

—Póngame más ginebra y dos rodajas de limón... otro poquito... así, gracias. Una noche es una noche.

Lo peor de pertenecer a una generación de cambio, piensa Inés, es que no eres ni una cosa ni otra. Si fuera cinco años más joven, seguramente ahora no tendría reparo en acercarse al hombre de la esquina y decirle hola. En realidad no es reparo lo que tiene sino miedo a su torpeza. Miedo a las imprevisibles consecuencias de la patosería propia de quien ha crecido con otras reglas: las niñas monas son princesas y nunca han necesitado insinuarse a sus pretendientes, las princesas no se ofrecen a los hombres porque a las princesas les quedan fatal las actitudes de los simples mortales, como a un Santo Cristo dos pistolas, y se vuelven torpes y dicen cosas fuera de lugar y meten la gamba que te mueres:

—Oye, ¿me das fuego, rubio?

No es posible. No es posible que ella haya dicho eso como si fuera una Mae West de tercera regional, peor aún, como si fuera Loles León, y lo más increíble del caso es que ni siquiera fuma, lo dejó hace años. Pero lo ha dicho, lo-ha-dicho, se ha acercado al hombre de la camisa blanca, ha soltado semejante cretinada y ¿ahora qué? Inés se sumerge en un mar de Bombay con tónica, es lo mejor que puede hacer y ojalá se ahogue.

—Perdonáme, ¿hablás conmigo?

Un momento: parece que no me ha oído. Es verdad, no se ha enterado. Por suerte está tan sordo como todos nosotros en este lugar, suspira aliviada Inés antes de añadir:

bendito sea el remix de Eminem que a esta hora atruena Crisis 40.

Hace sólo unos minutos a Inés Ruano le parecía algo monótono aquel chunda chunda de fondo, ella prefiere cuando pinchan música reactualizada como la de las Sugar Babes con Sting, por ejemplo, pero ahora está casi a punto de llorar de agradecimiento (qué exagerada eres, Inés, uno de estos días te va a matar el orgullo malentendido que tienes, eso, si no te mata antes la insatisfacción que te corroe, tía), llorar de agradecimiento porque gracias a todos los santos y a la música rapera no va a quedar como una imbécil, menos mal, y a ver qué se te ocurre ahora para retomar la conversación. (¿Seguro que quieres seguir intentándolo? Nunca antes te habías fijado en los muchachos con cara de ángel, más bien te gusta todo lo contrario, para tu desgracia... ¿no? Ya, ya, pero la mancha de una mora con otra *verde* se quita, eso dice siempre mi querida madre, así que, venga, di cualquier cosa.)

Nada: lo único que se le ocurre es mirarlo de la cabeza a los pies y entonces se da cuenta de que esa perfección de hombre tiene desabrochado un botón de la braqueta, un descuido, le puede pasar a cualquiera, las princesas jamás hacen mención a cosas así, queda muy mal, parece que te insinúas o que te cachondeas, que es peor...

—Perdona, yo... sólo quería decirte... bueno, en fin, que llevas la braqueta abierta, oye.

Mientras Martín se levanta apurado (canejo, qué papelón, no me había dado cuenta), mientras Inés se sumerge en las profundidades de su vaso de ginebra (que la fuerza me acompañe, que la fuerza me acompañe... ¿estoy loca o qué me pasa?), los dos piensan: Martín piensa que ha estropeado la estrategia de acercamiento que tenía intención de desplegar con aquella chica y que consistía, ¿en qué consistía? «En seguir sus instintos y dejarse llevar, nada más.» Eso era lo único que debía hacer para cumplir con las instrucciones del guionista de Guadiana Fénix Films. «Sucederán cosas a su alrededor.» Estaba escrito en el último informe. «Usted simplemente dedíquese a fluir con los acontecimientos y verá como todo sale perfecto.»

Sin embargo, por el momento todo iba francamente mal. ¿Cómo acercarse a la chica después de semejante plancha?

Inés, por su parte, piensa que es tonta e infantil, que de nada le ha valido la supuesta seguridad que da el éxito y el dinero, porque ¿a qué viene esta nueva chaladura? Es verdad que es guapo como un dios, pero precisamente por eso debería recordarle a los Tonycurtis de su madre y ¿quién quiere un Tonycurtis? Además, que tienes cuarenta y cinco añazos, tía, por amor del cielo, y sólo te ha faltado tartamudear y que te temblaran las rodillas. ¿Qué tiene la extrema belleza que resulta tan paralizante?

Desde luego lo es para los hombres, que suelen volverse lelos ante una mujer fuera de lo común: aquello lo había visto Inés en su casa desde niña y precisamente por eso lo menospreciaba. Pero nosotras, las mujeres, valoramos otras cosas, ¿qué te pasa, Inés, te recuerda a alguien? Qué tontería, por Dios, claro que no, ¿a quién puede recordarme? Mírale, mírale, se ha levantado de su asiento, se marcha, ojalá sólo vaya al lavabo y regrese luego... ¿y si no vuelve? ¿Entonces qué hago?

—No es que me sienta molesto, señorita, pero llevo a su atención el hecho de que hace un buen rato que está usted bebiéndose mi vodka.

Inés mira a su izquierda. Había reparado antes en aquel individuo, o mejor dicho, en esa silueta oscura como todas las demás, que está a su lado en la barra, pero no le había dedicado ni un pensamiento. Nadie presta demasiada atención a un hombre de cincuenta y bastantes años de brazos y piernas desgalichados que se parece a un caballo y que, a pesar de vestir el mismo uniforme oscuro que el resto de los parroquianos de Crisis 40, posee un aire pretérito, como si acabara de escaparse de una novela del siglo XIX, una de Dickens, por ejemplo.

—¿Que me he bebido su vodka, dice usted?

El tipo de la cara de caballo tiene una sonrisa que parece sincera y con un dedo largo y huesudo está señalándole su error: sobre la barra brillan dos vasos tubo; uno levemente más fluorescente que otro; uno lleno, otro menos.

—¿Ve usted? Éste es el mío, yo estoy tomando vodka doble con lima jamaicana y usted gin tonic, me parece, o al menos así era hasta que...

Inés entonces se da cuenta de que sí, de que los últimos tragos le han sabido raro, pero lo había achacado al efecto hombre-de-la-esquina, y ahora resulta que todo el rato, mientras intentaba atraer la atención de un tío —cosa que no ha hecho jamás en la vida—, mientras se comportaba como Mae West (¿qué demonios me pasa?), además, se estaba bebiendo la copa de un extraño. Increíble.

—No piense que lo menciono por motivos sanitarios, señorita, no me cabe la menor duda de que es usted una persona del todo saludable, pero...

Dios mío, se dice Inés, ¿cuántas copas me he tomado? Da igual, yo jamás me emborracho... ¿Nunca? Nunca, ¿ah no?, pues ya ves, yo diría que todas estas cosas te pasan porque estás bolinga perdida, es la única explicación.

En ese momento, y tal vez para ratificar su afirmación, el suelo del establecimiento inicia una escalada vertical como si aquello fuera la *casa de los locos* de cualquier parque de atracciones. ¿Ves?, por eso he hecho y dicho semejantes tonterías, piensa, y de pronto siente el tonto alivio de quien

73

encuentra coartada para sus actuaciones más vergonzosas. Ya lo sé: todo es culpa del vodka con lima de este tipo, debe de ser una verdadera bomba, porque yo ¿cuántas copas me he tomado por mi cuenta?, nada, un gin tonic, bueno, vale... uno y medio y luego no sé cuánto del vodka de este fulano de cara triste.

Lo mira. Su aspecto es agradable aunque pálido, como si viviera dentro de un fanal y hoy hubiera salido por primera vez. ¿Tendrá sida, por Dios? No seas tonta, Inés, aunque lo tenga, todo el mundo sabe que no puede contraerse por beber del vaso de otro, ni siquiera si le hubieras dado un beso de tornillo; deja de pensar chuminadas, la gente se confunde de vaso a cada rato en sitios como éste donde no se ve nada y todo el mundo está encima de todo el mundo; beberte la copa del vecino es lo menos que te puede pasar, pero ojalá el suelo regrese a su sitio, por favor, me da miedo soltarme de la barra, me voy a caer, seguiré haciendo el ridículo. ¿Dónde está el hombre de la esquina? ¿Por qué no vuelve? Bueno, casi mejor que no vuelva, total, para verme así...

A su regreso del lavabo y cuando está lo suficientemente cerca como para distinguir algo en la penumbra, Martín Obes repara en que Inés se ha puesto a hablar con otro hombre en la barra. Por eso decide esperar: es fácil observar entre las sombras y se aprende mucho del comportamiento ajeno. Martín piensa que cuando termine esa conversación que imagina intrascendente, será el momento ideal para acercarse y decirle algo así como: «Hola, gracias por el directo a la mandíbula que me diste hace un rato, después de aquello no sé cómo me atrevo a hablarte pero me gustas tanto que...» Que ¿qué? ¿Y ahora cómo sigo?

«No se preocupe: deje que fluyan los acontecimientos y todo irá bien», le había escrito quien él suponía el guionista de Guadiana Fénix Films. Sí, sí, pero ¿en qué rayos consiste esa táctica? Martín no tiene instrucciones más precisas; se supone que debe inventarse algo, se supone que él es el rey de las improvisaciones. Toda su vida ha sido una pura improvisación. A ver, ché, pensá algo.

¿Qué te habías creído, requeteimbécil?, ¿que te iban a pagar un platal por nada?, ¿por tomar copas en un boliche?, dice Flo, que ni siquiera descansa por las noches. Andá a saber qué es todo esto en realidad. Sólo vos te metés en semejantes líos, así no más sin hacer una averiguación, sin preguntar quién es la gente para la que trabajás. Andá a saber qué asunto es éste y si no te contrataron de gancho para un quilombo de drogas o algo peor; pero qué pelotudo que sos, Martincito.

Como siempre que se manifiesta su hermana Florencia, Martín decide que es el momento de contradecirla. Por eso se acerca a la barra. Ya sabe lo que va a decirle a Inés. Por cierto: ahora que la ve mejor, tenían razón sus jefas, no es guapa pero sí diferente, va a ser agradable su trabajo, seguro que sí. Vuelve a mirar. Entonces es cuando se da cuenta de con quién está la chica. Si como un pésimo agente de «Misión: Imposible» hubiera sido incapaz de darse cuenta de que quien está ofreciendo a Inés una copa no es otro que el tal Gregorio Paniagua que aparecía en la foto que le mandaron de la productora. Si no hubiera reconocido en aquel tipo de cara alargada al que sería su cómplice y operador de cámara oculta en este embrollo, aún sin todos estos datos, un detalle habría detenido a Martín Obes antes de llegar adonde estaba Inés. En la muñeca de aquel hombre, justo en la cara interior y dibujada de modo que destaca en la oscuridad reinante tanto como los dientes de todos los parroquianos de Crisis 40, tanto como las espadas de luz, puede verse tatuada una pluma de ave. «Sucederán cosas a su alrededor —había dicho el supuesto guionista de Guadiana Fénix Films—, usted simplemente dedíquese a fluir con lo que ocurra, déjese llevar por los acontecimientos y, sobre todo, recuerde: nada de preguntas.»

Exactamente eso es lo que hizo Martín Obes aquella noche. Por primera vez en su vida siguió unas instrucciones al pie de la letra y no se hizo preguntas. Por eso, antes de las dos de la mañana estaba durmiendo en su buhardilla de la calle Amparo sin que nadie, ni siquiera la voz de su hermana Florencia, pudiera molestarlo.

Inés, en cambio, nunca se dio cuenta de que habían vuelto a estar tan cerca el uno del otro. En el momento en que Martín regresó a la barra, ella estaba demasiado ocupada en lograr que el suelo de Crisis 40 dejara de moverse y, al mismo tiempo, no podía parar de pensar en él. ¿Y si no se ha ido del todo?, ¿y si vuelve?, ¿y si se dejó algo olvidado? Pero no, se decía, mejor que no, porque el suelo seguía creciendo. Que no regrese, por favor, seguro que voy y digo otra chuminada. Por favor, Inés, si tú no bebes más que refrescos desde... bueno, desde siempre, digamos, ¿a quién se le ocurre?, estás fatal, no puedes quedarte aquí en este estado, vete a casa... ya, pero ¿y si vuelve?

Con ese revoltijo de ideas que propicia el alcohol, Inés no llega a ponerse de acuerdo consigo misma. Por minutos se convence de que debe quedarse, que no es posible haber sentido una atracción tan rara por alguien y dejarlo escapar. ¿Tú sabes la cantidad de posibilidades que hay de que *no* vuelvas a encontrártelo nunca? Miles, millones; no lo volverás a ver en tu vida, se lo tragará Madrid como se tragan todo las grandes ciudades: sin piedad. Es imposible conocer gente nueva, al final siempre los mismos, los mismos fracasos, se dice, y bebe otro sorbo con mucho cuidado de no equivocarse de vaso. El hombre de la cara de rocín sigue por ahí, sin duda, pero se lo han vuelto a tragar las sombras.

Mejor, piensa Inés, no quiero que si *él* vuelve me encuentre hablando con otro, además, tengo que pedirle perdón por lo de la bragueta como sea... ¡No!, en este estado es mejor no intentar justificarse, Inés, a saber qué le dices... pero si estoy bien y dentro de un rato estaré mejor. Mira, vamos a hacer una cosa: me tomaré algo que me despeje, un zumo de tomate con mucha pimienta, por ejemplo, y varios vasos de agua. De verdad, lo juro, en cuanto el mundo deje de dar vueltas pediré todo eso y un alka seltzer. ¿Y no sería mejor pedir otra copa? Los borrachos dicen que un clavo saca otro clavo (igualito que lo de la mancha de la mora, etcétera..., el amor y la borrachera se parecen tanto... bravo, Inés, un pensamiento francamente novedoso, tía). En fin, lo que iba diciendo, que lo importante es mantener el nivel de alcohol. ¿Qué tal si me tomo media copa? Sólo media para acortar la espera, porque va a volver, estoy segura. Bueno, vale, tómatela; pero esta vez nada de ginebra. Voy a pedir lo mismo que estaba tomando el hombre de la cara de caballo, me encantó. Vodka con lima jamaicana dijo que era, ¿no? Sí, claro, ahora me doy cuenta de por qué la melopea: sabía igual que esas bebidas caribeñas llenas de espuma y con una sombrillita que los turistas no paran de pedirle al barman en los cruceros y sin darse cuenta se toman siete:

—Oye, harrybelafonte, dame otro de ésos.

Inés llega a pensar que tal vez se llame así su vecino, porque al decir esto ve como de la negrura vuelve a emerger su cara amable y, en esta ocasión, le ofrece un vaso pequeño. Nada de grandes espadas de luz como las que brillan en aquella oscuridad, tampoco esta bebida parece tener colores ni sombrillitas caribeñas que la adornen pero... Sólo un trago, Inés. Y antes de tomarse la copa que le ofrecen, tiene tiempo de aprender dos cosas de su compañero de barra: la primera que no se llama Belafonte sino Gregorio Paniagua.

—Para servirla, señorita, por favor, bébaselo tranquila que le va a saber a gloria.

Y la segunda, que la mano que le entrega con tanta amabilidad su bebida tiene dibujada con tinta fosforescente en la cara interior de la muñeca una pluma larga y fina «como la de un gallo», piensa Inés, y entre el revoltijo de ideas, aún se le cuela una lejana curiosidad infantil sobre aves. Oye, ¿a que es una pluma de gallo bataraz? Sí, sí, me apuesto lo que sea, un gallo bataraz como los que había en casa de los padres de mamá.

Precisamente una pluma de esas características es lo primero que Inés recuerda al despertar al día siguiente, sólo que ahora la maldita pluma se le está colando de la manera más desagradable por el oído izquierdo, dentro, muy dentro, hasta el mismo fondo, como si quisiera trepanarle las entendederas, qué resacón, estoy doblada, cómo me duele la cabeza, ¿qué hora es?

Inés mira el reloj: horror, pero si son las cuatro y media de la tarde y ella ha quedado a las cinco para hacer aquellas estúpidas fotos de «Encuentros con Mujeres en la Sombra». ¿Qué pasó anoche? No logra recordar y todo le parece tan fuera de lo normal que se examina el cuerpo para comprobar si está entera como quien regresa de un combate. Se palpa el cuello y luego el tronco, las piernas, los brazos... Qué barbaridad, seguramente la pluma de gallo que le taladra la sesera le impide ver las cosas con claridad porque al llegar a la muñeca izquierda se da cuenta de que tiene un pequeño corte púrpura. ¿Con qué me hice este tajo? No recuerda nada. En cualquier caso la herida no es muy grande, al menos no tan grande como su prisa. Inés odia llegar tarde. Por eso, una ducha, dos alka seltzer y tres cafés más tarde ya se ha olvidado de aquel rasguño.

9. ¿QUÉ ES LA ARISTOTIQUIA?

—

«Según formulación de Caius de Forturia, en su *De alia jactione*, aristotiquia significa "la mejor suerte posible" o "la suerte de los mejores". La etimología de la palabra es sencilla y está al alcance de un estudiante de secundaria. *Aristos* significa "lo mejor" y *eutiquia*, "buena suerte". Por su parte, cacotiquia significa la peor suerte y, ambas, cacotiquia y aristotiquia —a diferencia de los golpes aleatorios de fortuna que puedan darse en la vida— describe no un hecho aislado sino *un conjunto de hechos*, una sucesión de carambolas afortunadas (o desafortunadas en el caso de la cacotiquia), de modo que a un primer acontecimiento positivo —o negativo— le sigue otro y otro del mismo signo y así hasta el asombro.

»¿Por qué ocurren estos curiosos encadenamientos de la fortuna tan frecuentes en la historia, en la literatura y también en la vida?»

—se disponía a escribir el escribidor cuando detuvo su pluma. Y lo hizo (además de pensativo) en el más literal sentido de la palabra: era una pluma de ganso la que utilizaba para escribir el contenido de las carpetas rojas, porque, junto con la información, eran muy necesarios ciertos detalles teatrales que dieran empaque al trabajo en el que estaba embarcado, lo que hagas, hazlo bien, ¿no te parece, *Wagner?*

Y *Wagner,* que casualmente andaba por ahí, comenzó arqueando el lomo y acabó moviendo la cola porque ésa es la costumbre de los gatos cimarrones, sobre todo cuando están disgustados o aburridos de muerte.

«Como el ser humano es vanidoso —continuó escribiendo aquel hombre— tiende a pensar que la buena suerte es producto de su talento mientras que la mala se debe a un destino perverso, cuando se buscan referencias librescas sobre la suerte en cadena, no se encuentra ninguna sobre la aristotiquia y sí muchas sobre su menos agraciada hermana. Un lector curioso, por tanto, podría recopilar centenares de citas sobre la cacotiquia porque la suerte (y en especial la de signo adverso) ha sido continuo motivo de inquietud y reflexión para el hombre.

»He aquí algunas de las cosas que se han escrito sobre la cacotiquia:

»Obviando el tan conocido "las penas nunca vienen solas" (por cierto, presente en el *Quijote*), pueden encontrarse alusiones a ella en muchas obras maestras. En *Hamlet,* capítulo IV, escena V, por ejemplo, Ofelia se lamenta de que las desdichas "no vienen como exploradores aislados sino en legiones". A continuación podría mencionarse una verdadera pléyade de autores preocupados por la cacotiquia, y tan dispares como Mark Twain, Valle-Inclán, Sterne o Kierkegaard, pero será suficiente con citar al poeta Heindrich Heine y sus humorísticos versos sobre La señora Mala Suerte. "Con un largo y ferviente beso —dice el autor de *Intermezzo*—, Madame Mauvais Chance se sienta en nuestra cama y se dedica a hacer calceta".»

—¿Qué te pasa *Wagner?* —dice el escribidor, que lleva dos meses conviviendo con este gato de ojos color azufre desde que una noche, al poco de morir su viejo highland terrier ya ciego y sin dientes, el minino comenzó a seguirlo por la calle. El escribidor recuerda muy bien cuando se conocieron pues fue el mismo día en que él aceptó el curioso encargo de trabajo que ahora le ocupa, una coincidencia. «No recurriría a usted si tuviera otra alternativa», le había dicho la persona por la que se estaba tomando tantas molestias. «Sé que lleva usted apenas unos meses en Madrid y que debería haber esperado un poco más para dar señales de vida, pero cuando le explique mis razones seguro que lograré convencerlo. Por el dinero, como siempre, no debe preocuparse en absoluto: lo único que me interesa es que las cosas salgan tan bien como la primera vez. El modo de hacerlo lo dejo a su imaginación; por mí como si quiere provocar una catarsis a la griega, escenificar un psicodrama como hizo la vez anterior en que trabajó para mí o, yo qué sé, inventarse un simulacro de pacto con el Diablo; cualquier cosa me complacerá, usted sabe cuánto valor doy a la estética. Y a la eficacia, naturalmente.»

Ah, los conocidos del pasado, pensó entonces el escribidor. ¿Por qué no se quedarán para siempre en su condición de sombras, que es el destino que para ellos hemos elegido? Exigencias, caprichos, chantajes emocionales, eso es lo único que se puede esperar del pasado y de sus moradores.

Aquel gato había irrumpido en la vida de Paniagua cuando éste apenas llevaba un par de meses en la ciudad. Desde aquel día y, a pesar del difícil carácter del animal, había comenzado a encariñarse con él.

—¿No estarás algo suelto de tripa, *Wagner*? Ven con papá.

Pero *Wagner*, al que le molesta que alguien se haga llamar su papá, da un bufido y se aleja pasillo arriba, otro desplante que el escribidor tolera con nostálgica paciencia: «Tan malhumorado como mi viejo *Macduff*», se dice recordando a su viejo highland terrier, y vuelve a su tarea.

Nadie sabe muy bien en qué consiste su tarea, pero a juzgar por el material que tiene sobre la mesa y las cosas que escribe, debe de ser un hombre extraordinariamente puntilloso, alguien que comienza un trabajo y luego se entusiasma con él y acaba haciendo una exhaustiva investigación porque si no no se explica que se tome tantas molestias para escenificar un simple engaño ¿televisivo hemos dicho, verdad?

10. MÁS CONSIDERACIONES SOBRE
LA SUERTE ENCADENADA

—

«Y—continúa escribiendo el escribidor con su larga cara de rocinante concentrada en la belleza de la caligrafía— tan comunes son estos fenómenos —me refiero por supuesto tanto a la buena como a la mala suerte encadenada con sus extrañas coincidencias y con sus secuencias casi matemáticas— que se podría afirmar que, si bien es falso que Dios juegue a los dados con el ser humano, le fascina en cambio jugar con él al tres en raya y lo hace con suma frecuencia.

OTRA POSIBLE EXPLICACIÓN AL FENÓMENO
DE LA SUERTE ENCADENADA (LOS RACIONALISTAS)

»Los racionalistas —*anota y luego, como un escolar aplicado, subraya el enunciado con una regla muy manchada de tinta*— en cambio, no creen que Dios (que por supuesto no existe) se dedique a jugar ni a los dados ni mucho menos al tres al raya con los seres humanos, de modo que para ellos la aristotiquia y su hermana fea la cacotiquia no son más que el producto de la **actitud positiva o negativa de las personas**, y la relacionan, a la primera con la euforia y a la segunda con el pesimismo... En el muy conocido ensayo *La razón de Melquisedec* se afirma (hablando ahora sólo de la aristotiquia) que "Una vez que sucede un primer y aleatorio hecho afortunado, la euforia o la buena predisposición del sujeto atrae a otros de igual signo hasta producir una cadena afortunada. Es lo que vulgarmente se llama 'estar en racha'."

Aquí el escribidor explica con detalle lo que es una racha y de dónde viene la palabra y a continuación pasa a decir que, en el capítulo XI del libro antes mencionado se afirma que:

»[...] Resulta muy interesante comprobar cómo, al depender enteramente del estado de ánimo del sujeto, la aristotiquia puede *inducirse artificialmente* en una persona, es decir, puede ser provocada por un astuto manipulador que "fabrique" uno o dos hechos afortunados que inicien la racha. Una vez que estos tengan lugar y la víctima los identifique como un golpe de fortuna, la euforia no sólo propiciará que se produzcan otros de igual signo sino que, además, hará que hasta los hechos más nimios e inconexos —un semáforo en verde en un momento oportuno... una llamada de teléfono o la derrota de un equipo de fútbol rival— se atribuyan también a la buena predisposición de la fortuna.»

—*¿Wagner?*
El escribidor no puede concentrarse en su tarea. No sabe dónde está el gato. Imagina que se ha disgustado y tal vez esté haciendo algo desagradable para molestarle, como cazar un pajarito en el balcón. Y en efecto, *Wagner* está haciendo algo que no agradaría mucho a Paniagua, incluso que lo entristecería, pero el escribidor no puede imaginar qué.
A pesar de la desazón que le produce su ausencia, el escribidor decide no ir en busca del animal, al menos por el momento. Le interesa lo mucho que está aprendiendo al

tiempo que escribe (así que Dios no juega a los dados pero sí al tres en raya, qué interesante, nunca se acaba de aprender. Afortunadamente). Muy bien, a ver qué más.

Aún es temprano, de modo que, una vez terminado el escrito, todavía le da tiempo para redactar unas instrucciones precisas por las cuales el receptor, en este caso ese muchacho llamado Martín Obes, habrá de poner en marcha inmediatamente la segunda parte del plan: un pequeño engaño que desencadene la aristotiquia en el caso Inés Ruano. A tal efecto, el escribidor sugiere que Martín llame a la víctima por teléfono fingiendo ser el subdirector de una famosa publicación americana, *Harper's* o *Vanity Fair*, por ejemplo, y que le anuncie que la revista está interesada en contratarla por una cifra tan elevada que nadie pueda dudar de que se trata de un gran golpe de suerte. A partir de ahí...

«A partir de ahí —apunta el escribidor después de dar una corta pero inspiradora chupada a su pluma de ave— se podrían provocar dos o tres coincidencias afortunadas (un encuentro inesperado, un billete de diez euros tirado sobre el felpudo de su puerta), cualquier cosa, por nimia que parezca pero que la víctima pueda identificar como un signo de fortuna, porque, como ya se ha dicho más arriba, "una vez puesta en marcha la aristotiquia, será la propia imaginación de la víctima o, en el más extremo de los casos, nosotros —*y aquí el escribidor chasquea la lengua, porque sabe muy bien a quién le tocará el trabajo sucio de 'nosotros'*— quienes nos ocupemos de que todo parezca providencial". Después de esto, y una vez tomadas ciertas precauciones de las que le informaré oportunamente, todo estará listo para rodar nuestro programa de televisión y su colaboración habrá terminado. Le deseo —escribe, pero en este punto el escribidor duda, el escribidor chupa la pluma de ganso intentando extraer de ahí una decisión y por fin, aunque las tachaduras estropean la estética del texto decide tachar "le deseo" y escribe— le deseamos buena suerte.»

Se detiene. Mira el escrito, que, por cierto, le ha salido demasiado largo para su gusto sintético y, a continuación, se dispone a firmar. ¿Qué nombre elegirá hoy? Ésta es la parte que más le divierte de su tarea de escribidor, su preferida, pues conecta con el rasgo más relevante de su carácter: el equívoco. Por supuesto que no piensa utilizar su verdadero nombre, que nadie conoce en esta ciudad, ni mucho menos ese útil Gregorio Paniagua del que se ha valido durante años y que es su marca registrada. Los nombres no son palabras baladíes ni carcasas hueras —piensa el escribidor—, los nombres significan cosas y evocan otras muchas, por eso estos interesantes escritos que desde hace unos días se dedica a enviar a Martín Obes van firmados con nombres diferentes en cada ocasión pero afines entre sí. Nadie hasta el momento se ha detenido en averiguar qué quiere decir el uso de tales apelativos y es posible que tampoco lo haga en el futuro, pero el escribidor está acostumbrado desde su más lejana juventud a que sus pequeños chistes eruditos pasen irremediablemente inadvertidos. «La gente no se interesa por nada, hoy en día», se dice. «Nadie *sabe* nada.» No obstante, el que no se entiendan los inteligentes guiños que él introduce en todo lo que elabora, no le hace desistir de enviarlos secretamente.

—¿*Wagner*? ¿dónde estás, *Wagner*?

A Gregorio Paniagua le gustaría que estuviera aquí para consultarle el asunto del nombre como antes hacía con *Macduff*, al que solía contarle sus cosas, pero claramente este gato es distinto, a veces ni siquiera parece un gato normal, ¿adónde habrá ido? Ojalá no esté enfadado, es un ser de muy malas mañas. *¿Wagner?* No aparece. Es tarde, tendré que firmar de cualquier manera, piensa el escribidor. Hace ensayos en un papel y tras una pausa escribe Zeernebooch porque, a su parecer, valerse de uno los nombres del Diablo adorna mucho lo escrito y le da un aire de misterio al tiempo que hace parecer todo más real. Otro tanto ocurre con las pequeñas anécdotas que se ha molestado en recopilar sobre la personalidad de Satanás para enviar a Martín Obes junto con las carpetas rojas; se trata de información toda ella erudita, nada de pamplinas esotéricas ni cosas así. Zeer-ne-booch, pues, será hoy el nombre elegido y lo cierto es que estuvo dudando mucho rato: también le gustaba Abraxas y ¿qué tal Mandrágoras?, ¿Zebulón, quizá?, pero al final fue Zeernebooch. Suena inquietante, se dice al tiempo que se esmera en firmar con una caligrafía que parece gótica. Realmente son muy divertidas estas imposturas, piensa Paniagua, un pequeño e inofensivo placer intelectual, qué pena no tener a nadie con quien compartir tan inocentes distracciones. Ni un gato.

Wagner no está cazando pajaritos. Y si tiene colitis, como ya intuía el escribidor, es porque en ciertas escapadas secretas se dedica a comer dulces, todos los que su benefactora quiera darle, que son muchos.

—Mira, *Wagnercito*, déjame que te tiente ahora con una almendra acaramelada y también prueba esto otro: en mi país lo llamamos suspiros de limeña, ¿sabes?, ven por aquí y cuidadito, que no te vean.

Nadie podría adivinar que en los sótanos de la casa del escribidor tan tristes y húmedos se esconde un taller secreto, una industria silenciosa y próspera de la que emergen tan sólo dos datos delatores: un leve olor a dulce que no falta ni domingos ni fiestas y un especial trajín de pasos masculinos y femeninos, pasos apresurados, como los de un misterioso ejército.

«Hay que ver, los peruanos son como los chinos, todos clónicos», eso es lo que opinan los vecinos del inmueble y en especial la casera, a la que tienen asombrada. «Mira si no a ese matrimonio tan amable con cuatro hijos creciditos que ha alquilado el sótano. La madre, que, por cierto, se gana la vida haciendo postres para restaurantes latinos, parece de la misma edad que las hijas. Al padre le pasa otro tanto: es tan poquita cosa como los muchachos y claro, así no hay quién los distinga. Por lo que yo sé, lo mismo podría estar allí abajo la población entera de Ayacucho en vez de una honrada familia de seis.»

Abajo, en los sótanos que antes olían a humedad y ahora huelen a merengue, no está la población entera de Ayacucho, pero casi. Son cerca de treinta los reposteros que se mueven entre nubes de azúcar glasé y aromas de vainilla, efectos colaterales de una pequeña industria clandestina que no conoce los términos «pasteurizado» ni «precocinado» pero que, precisamente por eso, fabrica los postres frescos más deliciosos de todo Madrid. Nada de fritos, nada de flambés, sólo buena mano, de modo que el silencio es tal que el único sonido perceptible hasta para el más perspicaz de los vecinos es el repicar de las varillas que encrespan las claras a punto de nieve. «Todavía un poco más, Luchito, te tiene que quedar así, ¿ves?, igualito que el Nevado del Guascarán.»

—Toma, *Wagner*, cómete otro suspirito. Claro que sí, yo sé bien lo que te gusta...

Se habían conocido en la escalera: Gregorio Paniagua, *Wagner* y Lilí. Pero, a diferencia de sus vecinos, el escribidor nunca había confundido a aquella chica morena y un poco más alta que las otras con ninguna de sus compañeras de actividad clandestina. Porque Gregorio Paniagua hubiera reconocido en cualquier parte esos ojos gatunos del color del caramelo que parecían hablar: «Buen día, señor» y luego se ocultaban tras unas pestañas muy largas como si temieran delatar quién sabe qué secreto. «¿Quiere que le sujete la puerta, señor? Permisito.»

Fue esa amabilidad colonial que derramaba lisura unida a los ojos de caramelo los que hicieron que el escribidor comenzara a soñar con Lilí; él que hacía años que no soñaba, o por lo menos que no soñaba con nada nuevo, que es lo mismo que no hacerlo. Y sin embargo ¿qué era eso que sentía últimamente en la punta de los dedos y en la base del estómago cuando coincidía con la muchacha en la escalera? Parecía una punzada, un dolor que, para colmo, se le acababa fundiendo con cierto gusto acre, y juntos ya, le recorrían el sistema simpático de arriba abajo y sin permiso. Acto seguido, tan desagradable sensación se le convertía en corriente de no sé cuántos voltios, e iba a instalarse justo entre los dedos de los pies de un modo tan lacerante que le hacía trastabillar y tener que agarrarse al pasamanos muy fuerte, como si estuviera a punto de rodar siete pisos. Pase, señorita, no quiero entretenerla, decía él con los nudillos blancos por el esfuerzo y luego se interrogaba ¿qué rayos me pasa? Hay que ver, Gregorio Paniagua, quién lo diría, a tus años; una vida entera huyendo de las mujeres y de repente dos tonterías juntas: primero aceptas un trabajo de quien no debes y ahora esto. Pero ¿a quién se le ocurre fijarse siempre en lo más prohibido? Imperdonablemente sentimental lo tuyo. ¿Quieres que te diga lo que opino de ti que tanto lees y que tanto sabes de citas cultas? Opino que tu vida parece una historia contada —no, no «por un idiota», no te pases de listo—, contada por un *taquígrafo borra-*

cho que se salta palabras, líneas completas y así no hay modo de entender nada de nada...

Sí, todo eso se reprochaba en voz alta. Hacía años que Gregorio Paniagua se había acostumbrado a hablar consigo mismo, no tenía a nadie más.

¿A qué viene ahora semejante cosa?, se preguntaba a continuación asombrado de tan extraña zozobra y de que coincidiera en el tiempo con ese otro reencuentro al que prefiere ni nombrar (otra vez el taquígrafo borracho saltándose líneas). ¿A qué vienen dos tonterías tan seguidas y peligrosas nada más regresar a tu ciudad?, ¿estarían relacionadas o simplemente ésta —la de interesarse por una muchacha tan linda— era como el leve temblor que precede a un terremoto, el minúsculo humo que anuncia la erupción de un volcán que se creía extinto? Precisamente por eso, porque no comprendía nada de nada, le sorprendía tanto la flojera de sus rodillas cada vez que se cruzaba con Lilí en la escalera o cuando la niña le deseaba buenas tardes con esa forma suya de expresarse a la antigua y su acento dulce como suspiro de limeña.

Él no se había acercado a Lilí a más distancia de un «buenas tardes». La admiraba desde lejos como se adoran los sueños: con mucho mimo y poca corporeidad para que no se quiebren. Pero al mismo tiempo la soñaba con el agridulce dolor que produce el tener una coartada tan perfecta como la vejez y la fealdad para no acercarse cuando todo en él suplicaba tocarla, sentir al menos su olor a azúcar o (qué osadía de sueño, ahora estaba seguro de que se trataba del humo del *otro* volcán, de ese lejano que ni por asomo desea que entre en actividad) recorrer los labios de la muchacha con su lengua exactamente igual a como lo está haciendo *Wagner* en este preciso momento: «Qué lindo beso me das, gatito, mira, mira, tenemos los ojos iguales tú y yo, ojos amarillos.»

Sí, es mucho mejor que el escribidor no sepa de ciertas andanzas del gato porque le escandalizarían. *Wagner*, ese gato intruso que ahora —afortunadamente sin que Paniagua pueda verlo— acaba de lamer de la cara de Lilí un leve rastro de merengue y la mira con unos ojos con los que sólo un gato como él puede mirar, y la muchacha lo besa y le hace unas cosquillitas que derretirían glaciares hasta que la escena es interrumpida por una voz autoritaria y maternal:

—¿Pero se puede saber qué haces, hijita? ¿Es que nos quieres buscar la ruina? Saca de aquí a ese animal volando no más que mira que si nos descubre la portera acabamos todos en la puritita calle.

Son las diez de la noche cuando el gato decide reaparecer por la casa de Gregorio Paniagua. El escribidor mientras tanto ha sellado con lacre las carpetas que debe hacer llegar mañana a Martín Obes con instrucciones para los próximos días e incluso les ha añadido un bonito sello que ha hecho confeccionar en distintos tamaños para dar más lustre a su misión y del que está muy orgulloso. Se trata de una pluma larga y fina copiada de la que usa Mefistófeles en las ilustraciones antiguas de los libros que cuentan la leyenda de Fausto, porque a Paniagua le gusta cuidar los detalles, no importa a qué precio. Se detiene, de pronto se nota muy cansado. Pero es lógico, se dice. La noche anterior, también por motivos de trabajo, tuvo que pasar una velada muy desagradable en una de esas horribles tabernas o cabarets o *boîtes de nuit*, Gregorio Paniagua no sabe exactamente cómo se llaman ahora, pero que fue atroz. A pesar de ser un local destinado a personas de más de cuarenta años, sonaba una música infernal, una trepidación disonante en su opinión, algo completamente fuera de lugar, la gente no se resigna a envejecer, piensa, pero descarta el pensamiento pues ése es otro motivo de reflexión demasiado arduo para su mente cansada, ya lo pensará otro día, hoy no.

—Ah, tú al fin, *Wagner*, me tenías preocupado. ¿Dónde estabas?

Y el gato, que todavía lleva sobre su cuerpo una suave capa de azúcar glasé y los besos de Lilí espolvoreados hasta en los pliegues más escondidos (déjame que te bese por aquí y otro poco por allá, cómo me gustas, gatito, qué lindo eres), lo mira y se aleja evitando que el escribidor descubra en su pelaje el aroma de unos mimos muy dulces, de nubes de azúcar que tal vez ayudarían a Paniagua a olvidar la proximidad de cierta (ojalá no suceda) erupción amorosa. Una que teme desde hace años.

11. AL DÍA SIGUIENTE DEL EFECTO
BRAM STOKER

—

Cuando terminó aquel día Inés Ruano lamentó haber abandonado tan pronto la costumbre de llevar un diario. Durante su estancia en un internado en Canadá, debía de tener entonces once años, había adquirido la costumbre de rellenar cuadernos y más cuadernos de espiral con fotos de los Beach Boys y de los Bee Gees. Fue entonces cuando aprendió a retocar fotografías aunque sólo fuera a lápiz y lo hacía tal como lo había copiado de sus amigas de internado, adornándolas con corazones, o las traspasaba con flechas, lo mismo que traspasaba (en esta ocasión con puñales) a otros personajes menos de su gusto como Leticia Ricci, una compañera demasiado guapa como para no ser acuchillada en secreto; o a su profesor de Biología, al que solía pintarle cuernos y cariarle todos los dientes con un rotulador. También por aquella época adquirió la costumbre de anotar pensamientos sueltos y luego adornarlos con calaveras y tibias dibujadas, o con bocadillos de cómic en los que englobaba exclamaciones del tipo «¡Te quiero, Barry Gibb! (anoche soñé contigo, ¡¡¡glub!!!)» o «¿Cuándo voy a tener pecho?, ¡¡¡por favor, Dios mío, parezco una tabla de planchar!!!» Más adelante, ya con doce o trece años, empezó a incluir páginas más literarias que se diferenciaban de las otras en que estaban encabezadas por una fecha y un «Querido Diario» (esto a imitación de la novela *Mujercitas*).

En esta parte de los cuadernos, parecían redoblarse los signos de exclamación, sobre todo en algunos comentarios subrayados de este modo: «(¿¿??)... ¡¡¡me prestó su camiseta!!! hace una semana que duermo con ella bajo la almohada (¿¿??¡¡!!) ¡¡¡Casi me da una pulmonía pero logré coincidir con Alberto en el parque cuando él fue a sacar la basura!!! No sabes lo que llovía ¡¡¡¿¿¿!!!???»

Inés llegó a tener cuadernos del año 69 (rojo con la foto de Janis Joplin), del 70, azul con un autógrafo ¡¡¡auténtico!!! de Peter Fonda... y la costumbre había de continuar hasta los trece y medio cuando comenzaron a menguar las fotos de ídolos y las caras decoradas, también las calaveras, puñales, flechas y desde luego los corazones en éxtasis, mientras que los signos de exclamación ahora servían tan sólo para acompañar algunas frases escogidas como: ¡¡¡Hace días que no sé de él ¿qué voy a hacer??!!! Y en una ocasión inolvidable aún ahora: «...¡¡¡ni ella ni Alberto me vieron, pero yo sí!!! Soy la única niña en el mundo a la que le ha pasado algo así con su madre, ¡¡¡me quiero morir!!!» Era el año 1971.

En realidad no había pasado nada más grave que encontrarse a Beatriz, su madre, compartiendo un helado con Alberto, el hijo de los guardeses en la heladería Bruin, pero la escena fue suficiente para acabar con dos cosas. Con el amor incondicional que se le suele tener a las madres y con la redacción de diarios secretos. Desde ese día Inés se dijo que era preferible potenciar la amnesia y no el recuerdo. Por eso no le importó quemar cinco cuadernos de espiral llenos de signos felices y ojalá con ellos hubiera quemado también algunos episodios de su infancia.

Sin embargo, ahora, a sus cuarenta y cinco años, Inés llegó por primera vez a lamentar la pérdida de sus cuadernos porque cosas como las que ocurrieron a lo largo de apenas unas horas bien merecían ser contadas entre corazones y signos de exclamación ya que ninguna euforia adolescente podría competir con la que sentía ahora, tumbada en su sofá, los pies sobre la mesa, una lata de Aquarius en la mano, la lámpara totémica regalo de su madre convenientemente intacta después de los rituales de la tarde, mientras Edith Piaf cantaba *Les Cloches* como adecuado tema de fondo.

Sólo un minúsculo dato desentonaba con todas las cosas buenas que le habían pasado en las últimas veinticuatro horas: no había tenido noticias de Milton Vasques ni de *Vanity Fair*. A pesar de que aquél le había dicho que era fiesta en Estados Unidos, Inés no había podido resistir la tentación de usar el número de teléfono que le dejó en el contestador aunque sólo fuera por la tonta felicidad de oír a una máquina decir: *Hello, this is Vanity Fair´s answering machine* o algo similar. En vez de eso, lo que oyó al conectar con el número indicado fue: *Sorry, the number cannot be completed as dialed.* Este número no existe. Obviamente lo había apuntado mal pero tampoco era de extrañar, dadas las condiciones en las que lo hizo. Bueno, no importa, la gran noticia estaba ahí grabada en su contestador, si hoy no podía confirmarla, llamaría mañana a información internacional para que le dieran el número correcto o, mejor aún, esperaría la llamada de Vasques. Unas horas de retraso para festejar un nuevo (y fantástico) salto en su carrera no era más que un minúsculo contratiempo en un día perfecto.

Porque el resto de las horas había sido una secuencia de cosas agradables que, de haber existido los diarios de su adolescencia, las habría escrito así:

«10.30 de la mañana: Me dispongo a salir de casa, sólo me llevo la Olimpus pequeña, por si veo algo al vuelo. No voy de curro sino a hablar con Maira por lo de las fotos que le mandé anoche por correo electrónico, las de la mujer de las uñas rojas. Abro la puerta de calle, miro y qué veo (adórnese «qué veo» con seis o siete signos de interrogación): un billetazo en el suelo sobre el felpudo, como esperándome. Vale, sólo eran 10 euros, ¿pero trae suerte, no? (varios signos de exclamación). Seguro que mi querida madre, al verlo, no habría podido resistirse —aun sin testigos, aun sin admiradores delante— a hacer una demostración de su perfecto francés recitando aquella tontería de La Fontaine: *C'ést peut être le commencement de ma fortune?*, bla, bla, bla, tal como acostumbrábamos a hacer en el colegio cuando nos encontrábamos una moneda por la calle. Yo, sin embargo, soy supersticiosa (aquí el texto debería adornarse con alguna figa brasilera, por ejemplo, o algún símbolo gitano del buen fario)... de modo que no me voy a exponer a arruinar mi matutino golpe de suerte recitando el comienzo de una fábula que ya sabemos todos cómo acaba. Ni hablar, recojo el billete y sigo mi camino, tampoco es cuestión de llegar tarde por una cosa así.

»12.45: A Maira le encantaron las fotos y más aún las de medio plano que me han quedado como de Avedon. (Exclamaciones al gusto.) Menos mal. Con todo el follón y la resaca de la noche anterior pensé que saldrían fatal. Ahora quiere que le haga otras para un reportaje con Nuria Espert y Vanessa Redgrave frente a frente. Eso es otra cosa, ya no es que yo le haga un favor como esta vez, seguramente me lo hará ella a mí porque las piensa vender fuera. (Larga ristra de suspensivos.)

»12.50: Al pasar corriendo —hace un frío que pela— por delante de un café, veo a un tipo bastante más joven que yo y guapo como un dios con gorro a lo Amundsen que me mira. (Para ser fiel al estilo «diarístico», aquí deberían ir lo menos siete corazones latientes de distintos colores y muchos signos de exclamación.) El caso es que su cara me suena, ¿pero de dónde? ¿Cómo se puede olvidar una cara *así*? (más exclamaciones) y que conste que no se parece nada a Ferdy ni a ninguno de los otros Tonycurtis de Beatriz, que esto quede muy claro (subrayado en negro dos veces).

»17.30: Como siga así de bien el día, voy a empezar a preocuparme seriamente. En casa no tengo ni *un* recado de mi madre pero sí de dos periodistas italiano que quieren entrevistarme para *Oggi* y la Rai, además de (adórnese aquí con bombos, platillos y signos de interrogación tan grandes como asombrados) un fax de Ignacio de Juan que oh milagro no está escrito en inglés (signos de interrogación, lo menos diez). Tampoco lo acompaña de los malditos bailarines (más signos de interrogación, muchos más). Dice que quiere verme para hablar de algo que ha estado pensando. Le faxeo de vuelta y quedamos. Adjunto su nota amorosa al diario porque es increíble. Pero, ¿qué está pasando?

»20.30: No pasa nada, sólo que me siento fenomenal. Y voy de oca en oca. En premio me voy a quedar en casa que es lo que verdaderamente me apetece hoy. Cenaré temprano y me pondré una de mis películas favoritas, ¿qué tal *My Fair Lady*? ¿O tal vez *La vida de Brian...*? Por cierto: aún sin noticias de Beatriz y su Tonycurtis. *La vita é bella.*»

De haber existido este diario, tal vez hubiera tenido que incluir una entrada más que estropearía el récord de buenas noticias en un solo día. Pero como nunca existió, tampoco se le puede reprochar que no figure en él algún comentario sobre la siguiente noticia que Inés leyó en el teletexto de la Primera Cadena justo cuando estaba rebobinando *La vida de Brian*:

«Fallece a los sesenta y cinco años el reconocido escultor Alonso Blecua en un aparatoso accidente automovilístico en Madrid. Su compañera sentimental, que no llevaba puesto el cinturón de seguridad, perdió las dos manos en la colisión al atravesar con éstas el parabrisas...»

«*Freedom or crucifixion?*», pregunta muy inoportunamente uno de los Monthy Pyton saltando a la pantalla y haciendo desaparecer el teletexto. Inés intenta volver a él: Dios mío, pero qué horror. ¿Y ahora dónde están las noticias en este maldito aparato? Florentino Pérez ha declarado que el Real Madrid no piensa... Gratis, consulte su horóscopo. ¿Dolores reumáticos?... Joder.

Inés no encuentra más datos sobre el accidente. Ni siquiera logra volver al lugar donde lo leyó por primera vez, ¿pero qué más datos se pueden encontrar en un teletexto? Lo mejor sería llamar a Maira, ella sabrá algo... Dios mío, se dice, pero si hace apenas unas pocas horas que la he fotografiado. Hay quien sostiene que las cámaras pueden captar ciertas cosas, el aura de una persona que está a punto de sufrir una desgracia, por ejemplo. Inés nunca ha creído tal cosa, pero ¿dónde archivó las fotos? Se acerca al ordenador, cliquea y allí están. Sí, son éstas, aquí está esa mujer, la boca abierta, la frente arrugada, es increíble, se diría que sigue hablando como lo hacía ayer: «...mira, chica, la vida es así, ¿tú me entiendes?» «A Alsi me lo llevo pa la Bienal de Venecia, que fui yo la que lo salvó de la puritita perforación de estómago, ¿tú me entiendes?»

¿Y qué?, piensa Inés viendo la cara de la mujer. Uno cree o hace creer a los demás lo importante que son nuestras intervenciones en esto y en aquello, pero al final, ni Bienal de Venecia, ni perforación de estómago, todo da igual. Alsi podía haberse ahorrado tantos cuidados porque ahora está muerto. Inés busca en las fotos de aquella mujer alguna señal premonitoria, una sombra, una marca de algún tipo pero no, no encuentra indicios de lo que le iba a ocurrir horas más tarde. La falda arremangada y las piernas gordas parecen aún más obscenas que antes, eso es cierto, pero nada más. Inés sigue pasando fotos. Una... otra... y otra hasta que empiezan a aparecer las que le tomó de las manos, «las que le corté», piensa con el escalofrío que produce recordar nuestra última relación con alguien que ha sufrido algún grave percance, pero sin reparar en que esa mujer que tanto la inquietó durante un corto espacio de tiempo, ahora está tan manca como en sus fotos.

12. DOS DÍAS MÁS TARDE, UNA CITA AMOROSA

Vestirse para una cita con Ignacio de Juan era toda una lección de código Morse. Si bien tal sistema está hoy en desuso, para Inés Ruano seguía siendo fundamental dominar sus claves cuando se trataba de vérselas con un adversario tan difícil. Inés sabía que un minúsculo error en la transmisión de las señales: la blusa elegida, la textura de la ropa interior, otras tontunas... podía suponer el fracaso de una tarde de pasión y el comienzo de una madrugada (ella era tan proclive al insomnio como a las pesadillas) de dolorosa vivisección de cada uno de sus errores:... si yo *no* hubiese dicho..., si yo *hubiera* hecho..., ¿pero por qué habré mencionado a Fulano de tal...? o, como en una inolvidable ocasión que todavía le produce temblores: ¿Cómo, pero *cómo* demonios se me habrá podido ocurrir ponerme liguero? Qué error de principianta...

Por eso hoy quiere prestar especial atención al código mudo, no fallar en nada para —una vez revestida de las adecuadas señales externas de vestimenta, peinado y perfume— no equivocarse tampoco en el vocabulario. En realidad, las palabras le preocupaban menos porque Inés sabe que, una vez elegido el disfraz, éstas se adaptan solas al personaje a representar que, en este caso, será uno de probada eficacia aunque de difícil interpretación: «El témpano hirviente». Así, al menos, lo llama una amiga de internet, española pero que vive en Sausalito, tan inclinada como ella a cuidar los detalles en el amor y con la que mantiene un intercambio continuo de *e-mails* sobre un tema monográfico: los hombres. Laura —que no en vano se ha casado cuatro veces, tres con italianos y la última con un nubio— dice saber que con los hombres lo que de verdad funciona es la ducha helada pero con masaje térmico; un tratamiento ígneo y a la vez gélido, férreo pero flexible, primero el bálsamo, luego el guante de crin..., ahora te quiero pero no te llamo, luego te llamo pero no te quiero. En fin, en resumen y dicho en Morse:

··· − − − ···

(o lo que es lo mismo: S.O.S. atención, desembarco peligroso, preparen los botes).

Delante del armario, Inés no tiene dudas en lo que respecta a la ropa interior. Desecha de un golpe todas las fruslerías que se supone gustan tanto a los hombres como encajes, puntillas, calzones de raso o satén y no digamos ligueros: aquello queda definitivamente descartado. Hace unos meses, y gracias a Laura, Inés descubrió un dato básico y providencial: que las fantasías en lo que se refiere a las prendas íntimas sólo se pueden usar con maridos, nunca con amantes, y que el mismo sostén rojo putanesco que tanto entusiasma a los primeros es capaz de espantar para siempre a los segundos. «Chica, está comprobadísimo, en materia de lencería lo que excita la pasión de un amor veterano arruga sin remedio la de uno neonato, a ver quién entiende a los hombres.»

Otro tanto ocurre con las palabras que ellos nos dedican, improvisa ahora Inés, mientras se dice que es una pena que no tenga a nadie a menos de 5.000 kilómetros de distancia con quien compartir tanta sabiduría amatoria: resulta fundamental saber interpretar muy bien cada susurro porque sus palabras cambian de sentido según las utilicen en una u otra fase de un enamoramiento. De ahí que sea imprescindible estar muy atenta, se previene Inés, como haría un guerrero que se prepara para la batalla, sólo que ella, en vez de recitar salmodias e invocaciones a los santos, se repite lo que ya sabe, lo que aprendió cambiando impresiones por internet, en dos matrimonios que duraron un suspiro y en otras historias de amor que ahora duda merezcan tal nombre. Ojo con las palabras, Inesita, y —como si tuviera que memorizarlo todo antes de la contienda— subraya la importancia de no olvidar ciertos detalles elementales, cosas que, como diría Laura, son dolorosas pero necesarias de saber. «Pongamos un ejemplo simple —le había tecleado su amiga en uno de los monográficos sobre el intrincado tema de las palabras de amor—: la famosa frase "eres mi putita, tesoro", ¿te gusta oírla, verdad?, bueno pues conviene no olvidar que éste y otros ronroneos parecidos significan cosas completamente opuestas según se digan *con* o *sin* una alianza en el dedo. Lo siento, querida, no querría sonar como tu confesor pero, en el fondo, el amor es sólo cuestión de semántica, por eso con los hombres la consigna debería ser: "para que nos amen hay que hacer exactamente lo contrario de lo que ellos dicen que les gusta que hagamos". Ciao, preciosa, me voy a ver cómo prepara la cena Karim...»

Sólo cuestión de semántica, bueno, Inés no está segura de que sea así en todos los casos pero piensa que desde luego en el de Ignacio de Juan la premisa se cumple. De hecho, él nunca le ha susurrado aquello de mi putita, tesoro, pero sí recuerda haberle oído algo similar, otro clásico en lo que a oratoria masculina se refiere: «Lo que más me gusta —le había confiado una tarde de esas en las que las cosas se desarrollaron algo mejor de lo habitual—, ...lo que de verdad me desarma de una mujer es que sea puta en la cama y una señora fuera de ella.» E Inés, que para entonces ya había mantenido varias consultas electrónicas con Laura sobre semántica masculina, dedujo que «puta» se debía traducir por «adoratriz muy, pero que muy rendida» y de ningún modo por «mujer de costumbres disipadas»; mientras que «señora» significaba en realidad «geisha». O a veces «santa». Y no pocas veces «chica para todo».

Vamos a ver: lo mejor es elegir algo blanco y sin marcas, se dice mientras desecha un juego de ropa interior carísimo de Calvin Klein que quedará sobre la cama. Su idea para esta cita es ponerse un conjunto muy sencillo, uno incluso no muy nuevo para que sean las prendas las que hablen por ella. Porque según instrucciones de Laura, que ya ha probado el truco en ocasiones señaladas, las prendas favorecedoras pero sin pretensiones, las sexys pero simples, transmiten un halo de sorpresa en el momento en que quedan al descubierto como si su dueña *no* hubiera previsto en absoluto la posibilidad de acabar en la cama. «De este modo, querida, son ellas las que hablan por nosotras con la más inocente de las voces diciendo qué maravilla, amor, yo no esperaba esto, ¿vas captando?»

Sin embargo, con Ignacio de Juan nada está asegurado y ha habido veces en las que Inés ha utilizado todo el código Morse de las prendas íntimas sólo para que éstas vuelvan a casa tan ignotas como vírgenes. Y es que la relación con un intelectual de tal renombre es más intrincada que una expedición a la jungla, algo así como pasearse por las riberas del río Congo sin saber dónde va una a tropezar sin remedio. Porque se puede dar traspiés en lo que se le dice al gran hombre o en lo que no se le dice, en hablar bien de alguien o en hablar mal, ¿cómo acertar? La valoración que él hace de las cosas y de las personas cambia con tal frecuencia que lo que hoy es doctrina mañana es anatema y Fulano, que antes era un cretino gilipollas, de pronto se ha convertido (artículo hagiográfico de por medio, normalmente) en una persona de criterio muy afinado. En resumen: que cada vez que Inés prepara una visita a casa de Ignacio de Juan y mientras se prueba bragas y sostenes, tiene la sensación de que, más que a un piso en la calle Altamirano de Madrid, aquello a lo que se dirigirá en pocos minutos es al corazón de las tinieblas, un lugar plagado de trampas con cocodrilos, de fosas someramente ocultas por ramas de modo que cuando una pisa ya es demasiado tarde.

«¡Aja!, ¿así que tú crees que el nuevo libro de Fulano es *bueno*, eh?, vale, pues déjame que te diga que...»

Y zas, te caíste con todo el equipo, querida Kurtz *(the horror, the horror)*, y lo siento por ti pero hoy ya no te encamas con el gran hombre porque ahora él tiene la excusa perfecta para no tomarse el Viagra y cumplir contigo, que vaya trabajera.

No obstante Inés, que desde que traspasó la frontera de los cuarenta se ha vuelto muy comprensiva con las motivaciones del prójimo, entiende que no es nada fácil ser Ignacio de Juan. Comprende que debe de resultar muy arduo ser un escritor de renombre traducido a treinta y siete lenguas y al mismo tiempo tener que estar todo el día a la altura de su personaje, porque a la altura de su personaje es francamente difícil estar ya que incluye las siguientes características muy raras de reunir en un solo hombre. De entrada, Ignacio de Juan posee un físico perfecto para ser un mito literario. Tiene ese aire oscuro y algo tísico que, unido a una elevada estatura y a una adecuada vestimenta también en tonos oscuros, augura un gran talento que él refuerza llevando siempre los cuellos de las camisas levantados para que de ellos emerja en desorden una cabellera negra y generosa a la que unas canas laterales confieren un toque aún más sabio. Y para hacerle más interesante, Ignacio de Juan posee unos ojos grises que de puro miopes parecen inquisitivos aunque nunca se ha sabido que Ignacio de Juan inquiera nada que no tenga relación directa con su persona. Misterio, aura, marketing o llámese como quiera, pero la verdad es que todas estas características han ayudado a crear su leyenda tanto como la brillantez de sus novelas, escritas siempre en primera persona y con ese toque de autenticidad que da lo rematadamente falso. Porque la vida real de Ignacio de Juan dista un tanto de la de esos hombres cósmicamente solos que protagonizan sus novelas y a los que él retrata fuertes y a la vez inanes ante la enormidad del pathos. Al menos su vida presente dista, porque es sabido que después de prolongar su soltería hasta que el corazón le dio uno de esos pequeños sobresaltos que tanto hacen meditar al hombre, Ignacio de Juan, pasados ya los cincuenta, decidió un día dejar de ser un gran lobo solitario y casó. Pero lo hizo con una enamorada eterna, madre de vocación y azafata de profesión que tiene la suerte (o la astucia) de vivir siempre en las nubes.

Y todo esto y las mil novias enamoradas de un hombre así, y su lucha porque los compromisos estúpidos que tanto lo abruman no entorpezcan su creación literaria; y el peso de su éxito internacional que cada vez requiere de él más tiempo y más energía (por Dios, no me digas que me han dado *otro* premio en Tokio, señor, qué pereza), son algo muy difícil de sobrellevar, Inés lo entiende. Y así está él, tan acosado por el éxito como otros por la miseria, tan acuciado por los admiradores como otros por los acreedores, ¿quién dijo aquello de que no se puede ser ni demasiado rico ni demasiado delgado? Ignacio de Juan sabe que fue una tonta millonaria que tal vez intuyera la psicología de las pobres niñas ricas pero, desde luego, la frase no es extrapolable a otros casos; por ejemplo, no puede aplicarse a los intelectuales y a sus problemas, no, de ninguna manera. Porque en el caso de la gente sensible y de talento, sí se puede llegar a ser demasiado rico y demasiado delgado o, lo que es lo mismo: ser demasiado triunfador y demasiado atractivo, que se lo pregunten a él si no que el año pasado, sin ir más lejos, a punto estuvo de darle un disgusto a su agente literario (y a sus cuarenta y ocho editores, y a sus treinta y siete traductores y a sus lectores que se cuentan por millones) cuando anunció que iba a iniciar una nueva vida en un monasterio a orillas del Yang tsé.

Afortunadamente no llevó a cabo su firme propósito y aquí está aún para bien de todos Ignacio de Juan en su casa de la calle Altamirano luchando porque el éxito no lo devore.

Con todos estos dispares pensamientos en la cabeza y sin olvidar la importancia del código Morse y las trampas de cocodrilo, Inés sube la escalera del edificio para acudir a su cita amorosa y toca a la puerta y ya la puerta se abre. Dios mío, ojalá no meta la pata en nada esta tarde. A ver: ¿estoy bien? Qué tal el pelo, la falda...

—Hola, Ignacio.

—Hola, guapa, pasa un momento aquí, a esta habitación de la derecha. Sólo es un segundo, no te esperaba tan pronto.

En más de una ocasión Inés se ha sentido tentada de preguntarle a alguna de las chicas con las que sabe que comparte las atenciones de Ignacio de Juan desde hace varios años, si el paso por ese cuartito de la derecha es preceptivo para todas las visitas, si acaso se trata de una cámara de descompresión o de un higiénico pediluvio. Porque, no importa la impuntualidad con la que ella llegue a sus citas, las palabras iniciales de Ignacio de Juan son siempre las mismas: «pasa aquí un momento, sólo un segundo, no te esperaba tan pronto».

La estancia es acogedora y la espera corta, por lo que a veces, y en especial en esta ocasión, Inés llega a pensar que más que pediluvio se trata de un miniparque temático para que el ignorante visitador se entere bien de quién es el dueño de esa casa. Porque allí había información exhaustiva sobre Ignacio de Juan ofrecida de formas diversas. Premios colgados a modo de cuadros, recortes, fotos, y toda una colección de pequeños detalles que hablan siempre del mismo protagonista. Y aquella pausa obligada también era lo suficientemente generosa para que un visitante atento tuviera tiempo de ver las obras completas de Ignacio de Juan en todos los idiomas imaginables, desde el serbio hasta el checheno, pasando por el vasco, el lapón y el bereber, sin olvidar (imposible hacerlo porque de eso se ocupaba una sabia disposición de los correspondientes volúmenes justo delante de las narices del visitante) las distintas ediciones en las principales lenguas: francés, inglés, alemán, ruso, japonés, chino, todos ellos acompañados de las reseñas de periódicos locales, traducidas cada una al castellano para su mejor comprensión. Pero si las paredes eran apabullantes por la cantidad de información, el mobiliario, en cambio, era sobrio. Lo componía únicamente una mesa y tres sillas en las que Inés apenas había tenido tiempo de reparar antes de que Ignacio de Juan, vaqueros negros y polo de manga larga lila, apareciera un segundo por la puerta con un teléfono pegado a la oreja: —«Perdona, chica, ya estoy contigo, ¿qué tal estás?, yo agobiadísimo de trabajo»—, y luego volviera a desaparecer, de modo que Inés pudo inspeccionar el mobiliario. Éste, en un segundo vistazo, habría de inspirarle otra pregunta que también le hubiera gustado hacer a las chicas que imaginaba pasaban como ella por allí y averiguar si no tenían la reiterada y extraña impresión de que alguien acabara de salir del cuartito minutos antes dejando sobre la mesa una enorme cantidad de correspondencia. Pero no como la suya, que se componía de cartas de bancos y propaganda, no, ésta tenía toda la pinta de estar formada por cartas de personas, de seres humanos, bonitos sobres con sellos escogidos, con monogramas, a los que acompañaban multitud de revistas aún en su celofán en las que aparecía la figura del escritor destacada en la tapa.

Sin embargo, lo que más llamaba la atención de Inés de aquella habitación era el uso que se le daba a las sillas. Porque, como bien le dio tiempo a constatar esa tarde, en vez de cumplir su habitual misión de vacía espera, las tres parecían receptoras de diferentes cosas puestas de pie sobre los asientos como si esperaran pasar revista. En una había periódicos en hindi, croata, flamenco, polaco cuidadosamente doblados por ciertas páginas en las que sólo se entendía el nombre de Ignacio. En otra silla reposaban varios diplomas o premios quizá en espera de ser enmarcados. Pero la silla que más interesó a Inés ese día fue la tercera, en la que podía verse un ejemplar (abierto) de *Los ojos de Gogol*, la novela más celebrada de Ignacio de Juan:

«Para que no sienta usted envidia de Harry Potter», rezaba una dedicatoria escrita con una letra anticuada y bella, como de maestra rural. «Por favor acepte esta pequeña muestra de mi veneración sin límites y de mi trabajo de cinco años.» Vaya por Dios, se dijo Inés al comprobar que las 526 páginas de *Los ojos de Gogol* habían sido traducidas al latín e impresas en una bonita edición encuadernada en piel. Otra rendida, pensó, y ya su imaginación fotográfica estaba fabricando una personalidad para la traductora (seguramente cuarentona como ella, seguramente soltera o separada, ¿delgadita?, ¿con cara de pájaro, nariz afilada y barbilla en retroceso?) cuando entró De Juan.

—Mira que hay gente chalada —fue su comentario mientras la besaba (nunca en los labios)—, como si yo estuviera compitiendo con la analfabeta esa que ha escrito *Harry Potter* y me importara que me tradujeran a lenguas muertas —añadió señalando el libro con un dedo aburrido, pero, por la forma en que volvió a colocarlo sobre la silla tal como estaba antes y abierto por la dedicatoria, Inés tuvo la impresión de que el regalo no le había desagradado del todo—. ¿Quieres un Baileys?

13. EL TÉMPANO HIRVIENTE

El témpano hirviente. Inés no puede por menos que reírse en voz alta pero el taxista no se voltea, está acostumbrado a las risas solitarias. Sigue conduciendo, en apariencia indiferente, aunque amusga el oído para identificar de qué tipo de carcajada se trata: cinco años de estudios en la facultad de Psicología y otros dos en Bellas Artes lo han convertido en lo que ahora es: un universitario que conduce un taxi y un minucioso coleccionista de sentimientos ajenos. Al bajar por los bulevares (su pasajera le ha pedido que la lleve al 7 de la calle Ventura de la Vega: «Ventura y no Lope de Vega, perdone que le insista, siempre tengo problemas con eso, sabe, todo el mundo se confunde y acabo en casa de mi madre») el taxista espía un suspiro de su clienta pero no le parece un suspiro de amor, tampoco de añoranza, de hecho se diría que se trata de un pequeño resoplido de alivio como el de alguien que acaba de quitarse de encima un peso muy grande, y el taxista la observa por el espejo. Después de tantas horas al volante se considera un experto en el diagnóstico de emociones amorosas y las que más le gusta estudiar son las frescas, aquellas tan recientes que sus dueños aún no han tenido tiempo de digerir. Por el retrovisor ha tenido ocasión de espiar muchas caras recién salidas de una experiencia romántica para luego hacer sus conjeturas sobre cómo ha acabado el encuentro. Naturalmente, las más sencillas de identificar son siempre las felices: rostros que vuelven a casa con la palabra amor pintarrajeada en la cara como si sus propietarios necesitaran poner anuncio de su recién descubierta felicidad. Sin embargo estos rostros tienen un grave problema estético, en opinión del taxista: no pueden evitar la panfilia que tan cómica resulta cuando se observan desde fuera. «Los tontos de amor se abrazan hasta con las farolas», piensa. Bueno, mejor para ellos, pero a él le aburren: la felicidad ajena resulta siempre tediosa cuando no cursi. Por suerte para un maestro como él, existen otras caras más interesantes que, aunque no son tan fáciles de diagnosticar como las primeras, tampoco presentan mayor dificultad. Sencillo es, por ejemplo, reconocer en unas mandíbulas apretadas una pasión no correspondida, como fácil es leer en ojos vacíos la incredulidad de un Dios mío, ¿de veras se acabó? O en el temblor de unos labios la sospecha de una traición. Y es que, según este taxista que aún espera un día poderse dedicar al arte o a la psicología o a las dos cosas, que para algo estudió, coño, el amor es un artista de muy pocos recursos estéticos, un pintor de tan limitadísimo repertorio que traza los mismos oscuros círculos bajo todos los ojos tristes y rubores de felicidad tan iguales que logra que las caras de los viejos se parezcan desconcertantemente a las de los jóvenes. Según él, el amor ni siquiera es imaginativo como dibujante o bosquejista pues tampoco se molesta en inventar gestos distintos para cada amante de modo que tengan algo de original, no, dibuja en todas sus víctimas los mismos frunces, muecas y sonrisas; el amor es demasiado democrático para su gusto, iguala a todos por el mínimo común denominador, de modo que, si los tontos parecen un poco más listos, desde luego los listos parecen definitivamente tontos. Al menos eso opina el taxista en su larga experiencia y nada escapa a unos ojos que, de tanto mirar para atrás, han acabado por convertirse en ojos compuestos como los de las moscas que todo lo ven, todo lo han visto o, al menos, eso creía hasta ahora. ¿Y esta chica?

Enfila la Castellana y aventura un diagnóstico: de todas las caras que pueden verse a través de un retrovisor, las más difíciles de descifrar son las de aquellos que están siendo objeto de eso que llaman el desencanto, de una desilusión, piensa el taxista, pero siendo así ¿ella por qué se ríe?

Otra vez la carcajada desde el asiento de atrás. El taxista está muy interesado, el taxista casi choca con un mensajero en Vespa. Se diría que el desencanto da risa, qué curioso, no se le había ocurrido nunca verlo así, y decide esperar al próximo semáforo para observar sin contratiempos.

Inés, que no conoce las aficiones de su conductor, está muy ocupada en reírse sola. Si no lo estuviera, es posible que le pudiera dar a tan atento observador de pasiones humanas un nuevo dato para su colección de rostros, uno que le hiciera estimar un poco más el talento del amor como dibujante. Porque si bien es cierto que todas las caras enamoradas se parecen, las que acaban de vencer un hechizo o romper un encantamiento sólo se asemejan en una cosa: en la risa. Y es que el amor cuando hace mutis debe volverse más imaginativo puesto que para el desencanto tiene distintos tipos de risa dependiendo de cómo se produjo la desilusión final: risa aliviada, risa avergonzada, risa floja, mansa, loca, llorona o risa simplemente asombrada como la que le llega ahora al taxista sin que su dueña se moleste en moderarla.

Porque «El témpano hirviente» que salió hace unos minutos de un portal de la calle Altamirano se encuentra en estos momentos desparramado en la parte trasera del taxi, la cabeza contra el cristal. No piensa en nada, no siente nada pero está casi segura de que se acabó para siempre porque, al salir de casa de Ignacio de Juan y tumbarse ahí, no se le ha puesto en marcha la moviola sentimental, ese indicador infalible de que uno está enamorado, un mecanismo que hace recrear todo lo vivido disfrutando con la repetición de la jugada, adelante y atrás: lo que él dijo, lo que yo contesté, mi mano en su espalda, la suya en mi cuello; paso a paso y a cámara lenta para recrear la ceremonia del amor a menudo más bella en el recuerdo que cuando fue vivida, no sólo porque la memoria es excelente escenógrafa y mejor decoradora, sino porque amar remembranzas es más sencillo que amar a sus dueños ya sin interferencias de ningún tipo. Sin temores y sin pudores, sin más olores que los que uno inventa o permite.

Esta noche, en cambio, no hay repetición de la jugada, simplemente no le sale y cuando lo intenta no es una moviola amable la que le devuelve a Inés los hechos acaecidos horas antes en casa de Ignacio de Juan, sino una deformación profesional que, en fotogramas, le hace repasar todo lo ocurrido aquella tarde. Pero los fotogramas son mudos y fijos, por eso Inés ya no recordará su habilidad increíble al comienzo para representar el papel que se había propuesto y que tan bien le salió. «Tú hazte a la idea de que el amor es como la sauna», le había tecleado desde Sausalito su amiga Laura que era experta en hombres pero no precisamente una poetisa cuando se trataba de hacer símiles: «témpano hirviente hemos dicho, ¿no?, vale, pues tú empiezas por el calor y luego pasas al frío, del *caldium* al *frigidum*, tía, a ver si me explico y el mejor *caldium* con un hombre como éste ya sabes cuál es.»

Inés lo sabía de sobra, por eso comenzó calentando el ambiente con todo lo que a él pudiera gustarle. Se tomó su licor de café y estuvo halagadora, admirativa, pelota, felpudo; habló del talento (de él), del éxito internacional (de él), de lo atractivo que era (él), de lo mucho que le gustaba y, por supuesto, no cayó en ninguna de las trampas de cocodrilos por la simple razón de que no habló de nada que no fuera de él. Y durante todo este tiempo, atenta a las señales Morse que estaba enviando, no temió sobrepasarse con la táctica elegida; al contrario, la acentuó aún más y llegó a ser hirviente en las palabras de adulación y fría en la actitud física, «algo así como una esfinge enroscada en un sofá, para que me entiendas, tía, tú lejanísima en apariencia pero largando por esa boquita lava a 7.000 grados centígrados en forma de elogios sin fin, que a los tíos narcisos de la hostia como este que me dices, lo que les pone no son las caricias sexys sino que les magreen el ego a conciencia y les meneen la autoestima, perdona que sea tan clara, querida, pero tú hazme caso, halágalo hasta la náusea, hasta que te dé vergüenza ajena y verás cómo se cumplen todos tus deseos».

Se cumplieron. Estaban los dos en extremos opuestos del sofá, Ignacio de Juan leyéndole las últimas cartas que había recibido de personajes importantes, las últimas reseñas del *New York Times* y otras cosas igualmente románticas e Inés lo miraba desde la lejanía helada pero abrasándole con su palabra. Ignacio de Juan había achinado los ojos, como los miopes que hacen un esfuerzo para ver mejor y de pronto sin más aviso, en un rapto hasta ahora desconocido para Inés, le había dicho que la encontraba «muy sexy, oye, nunca me había dado cuenta de que estabas tan buena», y luego añadió que, si no le importaba, la iba a poseer ahí mismo en el sofá turco. A Inés le sorprendió sobremanera que no tuviese la precaución de apartar todos aquellos papeles que le estaba enseñando, las cartas de sus admiradores y las de los personajes importantes; ni siquiera una de Susan Sontag que era puro elogio pero que, después de varios cambios de postura y en mitad del rapto amoroso, fue a parar bajo las posaderas de Ignacio de Juan, donde *Dearest Ignie, it is my almost wish* y otras bellas palabras debieron sufrir lo que la propia Sontag llamaría un lamentable *big crunch* de la cultura.

No, nada de todo esto es capaz de revivir Inés en el taxi porque el desencanto no tiene moviola, ha de contentarse sólo con la memoria, pero afortunadamente la de Inés es fotográfica y es capaz de recordar algunas cosas más.

Aún en actitud de témpano hirviente, muy concentrada en su papel y en las gimnasias propias del amor, Inés tardó un poco más en pasar de la focalización A (entiéndase por esto el estar tan pendiente del objeto amoroso y tan pronta a provocar en él sensaciones placenteras que es incapaz de sentir ella nada ni bueno, ni malo) a la focalización B. Y la focalización B, que es la doméstica, aquella que permite relajarse y ver las cosas como son y no distorsionadas por el afán de quedar bien, de pronto le trajo un ruidito insignificante casi inaudible entre todos los otros sonidos elegidos por Ignacio de Juan para amenizar la velada. Y el ruidito impertinente fue creciendo en el tímpano de Inés a pesar del *Ritorna vincitor* que Aragall cantaba a un volumen considerable. También logró sobreponerse al del contestador del teléfono (De Juan nunca lo desconectaba aunque no atendiese, sólo bajaba un poco el volumen como si necesitara saber en cada momento quién llamaba para comentar «uf, pero qué pesada es», o «nunca me dejarán en paz, ahora resulta que llaman de Melbourne» o «un día de estos estrellaré este aparato contra la pared, coño»). Y aquel ruidito venció además a otros sonidos propios del íntimo momento que estaban protagonizando como los adecuados «jadeo, jadeo, qué buena estás» y los «mira, mira, cómo me pones, etcétera» y tan persistente era en su insignificancia que de pronto Inés ya no oía lo demás, sólo ese cri cri quejumbroso de algo que está recibiendo un tratamiento y un desdén que no se merece. *It was pure rapture to read your last book, dearest friend* cri cri y luego ras y es entonces cuando empieza la carcajada del témpano hirviente.

Primero nace como una sonrisita escondida tras los grandes hombros de Ignacio de Juan que la abrazan con una pasión que, vaya por Dios, hoy parece verdadera, qué cosas y, en cambio, ella, como si se le hubiera colado de pronto un demonio de media tarde en el cuerpo, se estira y entonces enfoca la vista. El ángulo no es perfecto, la luz menos, pero suficiente para que Inés vea de pronto cómo las espléndidas posaderas de Ignacio de Juan, ocupadas en los trasteos del amor, maceran sin piedad la carta de Susan Sontag *...most pleasurable read I will sure ask Annie Leibowitz to take a picture of you when you come to NY* que ya no hace cri cri porque debe de estar húmeda. «Las letras se le van a quedar de tatuaje en el culo», piensa Inés de pronto y es este pensamiento el que provoca una carcajada que tiene muchas dificultades en camuflar bajo un ataque de tos.

A partir de ahí todo fue muy difícil: mantener una cara digna mientras los dos se miraban en ese momento de limbo post coito que es ya tan formal que se ha convertido en un trámite. No explotar de risa cuando él le ofreció un canuto y después un chicle doble menta para el buen aliento. Tampoco cuando le acarició el cuello e incluso le preguntó que qué le había pasado en la muñeca como si le importara aquella minúscula herida roja y se la besó con esos labios suyos que días, horas atrás hubieran levantado una ola en Inés y ahora sólo le producen un escalofrío porque se le antojan demasiado húmedos. No te rías, tienes que procurar no reírte, al menos hasta que salgas de aquí.

«Adiós, guapísima, cuídate, ¿me lo prometes?» «Sí, sí y tú también.» Bajar las escaleras con él allá arriba vigilante: «Te llamaré, muy, muy pronto.»

No explotar, aguantar un poco más, abrir el portal, salir

a la calle, ojo, por ahí viene un taxi libre y entonces sí desparramarse sobre el asiento trasero a carcajadas para recordar ciertos fotogramas de una tarde con Ignacio de Juan mientras el conductor la mira por el espejo como si intentara hacer el test de Rorschach con las expresiones de su cara. «El témpano hirviente» está deseando llegar a su casa para mandarle un *mail* a su consejera sentimental, para contarle a Laura el éxito de su táctica y el giro tan inesperado que acaba de tomar su romance de tres años lleno de dolorosos altibajos. Algo le dice que, ahora que por fin se ha podido reír de él, su contestador estará lleno de llamadas de Ignacio de Juan, incluso habrá algún fax con bailarines que digan en inglés

I've realized that I'm mad about you. Please, please call.

—Son seis euros con veinte, dice el taxista ahora que están delante del portal de la calle Ventura de la Vega.

Dígame, señor, ¿por qué precisamente cuando uno consigue lo que quiere se da cuenta de que ya no lo quiere?, podría haberle preguntado Inés a tan gran experto en pasiones humanas. Sin embargo, no se conocían de nada, por eso sólo le entregó el dinero.

—Quédese con el cambio —fue lo único que dijo realmente mientras que él:

—Gracias, pero tenga cuidado, mucho cuidado, maja —la frase prometía: podría haber añadido «no se le ocurra volver a usar la estrategia esa del témpano hirviente con alguien que a usted le interese, las estrategias dan muy buen resultado pero el precio no compensa: en cuanto el objeto amoroso cae como un pichón, automáticamente deja de interesarnos porque lo vemos como a un imbécil ¿comprende usted?».

Sí, algo parecido podría haber recomendado este Erich Fromm del volante de habérsele pedido consejo, pero como nadie se lo solicitó después de «Gracias, tenga cuidado, mucho cuidado, maja», lo que dijo fue: —...porque hay una cacho-zanja de cuatro metros ahí a su izquierda». Y después de una filosófica pausa añadió: «A ver si un día de éstos entre todos linchamos al concejal de Urbanismo, joder.

14. ÚLTIMAS INSTRUCCIONES

«A la atención de Martín Obes.

Querido amigo:

El martes es el día elegido para nuestra pequeña broma a Inés Ruano y grabaremos el momento en el que usted se presenta en su casa a cobrar. En hoja aparte le informo del lugar y hora en que se encontrará con su compañero en estas lides, Gregorio Paniagua, que se ocupará de la cámara y al que, si es usted mínimamente observador, ya habrá reconocido como su espontáneo ayudante en la escena que tuvo lugar en Crisis 40 hace unos días. Hasta ahora no han hablado ustedes y tampoco es necesario que lo hagan en el futuro. Esta manía consumista de confraternizar con los colegas y tomar cafés a todas horas está completamente fuera de lugar en la tarea que nos ocupa. Llegado el momento, y una vez que usted haya adoptado el disfraz pertinente, se limitará a representar su papel siguiendo las instrucciones que le dé Paniagua. Recuerde el dato más importante: *no haga comentarios.* En realidad no habrá ocasión para hacerlos. De hecho, tendrá usted la impresión de que su compañero lo hace todo él sólo. Paniagua es un hombre de infinitos registros, un artista, en fin, un gran maestro de la farsa.»

Gregorio Paniagua tuvo que detener en este punto las instrucciones que estaba redactando. Alguien llamaba a la puerta. A Paniagua le molestaba sobremanera que lo interrumpieran en su trabajo, de hecho, si desde su regreso a Madrid después de tantos años se había venido a vivir a este barrio, era precisamente para evitar las molestias del compadreo (y sobre todo para dificultar y retrasar cierto encuentro que, ahora se daba cuenta, era inevitable, pero en fin, esa parte de su historia también se la ha saltado el taquígrafo borracho). Pongamos pues que eran las molestias del compadreo que tanto tiempo consumen y tan enojosas resultan para alguien que pretende llevar una vida de estudio y tranquilidad lo que intentaba esquivar. Porque en este momento de su existencia, Gregorio Paniagua (a pesar del pequeño encargo profesional en el que estaba embarcado muy en contra de su deseo, pero, según dicen, *noblesse oblige*) no necesitaba nada en el mundo salvo la compañía de sus libros, de su gato a veces, y la tierna ausencia de Lilí.

—¿Da usted su permiso?

Un airecito azucarado acompañó la apertura de la puerta, pero de la oscuridad del zaguán no emergió como hubiera querido una parte del corazón de Paniagua la silueta de la niña sino otra muy parecida que al asomarse descubrió tener también el pelo negro y esa forma de moverse sigilosa a pasitos cortos que al escribidor tanto le gustaba espiar en las madrugadas cuando ella y sus amigos contrabandeaban los postres desde la puerta de su casa para entregarlos a unos brazos igualmente furtivos al otro lado del portal.

—¿Qué quieres, muchacho? —preguntó Paniagua cuando su corazón desilusionado (o tal vez aliviado) comprobó que no se trataba de Lilí—. Lo que tengas que decir, dilo rápido, estoy trabajando.

El muchacho, que dijo llamarse Jacinto y ser amigo de Lilí, no hacía más que girar entre sus manos gachas el ala de un inexistente sombrero en un gesto ancestral que Paniagua no dejó de observar ni de interpretar. Al cabo de un rato su visitante atinó a decir tres palabras:

—Su gato, señor.

El escribidor se imaginó entonces algún desaguisado por parte de *Wagner* y no le sorprendió. *Wagner* se había vuelto jactancioso y muy descarado en los últimos días. Se le notaba en esa nueva costumbre de enredarse en las piernas de Paniagua moviendo su cola de gato cimarrón como quien dice: «¿me ves bien?» Y luego se alejaba displicente como quien añade: «pues ahora ya no me verás y espérate lo peor».

Paniagua imaginó que esa honrada industria dedicada a la fabricación de repostería en el sótano podría estar teniendo problemas higiénicos por culpa de *Wagner*. Sería una lástima, por ejemplo, que algún suspiro de limeña saliera con un pelo de gato flotando entre sus merengues o que los cocos cuzqueños, una vez listos y puestos a secar, fueran víctimas de un ataque de hambre gatuna, un ansia caprichosa que Paniagua empezaba a temer y que hacía que el animal lamiera y mordisqueara todo lo que se le ponía por delante.

El inexistente sombrero de Jacinto seguía girando entre las manos del chico sin que, de momento, ayudase a que las palabras salieran de su boca, de modo que fue Paniagua quien sintió la obligación de hablar:

—Que sepas, muchacho —dijo—, que si *Wagner* ha causado algún trastorno en la fábrica, no tengo inconveniente en pagar los desperfectos, no tienes más que decírmelo.

En ese momento, desde la ventana pudieron oírse unos maullidos acompañados de risas tan alegres que parecían obscenas y que, según reparó Paniagua, tuvieron un efecto multiplicador en los giros del sombrero de Jacinto como si lo empujara una fuerza más grande que el azaro y muy parecida al miedo.

—En mi país, señor —dijo al fin el muchacho señalando con la barbilla en dirección al lugar de donde venían los maullidos y las carcajadas—, a eso lo llamamos un mandinga.

Y luego, como si su vecino tuviera que estar al tanto de todo, como si necesariamente hubiera adivinado que Lilí estaba «aposicionada» en *Wagner* tal como decían en su tierra, le contó que desde hacía semanas, el gato y la niña no se separaban un minuto, que dormían en la misma cama y comían de un solo plato entre unas risitas que los unían aislándolos del mundo:

—Un moruba, señor, usted que estudia tanto debe de saber lo que eso significa. Su gato...

—No es mi gato —puntualizó el escribidor, y notó entonces cómo le flaqueaban las rodillas. (Así que duermen en la misma cama y comen uno de la boca del otro, pensó al tiempo que sentía un dolor bronco que le agarrotaba los dedos de los pies, un dolor incomprensible y viscoso como un ácido, el mismo que le recorría el cuerpo cada vez que acertaba a coincidir con la niña en la escalera.) *Wagner* el intruso, *Wagner* el gato raro que recogí de la calle, se dijo, pero rápidamente creyó que su obligación en ese momento era intentar tranquilizar al chico.

—Vamos, muchacho: no te preocupes —sonrió, y después de averiguar qué relación le unía con Lilí (amigos, patrón, qué más quisiera yo que fuera otra cosa, amigos desde la infancia, eso sí) el escribidor dedicó lo menos veinte minutos a tranquilizarlo. Le aseguró que, casualmente, él había estado repasando el tema estos últimos días por un asunto de trabajo y que si antes no creía en mandingas ahora mucho menos; que por todos los datos que tenía, los mandingas y fenómenos por el estilo no eran más que una forma de explicar las coincidencias o extravagancias de un destino a veces demasiado travieso; que estuviera tranquilo, ni diablos ni morubas, nadie se aposiciona en nadie, ¿comprendes, Jacinto? Ésas son leyendas, invenciones de viejas. En el fondo la gente fomenta este tipo de explicación a esos fenómenos porque resulta más interesante creer en lo sobrenatural que en lo racional, pero siento desilusionarte, las cosas son más simples de lo que parecen, es más aburrido pero es así.

—¿Diga? Sí, aquí Paniagua.—Acababa de sonar el teléfono. Jacinto hizo ademán de retirarse pero su vecino lo retuvo—. Ah, sois vosotras, chicas. ¿Habéis terminado de hacer las averiguaciones sobre la vida de la —piensa un momento—, de la paciente?

—...

—¿Datos interesantes?

—...

—¿De veras? ¿Y cómo llegasteis a averiguar eso de los dedos de uñas rojas, por ejemplo?, me llamó mucho la atención.

—...

—Sí, ya sé que estos programas de cámara oculta son expertos en conseguir todo tipo de información sobre sus víctimas para hacerles creer lo increíble pero ¿de dónde diantres sacaron ese dato?

—....

—¿*Blogs*? ¿Cuadernos de bitácora? No sabía ni que existía semejante cosa. Vaya, vaya, en ese caso, qué peligroso es tener amigos internautas en Sausalito. O en cualquier otra parte, claro.

—...

—Sí, es verdad, yo también tengo mucho trabajo de modo que ¿mañana me mandáis más datos interesantes? Muy bien, de acuerdo, estamos al habla.

—...

—Oh, no, por eso no os preocupéis, no hay *poblema,* uy, problema quiero decir, por amor del cielo, todo se pega, adiós, chicas.

—...

Al oír esta conversación, Jacinto se preguntó a qué se dedicaría su vecino. En el barrio se comentaba que, antes de venirse a vivir aquí, había trabajado en el teatro y que aún mantenía contactos; otros decían que había ejercido de médico en Sudamérica o de químico o, en último término, de boticario. «En todo caso debe de ser rico y deshonesto», aventuraban las comadres porque les extrañaba que alguien de sus características eligiera vivir en un barrio como aquél. «Seguro que tiene un esqueleto en el armario.»

Como no cruzaba más de un «buenos días» con sus vecinos, era difícil hacer cábalas, pero al final cundió la opinión de que lo más probable era que, antes de venir al barrio, habría sido algo así como vidente o consejero de personas importantes, quién sabe. «Por lo menos no causa problemas —opinó uno de los propietarios más ancianos—; tener un vecino educado y silencioso es toda una novedad, por eso nos resulta extraño.»

Jacinto no sabía exactamente qué pensar pero de lo que sí estaba seguro era de que el señor Paniagua le recordaba a cierto personaje de su infancia allá en Lima, un caballero que vivía en una de esas casas buenas que se han quedado en barrio malo y al que todos conocían por el Hombre de la Ventana. Claro que aquel caballero llamaba aún más la atención que don Gregorio, pues no salía de casa y sólo se le podía adivinar asomado entre visillos. De él se decía que era incapaz de resistir la luz del día porque tenía los ojos blancos y blanco también el pelo, la cara era de un rosa trémulo y las uñas gelatinosas. «Es un albiñolo o un albariño o algo así», Jacinto no recordaba bien el nombre que le daban a los que sufrían este tipo de carencia, pero sí sabía que se trataba de seres de una fragilidad extrema, tan vulnerables que se diría que el primer rayo de sol fuera a fulminarlos entre terribles dolores. «Igual que don Gregorio», pensó el muchacho y eso que su vecino no tenía el pelo incoloro sino más bien de un negro intenso, lo mismo que sus ojos. Tampoco parecía que le afectase demasiado el aire libre, de hecho Jacinto lo había visto pasear por las calles muchas veces con aquel desagradable gato; pero a pesar de todo, seguía teniendo la sensación de que era igualito al caballero de la ventana: un albinoni o albioni o como quiera que se llame, alguien incapaz de exponerse al mundo por más de unos minutos sin llagarse.

—¿Me oyes, muchacho? Hablábamos de aposicionamientos...

El ala del inexistente sombrero de Jacinto volvió a girar indicando que su pensamiento había regresado de Lima, Perú, al zaguán de la casa de Paniagua:

—Sí, señor, me estaba usted asegurando que no existen los mandingas.

El resto de la conversación tuvo un tono completamente distinto; algo parecía haber cambiado en la actitud de Jacinto. El muchacho ya no se mostraba tímido porque había empezado a sentir una cierta pena por aquel caballero tan culto y rodeado de libros, que tal vez supiera todo sobre mandingas y otras cosas pero que parecía tan frágil además de casi tan feo como el Hombre de la Ventana.

—De veras, no tienes razón para preocuparte, no existen semejantes cosas malas —iba diciendo Paniagua, y el muchacho, más preocupado ya por albinonis que por mandingas, no dejó de notar que la voz de su vecino sonaba atenazada por algo parecido al dolor, una gran responsabilidad tal vez, era difícil adivinar exactamente qué.

—Espero que haya logrado convencerte, muchacho.

—Gracias por atenderme, señor —dijo Jacinto y, como si de pronto necesitara hacer una última consulta añadió—: no quiero molestarlo pero, verá, el padre Wilson dice...

—¿Y quién es el padre Wilson, muchacho?

—El cura de por aquí, es peruano como nosotros pero muy leído. El caso es que él, señor, al igual que usted, tampoco cree en el Diablo, al menos no el de los cuernos ni el de los aposicionamientos pero, en cambio, dice que existe su rastro malvado igualito que si alguien se riera de nosotros.

Entonces Jacinto, como si no quisiera malgastar el tiempo del escribidor, le explicó lo mejor que pudo la teoría del padrecito Wilson que consistía en decir que si bien el Diablo es, en efecto, una patraña de viejas, lo que sí existe es su huella, y que ese rastro o indicio se puede percibir en muchas ocasiones y en no pocas circunstancias de la vida porque es real pero al mismo tiempo inatrapable, igualito que si fuera una sombra. Un frío en la nuca, así lo llaman los que saben, y es tan sutil que a veces, dice el padrecito Wilson, sólo sentimos algo raro ante personas que nos inquietan y que juegan un papel inexplicable en nuestras vidas. Lo mismo ocurre con animales, un presagio algo perverso y ese presentimiento a lo que más se parece es a un aire helado que nadie sabe de dónde viene pero está ahí. Una intuición, dijo el muchacho disponiéndose a añadir algo más sobre el asunto del soplo del Diablo, cuando reparó en que la cara del escribidor parecía cada vez más larga como si estuviera demasiado ocupado en asuntos terrenales para prestar atención a las teorías del padrecito Wilson y demás monsergas.

—De veras, espero no haberle molestado, señor, la verdad es que no sabía qué hacer, no quiero disgustar a nadie, pero usted comprende, patrón, Lilí es una muchacha tan linda...

—Claro que lo es chico, demasiado linda, ahí está el problema —deja escapar Paniagua que ya no sabe cómo dar por terminada la entrevista y es un ronroneo providencial el que viene a ayudarle, porque de pronto ahí está *Wagner* entre sus piernas, como si hubiera espiado su conversación con Jacinto y ahora lo mira con sus ojos de caramelo.

Después de despedir algo apresuradamente a Jacinto: «Está bien, está bien, muchacho, no pienses más tonterías, y tenme al corriente de lo que le ocurra a la niña Lilí», Paniagua se dirige al gato:

—¿Qué hacías, *Wagner*? ¿En qué lío, en qué nuevo enredo te has metido? Empiezas a cansarme, gato travieso.

El escribidor, el albiñolo, el boticario, actor, químico, médico o lo que fuera es un profesional ejemplar, es incapaz de dejar a medias una tarea a pesar de lo tardía de la hora y de que algo le dice que debería dedicar más atención a la historia de Lilí y el gato y no precisamente porque la belleza de la niña le recuerde a otra persona. Ya lo pensaré, se promete, pero minutos más tarde ha olvidado su propósito: aún le queda por terminar toda una tanda de instrucciones para Martín Obes y son tan minuciosas, a ver, ¿dónde he dejado el tintero?

Al abrir el envío, Martín Obes encontró, junto a las instrucciones manuscritas sobre cómo habría de procederse el martes en casa de Inés Ruano, un documento similar a otros contenidos en anteriores carpetas. ¿Más información sobre los santos padres? ¿Más filosofía sobre el Diablo transcrita en tinta verde y letra gótica?, canejo, dijo Martín porque Malphas, Abraxas o como rayos fingiera llamarse hoy el escribidor de aquellas carpetas, empezaba a parecerle un tipo demasiado minucioso a estas alturas; quienquiera que esté organizando esta operación engaño, pensó, se toma mucho trabajo para que parezca real, excesivo diría yo. Aun así, al cabo de unos segundos, Martín se fijó en el título de uno de los documentos: «Los disfraces del Diablo», decía, y una curiosidad infantil le hizo resbalar la vista por las primeras líneas del texto. Una vez hecho esto, tuvo que continuar leyendo, le pasaba siempre con aquellas extrañas carpetas.

Los disfraces del diablo
(Notas interesantes para elegir el disfraz perfecto a utilizar el día del engaño)

«Es importante tener en cuenta que desde tiempos inmemoriales el hombre ha registrado por escrito las supuestas manifestaciones del demonio en sus diversas formas, pero nunca se ha fijado en el exquisito gusto del Diablo por la moda. —(¿*Por la moda? Carámbanos, me parece que hoy el guionista está más extravagante que de costumbre*)—. El hombre es zafio y elemental. Incluso mentes privilegiadas como San Agustín o San Antonio creían —y así lo escribieron— que el Diablo tiene predilección por tomar la forma de animales desagradables como serpientes, hienas, gallos, cabras o escorpiones, pero esto es completamente falso. En la mayoría de las ocasiones, las apariciones demoníacas zoomórficas han tenido que ver más con el delirium tremens que con el príncipe de las tinieblas. Lucifer —y aquí me veo obligado a hacer un pequeño paréntesis para su información, querido ignorante— ha de saber usted que lo que se considera un nombre inmundo no lo ha sido hasta bastante tarde en la historia. De hecho, Lucifer significa literalmente "el que trae la luz", del latín *lux*, luz y *ferre*, traer, e incluso hubo prelados como el obispo de Cagliari, en el 370, que se han llamado Lucifer. Años más tarde y debido a un error de traducción de la Vulgata, el muy respetable nombre de Lucifer se vio identificado con el Diablo (ver más datos pág. XXX)...»

En efecto, el guionista remitía a Martín Obes a otras páginas que parecían tomadas de internet, pero el texto era muy largo y Martín, a pesar de que su corresponsal lo llamara ignorante o precisamente por eso, prefirió seguir con el asunto del Diablo y la moda.

La iconografía medieval —*continuaba el texto*— siempre ha sido muy injusta con los demonios y, siguiendo el ejemplo de los Santos Padres, los ha representado con la más fea de las estéticas zoomórficas que, en muchos casos, se traducía en monstruos mitad hombre y mitad bestia. Tuvo que llegar el Renacimiento para que las apariciones diabólicas fueran bellamente retratadas como antropomórficas, tal como, por poner un ejemplo más tardío, bien puede verse en las diversas ilustraciones del Fausto, noble ejemplo de lo bien que sabe vestir Satanás.»

Más que extravagante el guionista lo que debía de estar es remamado, pensó Martín, pero aun así se detuvo a admirar una bella ilustración de Moritz Retzch que se adjuntaba al texto y en la que podía verse a Mefistófeles vestido con jubón y calzas, capa corta y un sombrero del que salía una larga y fina pluma que ya empezaba a serle muy familiar. ¿No esperará este tipo que me disfrace así?, estaba pensando Martín cuando el texto respondió a su pregunta.

En realidad si una cosa cierta puede decirse del Diablo es que ha sabido adoptar a lo largo de los siglos el atuendo y la actitud más adecuada a la estética del momento. Así, desde el Renacimiento hasta el final del Siglo de las Luces, Lucifer era y se comportaba como un caballero, y como tal lo describen tanto Christopher Marlowe, en 1564, como Goethe, en 1773. Los ejemplos de su adaptabilidad a los cánones reinantes son multitud pero, para no cansarle con mi erudición, hablaré de otra época que sin duda le es conocida, al menos por las películas, y así podrá comprobar la exactitud de mis palabras: en tiempos de los puritanos, Lucifer vestía y se comportaba como ellos, era uno más: fuego y tentación por dentro, luto y fariseísmo por fuera. También en las culturas latinoamericanas Mandinga se presenta como un demonio rural que...

En este punto, Martín Obes tuvo que abandonar la lectura. Unos apremiantes golpes a la puerta dieron paso a una cuidadosamente despeinada señora Teresita que suplicaba ayuda para cerrar la llave de paso: una inundación en su negocio de peluquería demandaba la urgente presencia de tan amable vecino.

—Voy enseguidita —prometió Martín.

Al salir, junto a una llave inglesa desechada por vieja y un destornillador de estrella que tampoco parecía ser de utilidad en las inundaciones, quedó el resto de los escritos enviados por Gregorio Paniagua junto a la última carpeta de color rojo.

15.   TRES ENCUENTROS Y NINGÚN SALUDO

Tal vez la culpable fuera la *serendipity* o simplemente la casualidad, pero a la mañana siguiente, cuando Martín Obes se dirigía al Rastro a hacer la compra de la semana y de paso a adquirir unas gafas negras a lo Tommy Lee Jones (Qué cholulada, Martincito, mirá que disfrazarte de *Men in Black* o, peor aún, de hombre Martini para hacer de Diablo, ¿no se te ocurre nada más original? Salí, Florencia, el tópico es siempre lo que mejor funciona), se encontró con todas las mujeres de su nueva vida. Una tras otra aparecieron ante él como si se tratara del desfile de un coro griego al que sólo le faltaran los coturnos. Y el don de la vista, dicho sea de paso, porque ninguna de ellas lo vio.

Pasó primero la señora Teresita que no reparó en él de tan arrasada en lágrimas como iba, y eso que casi chocan en la escalera. Con los ojos vidriados y la nariz aplastada contra un kleenex, su vecina lo adelantó envuelta en su dolor y en unos sollozos tan lamentables que Martín, siempre sensible a la culpa, se preguntó si era él la causa de tanta desolación. ¿No será que tardé demasiado en acudir ayer cuando me llamó por lo de la inundación en la peluquería?, pensó, y luego no pudo menos que recordar las proporciones de la catástrofe: bestial, ché, con decirte que si yo no creyera que existen duendes domésticos, pensaría que alguien abrió la llave de paso a propósito para provocar el enchastre...

131

Martín había cortado a toda prisa el paso del agua y luego sostuvo la desolada mano de doña Teresita durante largo tiempo, por lo menos cinco o seis minutos, hasta que apareció el marido y lo miró con una de esas caras que no dejan lugar a dudas sobre la conveniencia de desaparecer a escape. Sin embargo, piensa ahora, tal vez debería haber llamado más tarde para interesarse por el estado nervioso de su vecina. Si no lo hizo fue por prudencia: hacia las ocho y cuarto, mientras se coloreaba el pelo por segunda vez en tono ala de cuervo para el trabajo del día siguiente, a través del patio comenzaron a llegar ráfagas de una pelea conyugal de proporciones considerables. «Majara perdida, eso es lo que estás, siempre lo supe... júrame que no fuiste tú la que aflojó la llave, me cago en la leche, menopáusica de mierda, te voy a matar...» Los ruidos del patio no le permitieron captar todos los matices de la discusión, pero el tono lastimero y los reiterados «menopáusica de mierda» incrementaron ayer la conmiseración de Martín y hoy su culpa al observar a su vecina desbarrancarse escaleras abajo sin saludar y aferrada a un kleenex.

A lo mejor no me reconoció, así, con el pelo negro, se dijo al meter la llave para abrir el portal y luego anduvo cavilando un rato sobre la eficacia de los disfraces que tanto protagonismo habían adquirido últimamente en su vida. Camino de la Ribera de Curtidores, silbando bajito, las manos en los bolsillos (sólo la izquierda, pues en la otra llevaba la bolsa de la compra), despacio y perdido en la clase de pensamientos ociosos que tanto impacientaban a su hermana cuando eran niños, Martín Obes se dijo que era imposible que su vecina no lo hubiera reconocido. ¿A quién engaña un cambio en el color del pelo? A lo sumo a alguien que apenas nos ha visto una o dos veces, menos aún si es peluquera. Para bien o para mal, reflexionaba, la vida no es como los cómics: unos anteojos y ya está, Superman se convierte en Clark Kent, un antifaz y el aburrido don Diego se vuelve el Zorro... eso sí que es una cholulada. Una vez que conocemos a la persona, ya se puede disfrazar de lo que le dé la gana que ni modo porque, los gestos y la estructura del esqueleto, la forma de caminar y la voz no digamos, todo la delata, ¿verdad, Flo?

Así iba Martín, pensando en Superman y en el Zorro, cuando al doblar la esquina vio, detenidos ante un puesto de flores, a dos esqueletos, a dos conjuntos de gestos y a dos voces aniñadas a los que hubiera reconocido en cualquier parte.

—Mira esta matita de violetas, Ro. ¿A que quedaría de muerte junto al sofá o en nuestra mesa de trabajo?

—Supergenial, Kar, diles que nos la manden a la oficina tal que ya.

—Eh, hola —les gritó Martín desde el otro lado de la calle, y ya se disponía a cruzar para saludar a sus jefas cuando se detuvo al ver que, por el mismo camino y atraída por la misma mata de violetas, se acercaba otra figura menos familiar. Para Martín, Inés Ruano aún no había adquirido esa cualidad de inconfundible de la que Kar y Ro ya gozaban, por eso no la reconoció hasta verle la cara. En el caso de las otras, en cambio, las largas horas de conversación en su oficina habían logrado fijar en la memoria de Martín todos los tics de las chicas. Y no sólo los obvios como era su costumbre de fumar por una esquina de los labios o la curiosa sincronía que acompañaba sus gestos, sino muchos más.

—Lo siento, tía, pero nosotras la vimos primero. —Dos dedos índices apuntaron acusadores hacia la mata de violetas y, antes de que Inés tuviera tiempo siquiera de acariciar la planta o comentar algo, los hombros de las dos amigas dibujaron un amenazador semicírculo que Martín recordó haber observado en su primer encuentro.

Sí. A estas dos las reconocería hasta con capucha puesta, se dijo.

En cambio, la figura de Inés era demasiado nueva para él. Aún no tenía clasificados sus andares, desconocía los matices de su voz, la inclinación de su cabeza... pero si incluso no estaba seguro del color de sus ojos, aunque, eso sí, sabía que le gustaban mucho. ¿Eran castaños?, ¿negros quizás?

¿Y no has pensado, grandísimo boludo, en lo poco que te conviene estar aquí espiando esta escena y meditando sobre la eficacia de los disfraces precisamente *hoy*? Te van a descubrir. Te va a descubrir *ella* que seguro que es más observadora que vos y entonces decime, idiota, ¿cómo le vas a hacer creer que sos el Diablo si te ha visto unas horas antes en la calle con la bolsa de los mandados en la mano? Además no olvides que ya te conoce y no lo digo por el encuentro de ustedes en Crisis 40 —démosle a las borracheras infernales los méritos que se les suponen—, me refiero a ese día en que se te quedó mirando alelada mientras vos entrabas en el café de la esquina. Sí, ya sé que me vas a decir que ibas con un gorro de lana calado hasta los ojos, de esos que se usan ahora, pero ¿qué importa? Ahí tenés lo malo de ser tan inolvidablemente buen mozo. ¿Viste, Martincito?

Canejo, piensa Martín, y antes de que pueda decir algo en su descargo vuelve la voz de su hermana con el aire triunfal que solía adoptar cuando la ventaja sobre él era abrumadora. ...Y todavía te falta el peor dato: sos tan distraído que seguro que en esto ni pensaste: la chica es fotógrafa, fo-tó-gra-fa, Martincito, a ellos las cosas se les quedan bien grabadas en el mate de modo que tenés todas las boletas para que te reconozca. Eso si es que no te ha visto ya con la bolsa de mucama y entonces, qué querés que te diga, la cagaste, botija.

Por suerte, La Suerte, tan esquiva en general con Martín Obes, debía de estar ese día de cara porque Inés tampoco lo vio. Después de un mínimo tira y afloja con las directoras de Guadiana Fénix Films sobre la planta de violetas que se subsanó con esa dosis de cínica renuncia y a la vez indiferencia que las personas normales despliegan con antagonistas innecesariamente agresivos: «Uy... chicas, ningún problema, por mí os podéis comer la plantita como si fuera rúcula, faltaría más», Inés se había alejado para retomar el camino por el que había venido, calle de Toledo abajo, en el lado contrario de donde se encontraba Martín. Aprovechando que estaba de espaldas, él la miró alejarse durante un buen rato. Vio cómo se detenía aquí y allá mirando cosas, sonriendo a perros y a niños, sin hablar nunca con adultos, antes de desaparecer. Entonces se dijo que a partir de ese momento, ya nunca iba a confundir su silueta con ninguna otra porque tenía una manera de caminar, tan linda, un poco escoradita e insegura, igual que un marinero que acaba de bajar de un barco y aún anda garreando.

Quién sabe, a lo mejor debería renunciar a este trabajo, se dijo con un suspiro samaritano que otras veces había sido preludio de no pocas catástrofes económicas. Da tanta pena engañar a una chica así.

Esta vez Martín le ganó la mano a Florencia y fue él mismo quien se llamó pelotudo: Flo podía haberse ahorrado el sermón, no había sido más que una tonta generosidad pasajera pero una que no podía permitirse de ninguna forma. Aun así, el romanticismo le duró unos segundos más de modo que al final Florencia sí tuvo ocasión para decirle de todo: ¿Qué?, te volviste loco, ¿no? ¡Pena!, a vos te dan pena todos menos tú mismo, dijo, y se puso a enumerarle unas cuantas antiguas gauchadas estúpidas por las que Martín había renunciado a ganar un buen dinero en perjuicio propio y beneficio de nadie. Porque no hace falta que te recuerde que este trabajo tan fácil y bien pagado es de los pocos que podés hacer acá. En Montevideo eras alguien y vivías de repintar los blasones, como hacemos todos, pero en Europa ¿qué sos? Un emigrante, mihijo, un emigrante del tercer mundo. Ay, Martincito, hay quien a lo tuyo lo llamaría bondad, altruismo, conmiseración, qué se yo, *the milk of human kindness*... pero hoy en día tiene otro nombre: bo-lu-dez cró-ni-ca, ¿me entendés? De verdad que no sé de qué planeta sos que saliste tan imbécil.

Así hubiera seguido la cosa de no ser porque de pronto, ensimismado como estaba en sus discusiones fratricidas, Martín Obes no se dio cuenta de que Kar y Ro venían directas hacia él hablando a un volumen que hubiera sacado de su ensimismamiento hasta a las rocas del desierto.

—Nada, nada, eso le dije: Mira, Tom tío, a ver si te crees que te vamos a estar dando un cojo-éxito a cada rato —iba diciendo Kar, o tal vez Ro (que Martín fuera capaz de reconocer a la pareja con capucha no significaba que luego supiera distinguir a una de la otra)—. ¿Así que ahora quieres dirigir?, ¿no te conformas con lo que tienes?, ¿y el exitazo con las tías con lo bajito que eres, qué?, ¿y el ser el rey del cotarro qué?, ¿eso tampoco puntúa?

—Aamos, anda —replicó la otra antes de que Martín alcanzara a decirles:

—Hola, chicas, me alegro de verlas.

Estaban a escasos diez metros y caminando hacia él pero no sólo no contestaron a su saludo sino que, al cruzarse, lo hicieron mirando al frente y hablando de sus cosas, chocando contra él, peor aún, atravesándolo como si se tratara de un ente incorpóreo. Ya se alejaban dejando a Martín en la mayor de las perplejidades (¿estarán enojadas por mi casi metedura de pata con Inés Ruano de hace un ratito?, ¿será una precaución habitual por parte de la productora el no tener contacto alguno con los actores para no poner en peligro el éxito del engaño?) cuando alcanzó a oír:

—Joder, es que la gente cree que no tenemos nada mejor que hacer que atender sus nuevos caprichos a cada rato.

—Sí, coño, y lo peor es que cuando se hacen viejos se olvidan de que entonces ya no hay nada que podamos hacer. ¿Sabes lo que le dije el otro día a Augusto? Pues eso mismo le dije: Mire, mi general, haberlo pensado antes...

Limpiamente, como si fueran figuras de bruma que se deshacen al calor del sol, Martín Obes apenas distingue ya la silueta de las chicas. Y sin embargo, en el último momento, cuando desaparecían entre los ruidos, entre los humos de churros, entre la confusión de la mañana, una de ellas, la más pelirroja de las dos, sacó algo del bolsillo trasero de sus chinos y le apuntó con ello como si fuera un dedo admonitorio. Si Martín no conociera los gestos de las chicas y esa manía por desenfundar botellines de agua a cada rato, es posible que hubiera tomado aquello como una advertencia.

16.   POR FIN LLEGA EL DÍA

Martín no puede creer que haya llegado el momento. Por no creer, le resulta también inverosímil verse a punto de entrar en el portal de casa de Inés en compañía de un silencioso desconocido ataviado de negro como él, que acaba de decir:

—Espérame aquí, por favor, *Wagner*, no te muevas. —Todo esto en tono deferente y dirigido a un gato descomunal con ojos amarillos—. Quieto, no tardaré mucho —añadió y luego, al cerrar el portal de un golpe y dirigiéndose a Martín con un aire igualmente amable—: Perdone usted, casi lo piso, lo siento, está muy oscuro aquí.

Lo cierto es que no parece, desde luego, que a Gregorio Paniagua le afecte la penumbra reinante, es como si hubiera vivido toda su vida bajo luz artificial porque ahora Martín lo ve detenerse para observar una a una las puertas del corredor, más atento a descifrar posibles enigmas en las maderas que a las músicas que de cada una ellas se filtran y que son de lo más variadas.

—Perdone que interrumpa su inspección, señor Paniagua, pero dígame, por favor, esa cámara de vídeo tan chiquitita que antes me mostró ¿dónde piensa llevarla para que la chica no se dé cuenta de que estamos rodando? No me diga que en el ojal, qué increíble, pero si el micrófono parece una escarapela, qué invento tan maravilloso, realmente es diminuto, no se nota nada, ¿y qué símbolo es ése?, ¿el de los masones?

—No, joven, no es el de los masones y cállese de una vez.

Es al doblar el último recodo cuando se abre una de las puertas del pasillo y emerge, rascándose la barbilla, un tipo con aspecto de ruso. En efecto, debe de serlo porque se asoma diciendo «*Eh, Natacha, eto tih?*» Pero, al encontrarse de bruces con la sonrisa de Paniagua, sufre un considerable sobresalto como quien espera encontrar a su novia y en cambio ve una aparición: «*¡Chiort!*», exclama y luego cierra la puerta a toda prisa sin molestarse en decir buenas tardes dejando tras de sí un estruendo metálico como si el portazo hubiera puesto a vibrar una orquesta de viento.

Tampoco Martín Obes repara en la cualidad musical del pasillo del edificio, no porque como Gregorio Paniagua intente descifrar algo en la madera de las puertas, sino porque está francamente nervioso. «Mirá que si la chica va y dice: pero si vos sos el tipo rubio que intentó levantarme el otro día en Crisis 40, ¿qué hacés acá vestido de mamarracho y con el pelo teñido de negro?» No, no, eso es imposible, ya lo ha dicho el señor Paniagua, ella no puede acordarse de la otra noche, tranquilizáte, viejo. Y Martín se recompone instintivamente la figura, el traje oscuro, la corbata, las gafas del Rastro pero ¿para qué caranchos me traje la valijita esta?, parezco más un vendedor de seguros que la encarnación del Diablo.

—Mire, joven, es aquí. —Es Paniagua el que habla.) Y dice: —Haga el favor de tocar el timbre y después limítese a *parecer* demoníaco, nada más. Diga las palabras iniciales que hemos convenido y a partir de ese momento permanezca en *completo silencio,* ¿me ha comprendido? Yo haré el resto. Y ahora, adelante. ¿Está preparado?

17. INÉS JURA

Inés jura que ese día no había bebido nada. De hecho afirma (o afirmaría si tuviera a alguien ante quien hacerlo, cosa que no ocurre porque sus amigos más cercanos viven todos dentro de su ordenador y de momento tiene el pulso demasiado alterado como para teclear) que no había vuelto a beber desde aquella noche en Crisis 40, de la que no conserva buenos ni malos recuerdos sino la sensación de una especie de agujero negro que la reafirma en su creencia (ya antigua) de que lo mejor es no volver a acercarse a una botella hasta el fin de sus días. Por eso, porque no había ni gota de alcohol de por medio, comprende que resultará muy difícil creerle pero insiste en que no miente al asegurar que hacia las seis de la tarde, cuando estaba tranquilamente disfrutando de un nuevo fax de encendido amor con remitente Ignacio de Juan, sonó el timbre y al abrir se quedó paralizada al ver a dos hombres. Y no porque ambos vistieran de negro espectral, tampoco porque llevaran unos maletines que los hacía parecer agentes de seguros de una película de los años sesenta y ni siquiera porque uno fuera extraordinariamente guapo y el otro pareciera un caballo, no, sino porque tuvo la sensación de haberlos visto antes aunque eso era imposible, ya que ambos, en su estilo, eran inolvidables, e Inés presumía de tener una memoria fotográfica. Y a esa sensación se debe, declara Inés, que no reaccionara adecuadamente cuando el más bello de los dos (Dios mío, qué sonrisa, Inés proclama que era en verdad sobrenatural) le dijo (*sic*, Inés jura que *sic*) con acento rioplatense lo que sigue: «Lamento mucho, señorita, pero venimos a cobrar», a lo que ella preguntó «a cobrar qué» sólo para oír cómo ese hombre de la sonrisa extraordinaria replicaba: «su alma» «¿mi qué?» «su alma, señorita usted la vendió», eso jura Inés que dijo al unísono con el otro tipo, el de la cara de caballo y, a partir de ahí ya fue este último el que llevó todo el peso de la conversación: «Sí, señorita, usted la vendió». «Sucedió la semana pasada tomando copas en un local, tal vez hubiera bebido usted un poco más de la cuenta pero aun así me sorprende que no se acuerde, uno no olvida estas cosas con facilidad. Además, lo firmó con su sangre, mire, mire, aquí está aún el corte en su muñeca, ¿ve? Un pacto es un pacto, y los términos del acuerdo estaban muy claros: a cambio de su alma, que pasaremos a recoger en el momento oportuno, nosotros nos comprometimos a concederle todo lo que usted deseara hasta el día de la formalización, es decir, hoy.» «¿Cómo...?, ¿cuándo...?, de qué me habla... no recuerdo nada.» «Por favor, no nos lo ponga aún más difícil, señorita, sabe usted perfectamente cómo y cuándo, así que no interrumpa. Nosotros, digo, nos comprometimos a concederle lo que usted deseara hasta el día en que volviéramos a vernos, recuerde bien, ése era el trato. El tiempo ha pasado muy de prisa es cierto, pero a menos que el cliente especifique que quiere vivir un número determinado de años, el cobro se puede producir en cualquier momento, ya lo dijo no sé quién: "vigilad, pues nadie sabe el día ni la hora etcétera...", así es el destino del hombre, frágil, ineluctable pero en fin, basta de filosofía barata, el caso es que usted formuló sus deseos y nosotros se los hemos concedido.» «¿Qué deseos?», dice que dijo Inés, empezando a pensar que a sus frecuentes pesadillas se unía ahora este nuevo disparate. «¿De qué me habla?» A lo que el hombre torciendo visiblemente el gesto y al mismo tiempo haciendo gala de infinita paciencia suspiró: «Vamos a ver, repasemos juntos lo ocurrido en los últimos días, señorita. ¿Qué deseos expresó usted desde el día en que nos vimos en Crisis 40 y hasta esta misma tarde? ¿Que la llamaran de Estados Unidos para ofrecerle un trabajo?, concedido. ¿Lograr el amor del hombre que la desdeñaba?, concedido. ¿Que su madre se eclipsara de su vida?, concedido también. Vamos, no me diga que no se acuerda: "Apretar un botón", ésas fueron sus exactas palabras: "Desearía que hacer que alguien desaparezca fuese tan fácil como apretar un botón", dijo, y luego añadió: "Adiós, mamá".»

Inés manifiesta que fue en ese momento cuando le empezaron a temblar las piernas y el cuerpo entero, y se desplomó en una silla que había cerca, momento que, afirma Inés, aprovecharon los dos hombres para entrar en su domicilio y sentarse en el sofá como si tal cosa. Entonces y mientras cavilaba cómo era posible que esos tipos supieran leer sus pensamientos más estúpidos, pudo ver, durante unos segundos, cómo el guapodemuerte inclinaba la cabeza de una manera muy hermosa como si ella le diera pena pero Caracaballo seguía hablando inmisericorde y nombrando todo lo que Inés había deseado tontamente en los últimos días. Bagatelas, estupideces que uno formula mentalmente cada día sin percatarse de que lo hace y que, jura Inés, es obvio que, si hubiera hecho un pacto con el Diablo, no se le hubiera ocurrido desear de ninguna manera. En cambio, es más que evidente que habría solicitado otras cosas más, mucho más interesantes o valiosas y así sostiene que se lo dijo a Caranimal, pero él sólo chasqueó la lengua mientras decía: «Ése es su problema, señorita. Ya nos extrañó que eligiera insignificancias de ese calibre pudiendo habernos pedido lo que le diera la gana. Verdaderamente no tiene usted mucho espíritu comercial que digamos, pero en fin, allá cada uno con su elección y nosotros hemos cumplido. Fíjese cómo será nuestra profesionalidad que incluso le concedimos el extravagante deseo de cortarle las manos a una pobre dama inocente y mire que nos pareció extraño: ¿por qué le dio a usted por ahí, señorita?»

Inés jura y manifiesta y asevera y declara que al oír esto último quedó tan anonadada que no podía hablar, ni moverse podía, momento que aprovechó Caramula para acercarse a escasos centímetros de su rostro como quien se asoma a un territorio conquistado, muy cerca, tanto que podía verle el interior de sus ojos (como túneles sostiene que eran, como pozos hacia la nada) y luego, tomando distancia otra vez, dijo como quien hace una concesión: «Bueno, para ser del todo honestos, *uno* de sus deseos aún no lo hemos complacido, pero no se preocupe, somos personas muy serias de modo que...»

«¿Puedo?, ¿puedo pedir?», dice que dijo Inés aliviada y dispuesta a desear con todas sus fuerzas que, si aquello era una pesadilla, se despertara cuanto antes, por Dios y por todos los santos en los que nunca había creído hasta ahora.

«Lo siento», asegura que dijo entonces Jetajumento, «lo siento, señorita, pero el deseo ya lo formuló usted hace unos días y tiene que ver con su vecino el clarinetista...»

«Por favor», testimonia Inés que exclamó, «que me despierte pronto, por favor», y se pellizcó una pierna con verdadera saña para ver si se acababa aquello, pero no, ni por ésas. «¿Con mi vecino el clarinetista dice usted? ¿Qué pasa con mi vecino clarinetista?»

«Pues que si no hemos cumplido aún su deseo con respecto a esa pobre persona es porque en el lapso de unas horas pidió usted dos cosas distintas, primero que se cayera de un quinto piso y luego que se tragara el puto pito (supo-

nemos que con esta expresión se referiría usted a la boqui-
lla de su clarinete), pero al haber una diferencia evidente
entre estos dos deseos no nos ha quedado claro cómo prefiere acabar con él y ésa es la razón por la que no hemos satisfecho aún su pedido. No obstante, descuide, le repito
que nosotros somos gente que honramos siempre nuestra
palabra, de modo que sólo tiene usted que indicarnos, señorita...»

Jura Inés que ya no recuerda del todo bien lo que pasó
a continuación, porque Caramonstruo pareció levantarse
del sofá en ese momento y ella interpretó que iba a salir
al pasillo para poner en marcha su último deseo y gritó
no, no, momento en que asegura que le pareció ver cómo
Lasonrisamasbelladelmundo se angostaba y su propietario
se mordía el labio de una manera muy dolorosa como si
toda la escena que estaba presenciando y el estado de ánimo de ella, tan deplorable, le estuviera causando un gran
conflicto interior, algo parecido a como si, dentro de su
persona, se estuviese desarrollando un combate singular:
Deber versus Necesidad, Piedad contra Pragmatismo, en
fin, una especie de Caín contra Abel, jura Inés, o algo parecido, aunque tal vez no debería jurarlo porque no son
más que especulaciones suyas y tampoco estaba ella como
para hacer análisis psicológicos de las personas en un momento así.

«¡No, espere! Quédese donde está», dice que le dijo al
otro, al de la cara yasabencómo. «Por favor ¿qué va usted a
hacer?»

«Cumplir su deseo», dice que contestó el tipo, y a continuación añadió: «Bueno, a ver si se aclara usted: al final ¿en
qué quedamos? ¿Cómo prefiere acabar con el clarinetista,
quinto piso o puto pito?»

Inés declara —o declararía si tuviera alguien ante quien hacerlo— que lleva varias horas pensando en todas estas cosas. Lo menos lleva tres horas desde que, envueltos en una nube negra —en fin, tal vez no fuera una nube sino el producto de su propias lágrimas, de eso tampoco está muy segura—, los dos hombres se despidieron de manera muy distinta. El uno con terribles palabras: «Mire, señorita: para que vea que somos unos caballeros y que no queremos aprovecharnos de su actual estado de ánimo, pasaremos por aquí el lunes para terminar de explicarle los términos del pacto y entregarle su copia del contrato; pero haga el favor de estar preparada, ¿eh?» Y el otro: «Adiós, Inés, hasta luego», dijo pero de un modo tan dulce que, a pesar de su estado o precisamente por él, Inés afirma que le dieron ganas de tocarlo como si fuera una aparición divina, qué cosas.

«Ya sabrá de nosotros» fueron las últimas palabras del terrible e Inés declara que lo único que se le ocurrió después de que se marcharan sus visitantes, fue lanzarse hacia el pasillo y correr hasta la puerta de su vecino clarinetista para llamar diez, doce, quince mil veces sin ningún éxito por lo que ahora está tirada en su cama y rezando a todos los santos esos en los que nunca creyó por la integridad física de Vladimir, o Dimitri, Ivan, Aliosha o como rayos se llame el clarinetista porque, de momento, lo único que ha podido comprobar es que no se ha caído del quinto piso ya que no hay ambulancias ni ruido de catástrofe en la calle. Pero ¿dónde está?, lo habrá venido a buscar su novia, por ejemplo, y estarán por ahí tomándose un café (por Dios, por Dios, que así sea) y si no es así ¿a qué viene este silencio?, ¿por qué no contesta? San Judas y Santa Rita (¿o era Santa Margarita?, en fin quien sea que se ocupe de esto), ¿se habrá ausentado de casa por otra razón, él que apenas sale? Ojalá, ojalá porque si no... y si no contesta (por favor, por favor, es imposible, no lo podría resistir), si no hay señales de vida y dentro de su apartamento no se oye ni una mísera escala musical desde hace tanto rato, querrá decir (Dios santo, si es un sueño que me despierte de una vez), querrá decir entonces que por fin... ¿puto pito?

18.   LA GRANDÍSIMA ESTUPIDEZ

Martín Obes se levantó temprano al día siguiente y, como siempre que le esperaba algo importante, se demoró en hacer las cosas. Primero preparó el desayuno y mientras se calentaba el café, pasó lo menos quince minutos enjabonándose debajo del raquítico chorro de la ducha como quien intenta borrar una gran mácula. Si lo consiguió o no es difícil de decir pero sí que salió aliviado y con una decisión firme: iba a acercarse a Guadiana Fénix Films a decirles a las chicas que renunciaba a su trabajo, que renunciaba incluso a cobrar por la broma de ayer y que, a menos que tuvieran un papel o un trabajo que ofrecerle en el que no se perjudicara a nadie, no contaran más con sus servicios.

¿Y dónde estaba Flo aquella mañana? Amordazada y atada en el más oscuro rincón de la conciencia de Martín, vencida por la única fuerza capaz de derrotarla, una que ya la había amordazado en otras ocasiones y a la que Florencia llamaba «la Grandísima Estupidez» y Martín llamaba «enamoramiento» aunque últimamente no se atrevía siquiera a usar dicha palabra.

Cuando uno es propenso a la Grandísima Estupidez aprende a reconocer sus síntomas más tempranos; tonterías, tics o supersticiones, que son distintos en cada uno y que en Martín se traducían en la necesidad de repetir el nombre de la persona amada en todos los tonos posibles.

Ya había adorado antes a otros nombres del mismo modo, pero ahora sólo existía uno: Inés dicho en tono grave cuando se despertó a las ocho y media, átono Inés al mirarse al espejo para descubrir los estragos de una noche pensando en ella, agudo cuando decidió que tenía que ir a hablar con las chicas sobre su renuncia al trabajo, y luego: Inés dicho a la taza de café y al grifo del agua caliente, Inés al paquete de Corn Flakes y al Fairy ultra, Inés por todos lados como si tuviera que gritar su nombre a los vientos o, por el contrario, como si necesitara ensayar tan dulce mantra a solas acariciando cada una de sus letras para acostumbrarse bien a ellas, y comenzar a amar la i, tan arisca, y luego la n, la e y la s y así, hasta enloquecer por su tilde I-nés.

Martín va despacio. El amor tiene otro tempo y se demora. Con Florencia amordazada en el ático no hay nadie que lo alerte y le diga esas cosas que a ella tanto le gusta escupir, como: ¿Qué hacés, Martincito?, ¿no ves que estás renunciando a un buen trabajo a cambio de nada?, ¿cómo esperás que la chica esa te corresponda, requete-imbécil, ya te olvidaste de que cree que sos el mismísimo Diablo o, en el mejor de los casos, su ayudante?

Así está ahora Martín sin nadie que lo prevenga, ni siquiera los recuerdos chiquitos, esos que se sientan en los mostradores de las barras como niños malos sobre una tapia y mueven sus patitas, y que en otras circunstancias se hubieran ocupado de traerle del pasado nombres de antiguos fracasos amorosos, tantos para su edad y belleza que se podrían cantar como un tango: Ana, Amalia, Berta, Bruna, Carmen, Cora, Dina, Diandra... catástrofes por orden alfabético, también por fechas, y por tamaño de descalabro: ...Elsa, Elisa, Fanny, Greta, y así hasta llegar a Helga y a ese bebé que nunca ha conocido y del que ignora hasta el sexo pero que ahora debe de andar por los trece años y tal vez tenga sus ojos claros y su sonrisa o, quién sabe y Dios no lo quiera, ninguno de sus atributos físicos pero sí su misma actitud ante la Grandísima Estupidez y estará a punto de comenzar a arruinar su vida entregándose a quien sólo alcanza a enamorarse de su aspecto exterior.

Así está pues Martín sin nadie que le lea la cartilla, ni Flo ni los recuerdos chiquitos, solo, tan contento y precisamente por eso más guapo que nunca, como un ángel si es que los ángeles se enamoran (ché, pará un momento: el pelo este a lo Mefistófeles, me lo tendría que volver a teñir de mi color; pero, bueno, ahora hay cosas más importantes que hacer, así que me lo dejo de negro, además fue así como conocí a Inés y dale, acabala ya con las pavadas de amor durante un ratito, que tenés que ir a la productora y mandarlo todo al carancho).

El trayecto hasta Guadiana Fénix Films es agradable y Martín decide ir caminando, las manos en los bolsillos, sin la bolsa de la compra en esta ocasión pero con el mismo aire soñador y silbando bajito, con mucho tiempo para pensar en sus cosas y sin notar los suspiros enamorados de tantas mujeres que lo conocen sólo de vista, vecinas que, como doña Teresita, serían capaces de provocar varias inundaciones más con tal de que él acudiera con su llave inglesa y su aire distraído. Y es que siempre le ha ocurrido lo mismo. El amor que Martín despierta en las mujeres tiene una especie de efecto delicuescente y las mismas virtudes químicas que ciertas sustancias muy volátiles que se evaporan al primer contacto con el aire, como si la atracción irresistible que sienten por él en un principio no aguantara el primer *round* con la realidad. Una maldición como otra cualquiera, piensa Martín, que no sabe nada de sustancias químicas ni de boxeo pero ha visto repetirse el fenómeno y nunca ha entendido por qué a todas las enloquece y hace soñar mientras él no siente nada, pero en cuanto se decide por una y se entrega, va y la caga (perdón, Mamá, la jorobo,

149

la estropeo, la fastidio), en fin, que a partir de ahí reco-
mienza la lista de desastres: Hortensia, Herminia, I... y la retahíla tiene todas las posibilidades de crecer con Inés pero
Martín, que ya ha reconocido los síntomas de la GE (Grandísima Estupidez), piensa que esta vez va a ser distinto, y de
verdad, y para siempre y mirá qué casualidad que estemos
en la I, una letra tan linda y diferente a todas las otras.

«Lástima, niño Tintín, tuviste que salir a tu abuela», eso
le había dicho su niñera, Mamá Rosa, cuando él tenía doce
años y era bello como un sueño, «igualito a tu abuela Magdalena, qué desgracia, y como ella te vas a estrellar», añadió
mientras le acariciaba la cabeza con pena infinita, una cabeza perfecta que era muy parecida a la de una muchacha
que podía verse en la foto que su padre tenía junto a la
cama y de la que nunca se hablaba más que en susurros.
Martín sólo sabía que su abuela paterna había muerto joven y en alguna circunstancia desgraciada que hacía que
cuando se la mencionaba, Mamá Rosa cayera inmediatamente en el bisbiseo y luego comenzara a persignarse una y
otra vez, para terminar diciendo: «no, niño, no me preguntes», mientras lo llenaba de besos: «pobre Tintín, igualito
que la doña».

No logró sacarla de ahí y si un día obtuvo algunos datos
más sobre lo ocurrido, no fue de Mamá Rosa, que por lo
menos hablaba claro y se le entendía todito, sino de Tía Rosario, una hermana de su madre que, como era muy católi-
ca, además de bisbisear se expresaba con parábolas y a ver
quién entendía aquello:

«Sí, mihijito, fue muy triste lo que pasó, pero así es la
maldita belleza», aseguró su tía antes de levantar los ojos al
cielo como si agradeciera el ser fea de remate y tener dos
verrugas que hacían que Martín las mirara de hito en hito
mientras hablaba: ¿Y qué fue lo que pasó, Tía Rosario?
Nada que usted deba saber, mihijo, sólo que conviene que

no olvide nunca lo que voy a decirle, añadió, y luego, como si se compadeciera infinitamente de él, agregó: Mire, es mejor que sepa desde ahora que todas las bellezas, todas, son como acantilados, ¿me entiende?, abismos grandes como ese barranco al que está prohibido acercarse cuando vamos a visitar el Cabo de las Tormentas, ¿se acuerda? Así son, e igual de peligrosas, sólo que, en la mayoría de los acantilados —o de las bellezas—, los que encallan son *los otros*, los que se enamoran de ustedes los hermosos; en algunos, en cambio, los ahogados son *ustedes,* por locos, por confianzudos, por tirarse de cabeza a cada rato ¿entendió, mihijo? No es más que una justa compensación por todo lo que Dios Nuestro Señor les ha concedido.

Martín no había entendido nada, pero mucho más adelante, cuando Flo se encargó de contarle (en voz muy baja, naturalmente) la historia de abuela Magdalena, comprendió un poco más aquello del acantilado. Según Flo, en la familia atribuían a la extraordinaria belleza de su abuela todas sus desdichas y en especial el gran escándalo que consistió en enamorarse perdidamente de un primo hermano suyo que un día la deshonró para a continuación marcharse a vivir a Brasil ante el asombro de la propia Magdalena, acostumbrada a que la adorasen y segura de que un día volvería a buscarla. Por suerte su marido no llegó a sospechar la traición pero, por eso mismo, le irritaba ver cómo su mujer malgastaba la vida sentada allá arriba junto a la ventana del último piso mirando los barcos entrar en el puerto, horas y horas con la paciente impaciencia de quien aguarda a un amante y sin comprender por qué la vida la maltrataba de tal modo.

Yo tampoco lo entiendo, aventuró Martín, y Florencia se enojó tanto: ¡Claro! —gritaba—. Claro que no entendés porque ustedes los lindos nunca entienden nada. ¿Cómo van a comprender si la vida parece hecha a su medida? A la gente se le ensancha la sonrisa cuando los ve, mirarlos a ustedes les hace sentirse bien, da tanto placer hacer regalos a los lindos, complacerlos, por eso los miman, les entregan todo hasta lo más prohibido como si fuera mérito de ustedes ser tan divinos, como si la cara fuera el espejo del alma, qué cholulada, Martincito, la cara no es más que el espejo perfecto para comprobar que las apariencias engañan, mirá tu caso, de puro lindo parecés sonso...

Al cabo de unos días de súplicas, favores, y de fingirse bien sonso, Martín logró que su hermana terminara la historia. Entonces supo que abuela Magdalena se había cansado un día de esperar a su primo hermano allá en aquella ventana tan alta, y sobre todo se había cansado de ser tan linda y de no entender nada de nada, y había buscado consuelo tres pisos más abajo, contra las piedras del patio.

Ustedes los lindos, eso había dicho Flo con quince años y aquello se había vuelto una sentencia o una maldición porque, en efecto, desde entonces Martín nunca había entendido, por ejemplo, que en su caso, la belleza tuviera un efecto tan extraño sobre los demás, y en especial sobre las mujeres que había llegado a amar. Flo, que tenía respuestas para todo, podría haberle explicado muchas cosas de sabiduría popular como que no basta con tener una herramienta, que hay que saber usarla o, mejor aún, abusar de ella. También podría haber repetido otra de las cantinelas preferidas de Mamá Rosa en aquellas ocasiones en que le acariciaba la cabeza con tanta pena: «Mandinga no da nada gratis, Tintín», solía decir, «Mandinga cobra caro, mi niño». Pero Flo estaba atada y amordazada de momento, condenada al silencio por la Grandísima Estupidez que, como bien se sabe, a nadie presta oídos y hace que sus víctimas se crean invencibles y a la vez ligeras, sin un problema en este mundo, ciegas, sordas, insensibles a todo lo que no sea esa persona que infesta su universo.

Con Inés va a ser distinto, se dijo como quien hace votos y, como también andaban amordazados los recuerdos chiquitos, tampoco estos pudieron estropearle el día con la memoria de la abultada contabilidad de sus pasados naufragios (todos contra la misma roca, por cierto: su falta de pericia, o de maldad, a la hora de manejar «el don»).

Aquella mañana de sol parecía tan perfecta que Martín decidió fiarse de los buenos augurios que le brindaba. Y que eran muchos porque el día se presentaba espléndido, lleno de esos tenues signos que sólo alcanzan a ver los enamorados y los ingenuos: cantó un pajarito en una rama y Martín lo tomó como una señal, un taxista le cedió el paso y eso ya le pareció un síntoma de inequívoca fortuna y, cuando un reloj de la calle Arenal le regaló una bonita hora capicúa, las 13.31, se dijo que todo era perfecto. Al diablo con Mandinga, se convenció Martín Obes, que nunca había tenido dificultad de convencerse de lo que le convenía. ¿Viste? ¿Qué te dije?, pensó antes de sentenciar —con esa seguridad plotínica con la que suelen juzgarse los errores de los demás— que abuela Magdalena y él no tenían nada en común salvo la belleza, *nada*. Porque él seguía confiando en las cosas y en las personas mientras que ella se había dejado vencer por eso que Tía Rosario y Mamá Rosa llamaban, ¿cómo lo llamaban?, ¿el acantilado en el que unos se estrellan y otros se ahogan?, ¿el don?, ¿la maldición de la belleza?, ¿la venganza de Mandinga? Pavadas, se dijo Martín: todo en aquella mañana perfecta —el aire, el sol y la hora capicúa— estuvieron de acuerdo con él: pavadas.

Al principio pensó que se había equivocado de piso. Miró otra vez el número y sí, desde luego era el quinto A, pero alguien había retirado la placa en la que antes podía leerse el nombre de Guadiana Fénix Films grabado en bronce junto a una fina pluma de gallo.

Las chicas están redecorando, pensó, hacen bien, nunca me gustó ese logo de la pluma. La puerta estaba abierta y Martín entró ensayando más o menos lo que pensaba decirles a Kar y Ro, todo aquello de que le parecía una broma cruel lo que le habían hecho a Inés, que no pensaba cobrar por su trabajo, que ya tenía bastante con lo recibido como adelanto, que adiós y hasta nunca, chicas, porque hay cosas que no me gustan en este juego, así que conmigo no cuenten. Y tan absorto estaba en su discurso que no se dio cuenta de que faltaba algo. En realidad no es que faltara algo sino que no había nada. Ni la litografía de Bacon en la pared de la izquierda, ni la de Barceló en la derecha. Ni los muebles birmanos tan caros y, ni siquiera estaba el florerito Ming. Por no haber, no había en aquella oficina que Martín un día había descrito como la cueva de Alí Babá (no por los ladrones, sino por los tesoros) más que huellas de pies apresurados sobre la moqueta como si Guadiana Fénix Films hubiera decidido sumergirse misteriosamente en las profundidades de la tierra o levantar el vuelo sin previo aviso.

Recorrió una a una las estancias: donde antes había una salita de espera con muebles de diseño ahora no había más que polvo, y en el cuarto de baño alguien había arrancado hasta los apliques. En realidad, lo único que quedaba para indicar que aquella oficina había pertenecido a tan próspera productora era una planta de violetas ahora más bien mustia que presidía lo que antes había sido el despacho de Kar y Ro. «Está claro, las han embargado», pensó Martín que ya había vivido situaciones parecidas en Londres en los años ochenta cuando desaparecían industrias relacionadas con los audiovisuales con la misma rapidez que aparecían otras. Ché, qué bodrio, ahora tendré que llamar a la agencia de modelos para averiguar adónde se mudaron. Aunque... tal vez el portero tenga un teléfono, sí, eso es lo más rápido y también lo más razonable.

Martín tardaría aún unas horas en darse cuenta de que no había nada razonable en aquella historia. El tiempo suficiente para hablar con Pepa, la secretaria de la agencia de modelos que le había conseguido el trabajo. (Uy, bonito, no tengo ni idea, ¿cómo que han desaparecido sin dejar rastro? ¿Cómo que el portero es lituano y que por lo poco que le entiendes se deduce que ese piso está desalquilado desde hace meses? Uy, cariño, vente para aquí que yo te consuelo enseguida... bueno, perdona, chico, sólo quería ayudarte, vale, vale, no te pongas así.) El tiempo suficiente también para preguntar al portero de la casa de al lado que sí hablaba español y que le contó que, en efecto, había visto a dos mujeres de esas características pasear por la calle alguna vez pero que no recordaba nada más, y eso que Martín había estimulado su memoria con una propina, aunque... aunque ahora que ya me he embolsado los 20 euros: pensándolo bien tampoco puedo jurar que me acuerde, ¿eh? ¿Cómo dice que eran?, ¿pelirrojas? Ay, pues no, no podría jurarlo.

Horas más tarde, Martín se encontraba en el bar de siempre ante el whisky de las siete y media. Eran las diez y cuarto y el sonido de la máquina tragaperras le regaló el recuerdo de algo que nunca había vivido. Desde la ventana más alta de la vieja casa de su familia en Montevideo, abuela Magdalena lo miraba y se reía de él.

19.   INÉS, SU MADRE Y LOS TONYCURTIS

A su madre sólo le gustaban los restaurantes de moda caros donde había que hablar a gritos. A su madre se la veía afrentosamente guapa esa tarde y el Tonycurtis del momento parecía tan enamorado de ella que Inés se sintió, como siempre, de más. Su madre acaparó todas las miradas y a continuación le anunció que estaba pensando quedarse en Madrid lo menos dos semanas, «para que estemos juntas tooodo el rato, tesoro». Su madre entregó a Inés como regalo (como regalo de reencuentro, bebé, porque no te puedes i-ma-gi-nar lo que es mi otro súperregalo de cumpleaños) una mantelería de hilo rectangular y carísima para veinticuatro personas cuando la mesa de comedor de Inés era redonda y de ocho. Pero por lo menos estaba ahí, en cuerpo glorioso (¿qué se habría hecho?, no aparentaba más de cuarenta años, qué increíble) y no expulsada a las tinieblas exteriores por sus insensatos deseos del otro día: «hacer desaparecer a alguien debería ser tan fácil como apretar un botón, adiós, mamá».

—¿Me oyes, tesoro? Te decía que Ferdy y yo estábamos pensando en viajar un poco menos. Cancelar el Península de Hong Kong no podemos, imposible, pero luego no estaría mal quedarnos unos días en Madrid. Ya que no hemos pasado juntas tu cumpleaños podríamos festejar el mío a fin de mes. ¿Qué te parece? ¿Me oyes? ¿Pero se puede saber qué te pasa? Estás en las nubes. ¿Verdad, Ferdy, que parece ida?

Ferdy dijo que sí y aprovechó para lanzarle a Beatriz una de esas miradas de amor cautivo que Inés había visto repetidas en decenas de caras a lo largo de toda su vida. Al principio, cuando ella era una niña y Beatriz una joven viuda de veintipocos años, Inés disfrutaba del delicioso placer de ser la dueña de tan deseado juguete. «Mamá es mía», pensaba cuando tantos sombreros se alzaban por la calle para saludar el paso de Beatriz o cuando en la playa los hombres se comportaban de manera atropellada, unos para proveer una toalla cuando no era necesaria, otros una cerveza a las nueve de la mañana, y se aturullaban trastabillando para deleite de Inés que se creía completamente segura respecto del amor de su madre. Y es que según le había contado Alberto, el hijo del portero de la casa de Lope de Vega en la que vivían —un muchacho tres años mayor que ella que era su único amigo y el único niño que le permitían invitar a casa—, Beatriz estaba enamorada de un recuerdo, de un muerto, de alguien que todo el mundo decía que era su papá, pero que para Inés no era más que un retrato.

Se trataba de la fotografía de un hombre agradable pero corriente, de ningún modo merecedor del amor de ella, tan guapa y tan buena que, mientras todos los sombreros se levantaban para agasajarla, Mami sonreía deliciosamente al tiempo que apretaba aún más la manita de Inés como quien dice «Tú eres mi único amor, tesoro. Bueno, tú y esa foto que jamás podrá disputarte el puesto».

Inés llegó a saber también que Salva (¿ves?, se decía, ese señor ni siquiera tiene un nombre bonito, no merece ser mi papá), Salva había desaparecido en un accidente de caza en Canadá cuando ella era muy pequeña y nunca encontraron su cuerpo. «Por eso tu madre no es viuda propia-

157

mente dicho, ni casada, ni soltera —le reveló Alberto—, y como no es viuda ni nada, no se puede volver a casar.» «¿Nunca?», preguntó Inés cruzando los dedos. «Nunca», contestó Alberto. «¿Jamás de los jamases?, ¿estás muy seguro?» Y su amigo lo estaba y se lo juró con dos cruces como solían hacer en sus juegos de niños, ella con diez años, él con trece. Desde ese día Inés comenzó a hacer visitas periódicas a la foto de aquel hombre que realmente no le resultaba simpático (para empezar porque en la foto aparecía pistola al cinto y junto a un precioso ejemplar de oso polar muerto), un hombre al que, por lo demás, nunca llamó Papá sino Salva pero que, con el tiempo, había llegado a considerar un cómodo cómplice que le permitía retener el cariño de su madre para ella sola. Y es que compartirlo con un padre así era fácil: los muertos o los fantasmas, creía Inés entonces, no son cositeros.

Cuando comenzó a sospechar que, más que un marido desaparecido, Salvador era para su madre un medio de vida y una coartada perfecta, Inés había cumplido los once años. Ya no tenía a Alberto para que le contara secretos, porque su amigo acababa de ingresar en el mundo de los adultos dándose de baja del de ella, una deserción que Inés aceptó con la azorada resignación con la que se aceptan las tantas sorpresas de la adolescencia. Pero si bien su amigo ya no le revelaba secretos, había otras formas de averiguarlos. Formas dolorosas e inciertas porque los tuvo que ir juntando primero como indicios y luego como síntomas: pequeñas e inquietantes señales que una hija única no tiene con quién comentar. Inés fue siempre una niña solitaria porque sus amigas del colegio, tanto en Madrid como en el internado en Canadá, eran distintas a ella. Tenían padres de carne y hueso y no cómplices de cartulina. Tenían madres que eran bellas pero no diosas que se perfumaban el cuello y las muñecas justo antes de que llamaran al timbre y que alguien anunciara un apellido que rara vez se repetía. Nombres sonoros que antecedían la llegada de caballeros muy similares en el porte, en el vestir, en la billetera, como si su madre fuese una planta exótica y carnívora que sólo se alimentaba de ciertos bocados.

Inés los miraba y se reía de todos como se había reído de los torpes que traían toallas y cervezas, porque para entonces ya había llegado a la conclusión de que algún pacto secreto existía entre su madre y aquella cartulina, a la que las dos llamaban Salva. Que el pacto resultara ser un asunto económico y social por el que a su madre no le compensara cambiar de estado civil ni de apellido, era algo demasiado difícil de entender para una niña de su edad, y sin embargo Inés llegó a aprender otras cosas igualmente difíciles. Cosas que no cuentan los libros ni los amigos desertores como, por ejemplo, que es mucho más fácil amar a los muertos que a los vivos. Y es que, mientras los muertos piden tan sólo que se les recuerde, los vivos exigen atención constante. Los muertos se conforman con habitar el mundo de los sueños y los vivos insisten en invadir la realidad. Los muertos no mienten, no monopolizan, no mandan. Tampoco se enfadan ni envejecen, los muertos no traicionan, los muertos no cambian. Fue al aprender estas cosas cuando Inés comenzó a querer a Salva, imitando el modo en que lo amaba su madre. Y mamá debía de quererlo muchísimo puesto que nunca se olvidaba de besar la cartulina antes de salir corriendo rumbo a una cita con algún amigo. «Ay, mi amor, si tú vivieras...», decía y luego: «Adiós, Inesita-Inés, duérmete que mamá vuelve enseguida.» Entonces ella se dormía tranquila porque sabía que era cierto que su madre volvería, que nunca se iba a marchar porque estaba enamorada de ese hombre de aspecto tan corriente que mataba osos y tenía un nombre muy feo.

No es cierto que Inés abandonara precipitadamente la adolescencia una tarde después de sorprender a Beatriz y a Alberto en la heladería Bruin. La inocencia no se pierde de un golpe como tampoco se pierde la virginidad en una noche. Ambas comienzan por entreabrirse primero y luego dejar jirones: la virginidad lo hace de un modo dulce, en un beso aprendiz, en caricias inciertas. La inocencia de modo amargo: primero con las sospechas, luego con la incredulidad. Por eso, cuando Inés decidió dejar de escribir su diario para que no quedara constancia alguna de lo que vio aquella tarde, ya había visto mucho, aun sin mirar. En qué momento su madre empezó a frecuentar menos a los caballeros de aspecto venerable y a encerrarse en su habitación horas y horas, es algo que ella no puede asegurar. Como tampoco recuerda que registrara de modo consciente el cambio que se produjo en los ruidos de la casa de la calle Lope de Vega porque las puertas eran discretas y estaban siempre cerradas para alivio de una niña que pensaba que lo que no se ve, no existe. Pero si la vista depende de la voluntad de abrir o cerrar los ojos, los ruidos en cambio son libres e insolentes y es ingenuo pensar que se los puede conjurar tapándose los oídos, porque son cánceres que se cuelan sin permiso, y crecen y revelan cosas que uno preferiría ignorar. Es por eso que a Inés, sin quererlo, los ruidos de la casa ya le habían contado muchas cosas sobre Alberto y su madre, y delatado ciertos cambios pues no había más que comparar los ruidos nuevos con los viejos. Los viejos, a los que Inés se había acostumbrado, estaban formados por sonidos adultos: el chasquido de un beso respetuoso ante el portal o —en el peor de los casos— de una conversación suave a la que solía acompañar el entrechocar de dos copas de champagne, también el sonido de música clásica en el *pick up* o, en su defecto, alguna canción de Brassens. Pero, de pronto, los sonidos rejuvenecieron hasta volverse adolescentes. Y donde antes había conversación y besos castos ahora había demasiadas risas. El tintineo de brindis desapareció completamente o, al menos, quedó borrado por el estruendo del *pick up* que ya no se demoraba en baladas francesas sino que tocaba todas esas canciones que Inés conocía por la radio, las de los Bee Gees, Carpenters y hasta las más infames como el *kasachok*.

Síntomas había por toda la casa como los suspiros reprobadores de criados tan fieles y viejos que jamás se hubieran permitido otra señal de contrariedad más evidente que aquella delante de una niña a la que debían proteger. También había signos aún más palmarios como que, las pocas veces que se encontraba ahora con Alberto en la portería (ya nunca lo veía por casa), como única y nueva forma de saludo, él le pellizcaba una mejilla mientras decía «Hola, Inesita, Inés» con la culposa limosnería que reservamos para aquellos que nos adoran y a los que no podemos corresponder. O signos sutilmente provocadores: las escapadas secretas de Beatriz vestida de un modo impropio para la madre de una adolescente pero tan adecuada a ella que se diría que Pucci había dibujado sobre su cuerpo la blusa, y lo mismo ocurría con los pantalones ceñidos de color lila y las *mules* turcas, como si lo escandaloso le ajustara como guante.

El inolvidable helado doble de frambuesa que Inés estaba tomando en el momento en que su inocencia infantil se convirtió en ruina y su amor en horror, se le había vuelto a aparecer en sueños la otra noche, horas después de la visita de los dos hombres de negro. En realidad lo esperaba porque los peores momentos de su vida estaban marcados por la insistencia de aquel lejano recuerdo. Ante cualquier contrariedad, ante cualquier dolor, sus pesadillas aprovechaban para apropiarse de la noche y revivir lo que había sentido una tarde en la heladería Bruin. Y lo reproducían con tal nitidez que Inés llegaba a pensar que la realidad y los sueños intercambiaban lugares, porque sin duda todo el presente parecía irreal e insignificante comparado con la contundencia de la imagen de un hilillo púrpura, al principio imperceptible y luego cada vez más caudaloso, que ella sentía resbalar y caer de su boca atónita, lento primero y acelerándose después hasta que imparable le bajaba por el cuello bañándola entera mientras ella sólo acertaba a ver —no a su madre, menos aún a Alberto, al que juró entonces no volver a mirar a la cara—, sino sus propios dedos manchados de rojo.

Aquí estaba otra vez la pesadilla repitiéndose igual que en otros momentos complicados de su vida, como cuando se casó con un hippy maduro e imbécil para salir de la casa materna y luego con un dentista más imbécil y más viejo aún para escapar del hogar conyugal mal llamado entonces comuna (¿es posible que ella haya sido *tan* burguesa, Dios mío?). En todos, en los peores momentos se había repetido el sueño: un hilo viscoso del color de la sangre pero mucho más frío, inhumano, parecido a la sangre de un reptil bajándole por la barbilla, por el cuello, atravesando la escápula, adentrándose en el naciente pasadizo que separa sus senos, recordándole tantas cosas. Recordándole, por ejemplo, que sigue siendo la misma niña sin amigos que era en su infancia, y sin más amores que los que ella adorna con falsas virtudes, y a los que reinventa en su imaginación porque todo se controla bien en la fantasía, y así se evita que salte, Dios no lo permita, cierta alarma que haga que otra vez el rojo de la frambuesa tiña sus sueños y manche sus manos de sangre como aquel día. Tal vez sea ésa la razón por la que Inés prefiere enamorarse de hombres inconvenientes. Egotistas, fatuos, chulos, canallas, inseguros, gorrones, viejos peterpanes o todo esto en uno solo porque la puñalada de un amor inconveniente no duele tanto como la de otro que no lo es. Además, siendo tal el caso, una siempre puede echarse la culpa diciendo: ¿ves?, tenía razón yo. ¿Era o no era un imbécil Fulano? Y claro que lo era, y una se consuela pensando: a mí nadie me fallará como aquella vez en la heladería, soy *yo* quien se equivoca, yo la culpable de mis fracasos y ésa, al menos, es una forma soportable de fracasar puesto que proporciona gran alivio a quien es lo suficientemente lúcido como para descifrar las componendas que se busca un corazón adolorido. Pero es que, además, enamorarse del hombre equivocado tiene otras ventajas como cuando Inés jugó al témpano hirviente con Ignacio de Juan. Porque el amor inconveniente que uno padece, pierde encanto en cuanto ellos hocican, en cuanto caen rendidos a sus pies, lo cual es perfecto para las personas como ella: todo amor es un pulso de poder, un soga-tira, y es agradable ganar aunque el contrincante no sea el adecuado.

El amor es un soga-tira y los cobardes como ella prefieren medirse con rivales mediocres mientras que los muy seguros de sí mismos, los generosos, los enamorados del amor —también los fatuos, los insensatos— se atreven con enemigos que a Inés le parecen formidables, por juventud, por intelecto, por belleza: el amor es una guerra, es un sufrimiento perpetuo, pero a veces ganan los buenos. O al menos eso espera Inés, que hasta ahora siempre ha preferido perder.

Aunque ha combatido en varias guerras, Inés no sabe nada de todo esto de forma consciente. Igual que los ruidos de la casa cuando era niña le gritaban: ¡mira!, ¡aprende!, ¡escucha! y ella prefería ignorarlos, Inés sólo reconoce dos tipos de amores. Los inadecuados, pero en el fondo inofensivos, que son como una fotografía y a los que uno puede idealizar y retocar a su antojo como hace ella en casa con su Photoshop: ahora embellezco tus ojos y reinvento tu personalidad, ahora añado volumen a tu barbilla, y a tu inteligencia, mejoro tu cuerpo, tu sentido del humor y todo lo que haga falta que para eso te he creado *yo*. Y los otros amores, los de heladería, esos que le dejan a uno boquiabierto y escupiendo sangre como si acabara de recibir una patada que la hubiera roto por dentro. Y de estos amores que Inés intuye, porque nunca más desde aquella tarde en Bruin (y confirmado luego por otro acontecimiento aún peor que tendría lugar unos meses más tarde, un día de marzo) se ha atrevido a darles entrada en su vida. Inés no quiere saber nada de este tipo de amores, para sufrir ya están los sueños: «Mami, ¿pero qué haces aquí con él?... Vamos, Inesita, Inés, no seas tonta.»

Cada uno tiene su forma de olvidar. Desde aquel día y más aún después de lo que habría de suceder en marzo, Inés huye de los hombres que pueden recordarle a Alberto, mientras que su madre, por las mismas razones, hace lo contrario: besar a Albertos cada vez más jóvenes y guapos: «el recuerdo de un cuerpo se mata abrazando a otro, tesoro, porque la repetición es la mejor forma de olvido. Ya lo dice el refrán: la mancha de una mora con otra verde, etcétera, y descuida, bebé: si aún no lo entiendes ya se encargará mamá de que lo hagas algún día».

Pero hasta el momento no lo ha conseguido su madre, y el helado de frambuesa que una tarde comenzó a deslizarse primero por las comisuras de los labios de Inés, luego por el cuello, ha continuado manando hasta convertirse en hemorragia, y así sigue hoy, tiñendo sus sueños. De aquel lejano día, recuerda también otra escena: sus esfuerzos por evitar la sangría y cómo, para intentar cortarla, alargó sus manos hasta tocar el cuerpo de Beatriz. Ni Alberto ni el resto de los presentes existían ya ahogados por la marea roja y, probablemente, para no ahogarse también ella, Inés había intentado agarrarse al cuello de su madre como cuando era pequeña, refugiarse ahí en ese hueco acogedor, un escondrijo en el que tantas veces había enterrado sus miedos. «¿Qué haces, Inesita?»

Inés adelantó los brazos, abrió las manos y vio cómo sus dedos comenzaban a curvarse. Dedos infantiles de puntas rojas color frambuesa que se hunden miedosos en el cuello de mamá pero que también parecen dedos demasiado adultos, incontrolables con uñas locas, ¿y si se portan mal?, ¿y si hacen cosas que yo no quiero? Los dedos son peligrosos, se confunden, tienen ideas propias y no queda más remedio que censurarlos, cortarles los ímpetus.

Aquella tarde lo consiguió. Logró alejar sus manos de Beatriz, cerrar los puños y clavarse sus primeras uñas de señorita adolescente en las palmas, tan hondo que se hizo sangre. Por eso ahora en este restaurante ruidoso en el que todo el mundo está pendiente de su madre, Inés piensa que es injusto. Injusta la vida y hasta los sueños, incluso los que se repiten tanto a lo largo de los años que ya deberían ser como amigos y en cierto modo lo son porque logran que todos los horrores de la vida real palidezcan a su lado. Pero también los sueños son crueles y mentirosos porque es falso que ella hiciera algo malo aquella tarde, completamente mentira que sus manos no la obedecieran, de ahí que no hay razón alguna para que todas sus pesadillas acaben enseñándole sus uñas manchadas de rojo: sólo se trató de su propia sangre y muy poca, la producida por una minúscula autolesión entreverada, eso sí, con toda la frambuesa del mundo. Sueño tramposo.

—*Senti*, Bea, me estoy aburriendo mucho.

—No me extraña, Ferdy, no sé que le pasa a esta chica, siempre fue rara pero hoy... ¿Se puede saber a qué viene tanto silencio, tesoro? Empiezo a creer que he llegado en buen momento para llevarte a un médico alternativo que conozco.

Su madre chasqueó los dedos. Por un momento estúpido, Inés pensó que abracadabra iba a hacer aparecer un médico, ahí mismo: siempre había creído a su madre capaz de cualquier cosa.

—Otra botella de rosé —dijo Beatriz al camarero al que, en realidad, iba dirigido el gesto, e Inés se convenció de que había llegado el momento de hacer un esfuerzo si no quería acabar esa misma tarde con su madre visitando a un charlatán de feria para que le recomendara «algo para esos nervios, tesoro, ¿qué tal la soja con gynko biloba, doctor?». Su madre tenía una fe excesiva en el poder de los fármacos y de los médicos, cuanto más alternativos, mejor. Inés piensa que debería hacer un esfuerzo, recomponerse un poco, pero no es fácil cuando se tiene la cabeza llena de recuerdos de otros tiempos y de temores de ahora mismo aunque —tal vez sea por el efecto del rosé de su madre que Inés se ha atrevido a probar— los temores actuales empezaban a parecerle mucho menos amenazadores que sus pesadillas: ¿Y si nunca había habido hombres estrafalarios con maletines negros más que en su imaginación? ¿Y si fue otro mal sueño? Al fin y al cabo, los dos individuos aquellos prometieron regresar el lunes y no había vuelto a tener noticias suyas. Inés bebió un poco más de rosé. Seguramente había sido un sueño, porque desde entonces todo continuaba aburridamente normal. Su vecino el clarinetista —según había comprobado la misma noche del incidente y al cabo de unos minutos de tonta angustia— gozaba de perfecta salud y seguía exasperándola a diario con su música, mientras que su madre no sólo no había desaparecido, adiós, mamá, sino que estaba más presente que nunca, mirándola como si quisiera leerle el pensamiento, o supiera algo que Inés no sabe y, lo que era aún peor, amenazando con volver a Madrid a tiempo para festejar su cumpleaños, el de Beatriz, e Inés había aprendido a temer tales festejos, aquellos que su madre consideraba «una deliciosa fiesta pensando en las dos, en ti y en mí, tesoro».

«Necesito urgentemente unas vacaciones», se dijo. «O un amor», añadió, y pensó en Ignacio de Juan al tiempo que, mentalmente, comenzaba a aplicarle el Photoshop: vale, de acuerdo, es un narciso insoportable pero ¿qué tal si le difumino un poco el ego? ¿Y si le hago un *flou* a su pedantería? ¿Y si le posterizo los malos modos?

No tenía nadie más en quien pensar.

20. EL BESO

Cuando hacía el amor, Inés invariablemente se acordaba de Woody Allen en *Manhattan*.

«Ha sido pura dinamita. Sólo un par de veces he tenido la sensación de que lo estabas falseando algo, no mucho, sólo una pequeña exageración, sí, cuando me has clavado las uñas en el cuello, creí que le echabas algo de ¡ahhh!»

Porque ella nunca había podido abstraerse de eso que su amiga Laura llamaba la *performance*: «Uy, chica, ¿pero tú crees que hay *alguien* entre la gente civilizada que prescinda por completo del fingimiento en la cama? Y no me refiero al clímax. Al fin y al cabo, la *petite morte* es como la *grand morte*, uno de los pocos momentos en la vida en el que caen las máscaras y uno es uno mismo. Yo me refiero a los rituales, al *post* y sobre todo al *pre*, al *love play*, dime: ¿qué sería de los juegos amorosos sin el fingimiento?»

Laura tecleaba cada vez más en *spanglish* o lo que quiera que fuere aquel ensarte de palabras extranjeras, pero tenía un punto:

MARIEL HEMINGWAY: No sé, puede que aún me sienta algo nerviosa contigo.
WOODY ALLEN: ¿Todavía?
MARIEL HEMINGWAY: Sí, eso creo.
WOODY ALLEN: *That's crazy.*

Un beso, en cambio, es algo completamente distinto. Ahí sí puede uno emplearse en disfrutar a fondo, en especial cuando es el primero que se da a una persona y todo es nuevo. Porque nadie mayor de doce años intenta pasar examen con un beso. Se trata de un impulso, siempre una sorpresa y no hay quien piense en la performance ocupado como está en el descubrimiento del otro y en la primera invasión de un territorio amado. Hablamos de un beso de amor, naturalmente, pero aquél lo era.

Inés se sorprendió una vez más pensando en cómo todas las bocas son distintas y en cuánto temblaba aquélla al acercarse a la suya: «Vení, dejame que te lo explique de esta manera, Inés, vení, ahora lo vas a entender todo mejor, mirá.» Y sin duda lo entendió mucho mejor con el beso porque las cosas que le había relatado Martín Obes momentos antes de viva voz no sólo eran difíciles sino casi imposibles de comprender: «Pero, ¿cómo? ¿Así que todo el asunto ese de venir a cobrarme el alma no era más que una broma para televisión? Ya, sí, alguna vez he visto programas de ese tipo y me parecen deplorables, mira que engañar a la gente de ese modo, dejarlos como idiotas. Y todo ¿para qué? ¿Qué?, ¿qué dices?, ¿pero qué me estás contando? Eso es más raro todavía... ¿Así que a la mañana siguiente cuando intentaste volver por aquella oficina resultó que Guadiana Fénix Films ya no existía?, ¿que se evaporó como por ensalmo y ahora resulta que a las dueñas nadie las conoce en el barrio...? No, por favor, entiéndeme, no es que no te crea y tampoco hay nada que perdonar sólo que lo que dices suena tan raro...»

Como si después del almuerzo con su madre hubiera decidido desafiar a los mengues del pasado y a los demonios del futuro, Inés Ruano había vuelto a beber Bombay con tónica. Y lo peor del caso es que había regresado al lugar del crimen o, lo que es lo mismo, a Crisis 40. ¿Por qué? Sólo los mengues lo saben, y ahí estaba él. De la anterior noche en aquel local y de lo que sucedió entonces, nada recordaba pero sí le había quedado la intuitiva prudencia de no aceptar bebidas de extraños y la prohibición total de intentar seducir a alguien: tú mira y recréate la vista, Inés, pero no hagas nada, no tienes las dotes de tu madre precisamente... ya, sí, eso ya lo sé pero lo único que verdaderamente hace olvidar a un cuerpo —Beatriz *dixit*— es *otro* cuerpo, ¿por qué entonces no puedo intentar ligarme a uno que sustituya al de Ignacio de Juan antes de que vuelva a caer en el mismo desastre? ...Porque *siempre* eliges mal, tía, bebe y olvida.

De este punto bajo cero hasta el primer beso, mediaron sólo veinte minutos. Pero cuando, mucho más adelante, Inés intentó reconstruir lo que ella creía era su primer encuentro con Martín Obes para tecleárselo a Laura, se dio cuenta de que sólo guardaba cuatro recuerdos en forma de fotogramas aislados que ni siquiera eran muy nítidos, como si la excitación del encuentro entorpeciera su memoria o (más probablemente) como si su cerebro aún no se atreviera a poner en marcha la moviola sentimental. Por si los mengues. Fotogramas pues es lo que retenía en el recuerdo y en el primero de ellos aparecía Martín allá a lo lejos, al fondo del local y ajeno por completo a su presencia, con el pelo negro recogido en una coleta (a ése ni lo mires, es demasiado guapo, y mucho más joven que tú, ¿cuántos años puede tener?, a ti no te gustan los jóvenes, no te *pueden* gustar, es imposible, recuerda el helado de frambuesa, Inés). En el segundo fotograma aparecía su mano, la de Inés, visiblemente agitada haciendo las tonterías habituales de cuando ella se sentía insegura: revolviendo el hielo con el dedo, haciéndolo tintinear en el vaso como una maraca porque Martín se le había acercado por detrás y ahora le estaba diciendo algo al oído. Es cierto que en aquel local no había otra forma de entenderse sino hablando al oído o a gritos, pero esa voz, esa forma tímida de ser sincero... Maraca, maraca y vueltas al hielo, así recuerda Inés las primeras palabras de Martín, y luego un tercer fotograma, aún más difícil de traducir en palabras que los anteriores porque era como una gran mancha de color frambuesa que anuncia: cuidado, peligro, alerta máxima.

No obstante, Inés no hizo caso porque en el próximo fotograma ya se veía su primer beso: (¿pero qué haces?, ¿estás loca, Inés?, ¿y si se trata de un amor de heladería?, cuidado, peligro, alerta máxima: lo que está clarísimo es que este tío no necesita que yo le invente virtudes, no le hace falta un Photoshop como a Ignacio de Juan, es perfecto de verdad, ¿qué dices?, pero ¿qué tonterías dices?, ¿perfecto en qué?)

Otro beso. El segundo ya para perderse en ese santuario dulce en el que uno se dedica a vivir sensaciones sin ocuparse de lo que sucede allá afuera, en el mundo cruel. Ciegos los ojos, inertes las piernas, dormidas las manos, borrado todo el cuerpo como si fuera presa de un conjuro o, mejor aún, de esa clase de ensimismamiento yogui por el que los maestros llegan a concentrar su sensibilidad en un solo punto de la anatomía hasta sentir el placer de un modo tan agudo que duele. Y de golpe, he aquí otro amago de frambuesa que viene a estropearlo todo, a profanar aquel lugar santo: Cuidado, peligro, rumbo de colisión, catástrofe... todo esto dice el líquido frío como sangre de reptil que Inés conoce bien y que ahora le sube por la garganta. ¿Lo notará él?, ¿sentirá en su lengua el sabor del miedo que la invade, la viscosidad de aquello, el repugnante dejo de la frambuesa? Más profundo. Inés decide hundirse en esa boca recién descubierta como si ahogarse en ella fuera la única forma de evitar la marea roja. Estás loca, piénsalo mejor, ¿cómo puedes decir que este tío no necesita Photoshop? Lo que necesita es un plan Marshall en toda regla, porque, vamos a ver, ¿qué tenemos esta vez?, un sudaca en paro, lo menos diez o quince años más joven que tú, un estafador confeso, y para acabar de arreglarlo, un tipo con casi tanta belleza en el cuerpo como tu madre y seguramente igual de hijo de puta, ¿qué tal?

Si las bocas en las que se hace el amor se parecen a algo es a esos refugios infantiles y secretos en los que solía detenerse el tiempo y nada existía más allá del escondrijo. Un mundo excluyente en el que no entran los malos. Inés abre los ojos. Afortunadamente no parece que el encantamiento se quiebre por ello sino que muestra otros ángulos de la realidad. Su vista desenfocada le enseña la suave curva de los pómulos de Martín cubierta de un vello casi invisible, y subiendo unos centímetros más arriba logra ver sus pestañas blanqueadas por las luces ultravioletas de Crisis 40. Todo parece estar en orden en ese territorio de piel ajena que ella inspecciona por primera vez. Y es tal la entrega de aquella cara que está unida a la suya por el beso, que nada altera su superficie, ni una arruga de vacilación, ni un pliegue de desconfianza. ¿Él no tendrá dudas?, se pregunta. «Igual que Beatriz», se dice por un momento, y aprieta las mandíbulas por si acaso se le escape el viscoso hilo de reptil. «Igual que mamá, ¿por qué habrían de tener dudas tanto el uno como la otra?, eso queda para los simples mortales. A ellos ni falta que les hace, ¿para qué, si ganan siempre?»

Ahora Inés duda. La otra tarde, piensa entonces recordando detalles del día del engaño, me pareció que él sí tenía una lucha interior bastante intensa. Tonterías, los guapos no dudan, los guapos se dejan querer y nada más, no tienen conciencia ni mucho menos inconsciente.

La cabeza confiada de Martín se apoya entonces sobre su hombro. «Como un niño bueno», piensa Inés y decide que tal vez ella también debería recostar la cabeza en el hombro de alguien sin temer desde el principio que todo vaya a salir mal. Al diablo con la frambuesa, se dice, y eso que el frío ha vuelto a asomarle por la garganta. Ahógalo, Inés, métete otra vez en su boca, vamos, algún día el amor te saldrá bien. ¿Incluso aunque este tío te haya intentado engañar con semejante patochada como un pacto diabólico?, insiste el hilillo asomándose otra vez, recordándole a su madre en Bruin, y el atisbo de otra escena que tuvo lugar un día de marzo. Curiosamente este último recuerdo, uno que nunca logra precisar, es el que la hace sentir optimista: qué bobada, claro que saldrá bien, todo está perfectamente claro, a él lo contrataron para escenificar una tontería de esas que hacen en la tele, una broma, nada más, la típica bobada televisiva. La gente gasta dinero en cada cosa, no se puede ni creer.

21.   ARRIBA Y ABAJO

—Ven, Lilí, tengo que hablarte.

La había encontrado en el sótano, sacando una gran tajada de manteca de cacao de un barril escondido, y Jacinto consideró que era ahora o nunca, o hablaba con ella y le decía lo que pensaba o la perdería para siempre. Ya casi la había perdido. No había más que ver el loco extravío de sus ojos y la forma en que miraba al resto del mundo como si sólo existiera aquel gato. Pero *Wagner*, gracias a Dios (y a Santa Rosa de Lima), tenía prohibida la entrada en el sótano por miedo a que fuera a meter sus bigotes en los guirlaches o en las otras delicias que allí se guardaban; por tanto, ahora o nunca.

—Por favor, Lilí, mírame.

Jacinto quería decirle «ten cuidado, amor», quería decirle que le daba miedo lo que veía que le estaba pasando, que había ido a hablar con ese señor tan educado del piso de arriba, y que él le había asegurado que aquí en Europa no pasaban cosas raras, que todo aquello no eran más que supersticiones de gente ignorante y el señor Paniagua debía de saberlo bien porque se dedicaba al estudio, y era un caballero muy culto que estaba todo el día leyendo sobre esto y lo de más allá, pero que él, Jacinto, de todos modos estaba dispuesto a volver a hablar con el padrecito Wilson si la cosa continuaba. Porque a veces no es la sabiduría la que entiende lo inexplicable de la vida sino la intuición y a él aquello que le había contado sobre las presencias, y todo eso, le parecía completamente cierto aunque no podía explicarlo porque no era algo que pudiera verse sino más bien una sensación, un estremecimiento o, como decía el padre Wilson, un frío en la nuca, igualito, igualito al que él sentía al ver al gato, y por favor te lo pido, Lilí, déjame que te ayude, algo tenemos que hacer.

Todo esto pensó decirle Jacinto pero no se atrevió pues temía que al levantar la vista del barril de manteca de cacao, Lilí lo mirara con esos ojos amarillos que ahora tenía y que, como le había dicho el otro día para su quebranto: ¿ves, Jacinto?, se me están poniendo todavía más brillantes, igual de lindos que los del gatito, ¿qué te parece?

Sin embargo, cuando hubo recogido la suficiente manteca como para llenar dos cazuelas, fue Lilí la que se volvió hacia él y sus ojos ya no eran del color del azufre, sino normales como antaño, como cuando niños jugaban a besarse en los rincones, antes de que *Wagner* apareciera por ahí. Ven, decían los ojos, abrázame, o tal vez dijeran ayúdame, al menos eso creyó interpretar Jacinto, y fue hacia ella, y ella se dejó abrazar, incluso proteger como antes como cuando Jacinto se aventuraba a desnudar su cuello siempre oculto por algún pañuelo con el que protegerse de los fríos de Europa tanto más traicioneros que los de Ayacucho y dejarle allí un beso.

La gente de acá piensa que son supersticiones, amor, le dijo, pero yo estoy seguro de que tengo que hacer algo para alejar a este animal.

Tan tierna la sentía en sus brazos, suave como manteca de cacao, derritiéndose al contacto de su abrazo, ¿qué te pasa, Lilí?, ¿no te das cuenta de que todo esto es muy raro?, ven, déjame que te ayude, amor, y luego se aventuró a tocarle el cuello porque era tanto lo que la quería que no le importaba arriesgarse a que ella lo mirara con los ojos amarillos. ¿Y si le bajaba un poco el pañuelo del cuello?, ¿y si intentaba besarla en alguno de los largos senderos con los que él soñaba, en uno de esos caminos que llevan desde la mandíbula hasta el ángulo suave que formaba con sus hombros? Allí, allí mismo le gustaría depositar un beso, justo en esa encrucijada. Al ver que ella se dejaba hacer, Jacinto retiró el pañuelo un poco más, lo apartó con dedos temblorosos, acercó su boca y entonces fue cuando oyó el maullido allá arriba en el arranque de la escalera. O tal vez no, tal vez fuera después. Sí, fue después de buscar con sus labios un lugar donde dejar un beso y descubrir un arañazo largo y fino que le rodeaba el cuello. «Es mía —le pareció que decía aquel maullido—, ¿no te das cuenta de que es mía? ¿Qué más prueba quieres, muchacho estúpido?»

Gregorio Paniagua continúa siendo un trabajador incansable. Tanto cuando vivía fuera de la ciudad como ahora, se regía por la misma rutina de estudio y lectura que le había mantenido cuerdo durante estos últimos treinta años. Cuerdo y expectante sin saber de qué, porque él no espera nada. Y sin embargo, igual que los castores que a lo largo de toda su vida van recogiendo las ramas más resistentes y flexibles de cada árbol ignorando que un día dependerá de ellas su destino, también Paniagua teje sin saber qué. Y lee, lo ha hecho durante tanto tiempo que ahora se le ha convertido en un vicio. Por eso no es de extrañar que últimamente, cuando ha tenido que recopilar pequeños datos curiosos sobre el Diablo para adornar su puesta en escena, se haya visto atrapado por la lectura. Por la lectura de Giovanni Papini, por ejemplo y su obra *Il Diavolo* y en la de otro autor llamado Zacarías Pehl.

Gregorio Paniagua no puede dejar ninguno de los dos

libros, hay que ver las cosas de las que se entera uno; tanto Papini como Pehl tienen una teoría muy original en lo que respecta a la figura del Diablo en la historia. Por lo que parece, ambos consideran que Satanás, tal como nos lo han pintado, debería ser muy digno de lástima. A ver, esto sí que es nuevo, leamos un poco más.

El problema es que, como buen castor que construye diques sin saber por qué, Paniagua es obsesivo, infatigable, de ahí que tenga esa mala cara últimamente, una que hasta las chicas aquellas de Guadiana Fénix Films a las que contrató para que lo ayudaran a montar el engaño y que vinieron a cobrar el otro día (aunque a veces tenía la extraña impresión de que el contratado había sido él) comentaron sobre el tema: Duerma, Paniagua, no sea que se ponga malo; ha sido muy interesante trabajar con usted, de puta madre, tenemos que hacer más montajes de este tipo juntos, ¿verdad, Ro? Sí, incluso podríamos montar una empresa de camelos sofisticados, ¿a que sí, Kar?

Eso le habían dicho las dos chicas con las que contactó por un simple anuncio en el periódico y desde luego representaron su papel con toda profesionalidad, qué bien funcionaban esas pequeñas productoras independientes. Sin embargo hay que ver lo pesadas que se pusieron con el asunto del sueño el día que pasaron a recoger su dinero (por cierto, qué inesperadamente barata resultó la minuta, su cliente iba a beneficiarse de un considerable ahorro), parecía como si realmente les preocupara su salud: Descanse, jefe, vamos, hay que dormir más, que tenemos unas ideas guay de la muerte para que hagamos usted y nosotras. Tan pesadas se pusieron que él, aprovechando la excusa que le brindaban con lo de su mala cara, las acompañó a la puerta rogándoles que lo disculparan, al tiempo que encargaba a Jacinto que las escoltara hasta su domicilio. Cuídese, fueron las últimas palabras de una. Duerma, Paniagua, tío, duerma, subrayó la otra, pero lo cierto es que Paniagua rara vez tiene sueño y hoy ni siquiera se ha acostado. Por eso y a pesar de que ya ha concluido el trabajo en el que ha estado ocupado tantas semanas, y a pesar de que son casi las seis de la mañana, decide continuar con la lectura de aquellos dos libros. El enfoque es muy curioso, ¿en qué parte se había quedado? Ah, sí, aquí está, después de leer que el Diablo era digno de pena, había llegado al punto en el que se explicaban las razones de su supuesta traición a Dios, el momento en el que Luzbel está a punto de convertirse en un ángel caído.

En el libro de Zacarías Pehl, por ejemplo, se señalaban para ello varias y muy conocidas razones: la soberbia, la envidia, el odio, en fin, nada muy novedoso. Pero lo que yo no recordaba —se dice ahora Paniagua— es esto que viene aquí: las últimas palabras que supuestamente Luzbel dirige a Dios antes de partir con su cohorte de demonios camino de las tinieblas. Imaginemos la escena, por un lado Dios, por otro el más bello de sus ángeles, la más perfecta de sus criaturas que lo traiciona ¿pero por qué lo hizo realmente y cuáles fueron esas famosas últimas palabras?

22. NO SERVIRÉ

«Universalmente —leyó entonces Paniagua (esta vez en el libro de Papini)— se reprocha a Lucifer la famosa expresión *non serviam:* No serviré (a Dios, se entiende). Pero esas palabras ¿fueron realmente pronunciadas por el Príncipe de los Ángeles? Uno puede negarse a servir a un tirano, a un déspota, a un autócrata. Pero nada de esto era aquel Dios que concedió a sus criaturas, y ante todo a los ángeles, la libertad del querer. Dios no es un amo terrestre que necesita que lo sirvan. Lo es todo y todo lo posee: de ahí que no desee esclavos, ni los tenga. Es, por excelencia, Amor: y de ahí que quiera ser amado. Y el amor no es realmente amor si no es libre y espontáneo movimiento del alma. Cristo, es decir, el verdadero Dios, ¿no dijo a los hombres «la verdad os hará libres»?, y Lucifer que ya disfrutaba de la gracia divina ¿no era libre? **Si no hubiese sido plenamente libre ¿cómo hubiera podido rebelarse contra el Creador?**»

Aquí Paniagua se vuelve hacia el otro librito. Es aún más breve que el de Papini pero tanto o más intrigante:

«Lamentablemente —*dice Zacarías Pehl*— en su explicación de que el Diablo hizo uso de su libertad para apartarse de Dios, Papini no tuvo en cuenta que, desde el siglo v, la teología acepta que todas las criaturas necesariamente obedecen a Dios puesto que Él es Todopoderoso. ¿Cómo se compagina entonces la libertad de sus criaturas, incluida la del Diablo, con la imposibilidad de desobedecer? En el caso de Satanás la hermenéutica da una respuesta muy clara: en todas las actuaciones diabólicas puede verse cómo el Diablo cumple los deseos de Dios (no tiene más remedio, Dios es omnipotente) pero al haber sido creado libre (nótese la contradicción) decide hacerlo de un modo tramposo. Es decir el Diablo, a pesar de todo, **Sirve** a su señor pero lo hace... a su manera. He aquí algunos ejemplos.»

Paniagua se detiene. Se siente perturbado por un ruido muy desagradable y agudo, algo así como un timbrazo. Espera, escucha y, en efecto, se trata del timbre del teléfono, canastos, ¿quién puede llamar a estas horas? Mira el aparato. Éste, al igual que su ordenador que permanece siempre abierto para consultas, desentona mucho con el aspecto austero del resto de la vivienda ya que es de última generación y con una ventanita de cuarzo líquido en la que ahora puede leerse un número muy largo, lo menos de doce cifras. Debí suponerlo, se dice y luego:
—¿Sí?, aquí Paniagua, dígame. Ah, sí, señora Ruano, la escucho, sí, doña Beatriz, ya me imaginé que sería usted. ¿Que qué hora es en Madrid? Las seis y diez de la mañana. Ya, que no se dio cuenta. Ya, que en Hong Kong son más de las once. Ya, que ha preferido que pasen unos días antes de llamarme pero que está ansiosa por saber cómo ha ido el trabajo que me encargó, nuestra interesante misión... Bueno, pues espere que voy a buscar mis notas y ahora le informo.
Gregorio Paniagua no resopla, ni siquiera deja escapar un canastos o un caramba. También en esto se nota que se

ha tomado su encargo muy en serio. Se acerca a una carpeta roja que hay sobre la mesa y el nombre de Inés Ruano puede verse escrito sobre la tapa con una bonita caligrafía gótica.

—Oiga, ¿doña Beatriz?, sí, aquí estoy... Desde luego, desde luego, éxito completo: todo ha salido tal como usted lo solicitó. Un regalo de cuarenta y cinco cumpleaños de lo más original. Uy, sí, eso puedo asegurárselo: usted le ha regalado a su hija el hombre más guapo del mundo, un dios, ni se imagina... y ¡debería haber visto la puesta en escena que organicé para que se conocieran! Digna de Pirandello, una obra de arte. Usted ya sabe cuánto me gusta cuidar los detalles, por eso contraté a unas ayudantes; dijeron que eran actrices pero resultaron mucho más que eso, una pequeña productora independiente. No, no, descuide, no las conozco de nada, el secreto quedará entre usted y yo como la otra vez. Sí, claro, un trabajo de primera clase e inolvidable, señora, le aseguro que Inés y el muchacho tendrán material interesante para contarle a sus nietos. ¿Cómo? ¿Qué? No, no, lo de los nietos es sólo una forma de hablar..., claro, entendí perfectamente las instrucciones que me dio al respecto: un revolcón con un tipo sensacional, «la mancha de una mora con otra verde se quita y el recuerdo de un cuerpo sólo se mata abrazando a otro», ésas fueron sus palabras. Pero si estaba clarísimo: lo que quería ofrecerle a su hija era un antídoto para cierto amor inconveniente y nada de nuevos amores. Ya. Ya sé que usted no es estúpida ni romántica, «carne-fresca», recuerdo muy bien que dijo, ¿cómo olvidarlo?... ¿que qué edad tiene el muchacho? —Gregorio Paniagua hace como si consultara su carpeta roja. Gregorio Paniagua no sabe la respuesta a la pregunta, de hecho este detalle se le ha escapado. Bueno, no del todo, lo había dejado en mano de esas chicas, Kar y Ro, pero ellas demostraron ser muy responsables en su trabajo, seguro que habían elegido a alguien muy joven, dieciocho, diecinueve años a lo sumo o al menos así debería ser según el pedido de la señora; aunque, canastos, las dos veces que ha visto al tal Martín Obes, a Paniagua le ha parecido bastante mayor que eso, treinta, lo menos. Mientras duda si comunicarle este lapsus a la señora Ruano, piensa en las coincidencias y en que da la casualidad de que a las chicas, Kar y Ro, las había contratado el mismo día en que *Wagner* empezó a seguirle por la calle, claro que las dos cosas no tienen nada que ver.

—¿Sííí? Sí, doña Beatriz, aún estoy aquí, claro. Ya le digo, la misión ha culminado con éxito total, tanto que se han vuelto a encontrar en Crisis 40... Seguro que su hija ya ni se acuerda de ese novio intelectual, cincuentón e impresentable que tenía. No, y por ese temor suyo a que se enamore, descuide y tranquilícese, conociendo la forma de ser de su hija, no hay la menor posibilidad de que suceda: el muchacho no puede pasar de ser para ella, y dicho en palabras de usted, un revolcón. Figúrese qué currículum: demasiado joven para sus conocidos gustos, sudaca, sin papeles ni por supuesto trabajo y además... ¿negro y muy bajito dice usted? Bueno, no exactamente, pero pierda cuidado, todo ha salido según me encargó.... ¿que aún no le he dicho qué edad tiene el muchacho? La convenida, claro, la convenida, ¿menor de edad? Tanto como eso no, pero, tranquilícese, es un pipiolo. Además usted quería antídoto, y como antídoto no se puede encontrar nada mejor, se lo aseguro. Que no, que no, que eso no es un enamoramiento, si lo sabré yo.... y usted ¿cuándo regresa? Bien, entonces le haré llegar las cintas; claro, naturalmente, grabé todo en vídeo por si lo quería ver, ¿que pasará usted por aquí a recogerlas? Imposible, recuerde lo que habíamos pactado: no volver a vernos nunca, suceda lo que suceda. Sí, ya, puede que le parezca un raro capricho pero es la única condición que puse. ¿Verdad, señora?

182

Cuando cuelga, Gregorio Paniagua queda algo cabizbajo. Podría seguir con el estudio, y ver qué dice Pehl sobre la forma en la que Satanás se las arregla para obedecer y al mismo tiempo desobedecer a Dios, pero *algo* en la conversación con la madre de Inés parece haberle reabierto una vieja herida. ¿Qué tal si bajo a ver si coincido en la escalera con la niña Lilí que es tan bonita y tiene la mirada color caramelo?, se dice, como el adulto que hace tintinear un engañabobos ante los ojos de un niño con ánimo de desviar su atención de algo peligroso... Tan linda Lilí con su porte colonial y su sonrisa de suspiro de limeña, y ya está a punto de hacerlo (venga, Paniagua, olvida «aquello», agua pasada no mueve...) cuando vuelve a sonar el teléfono.

—Ah, usted de nuevo. Muy-buenos-días, señora Ruano —dice el escribidor poniendo especial énfasis en la palabra *días*, como si a su interlocutora le importara algo esa forma sarcástica de hacerle ver que tal vez en Hong Kong sea una hora decente pero que en Madrid sigue siendo noche cerrada.

—No sé que tienen de buenos, Paniagua —dice una voz severa al otro lado del hilo—. Escuche bien lo que voy a decirle: no hace ni cinco minutos que hablé con usted y ahora resulta que me entero de que toda su pantomima, esa *mise en scène* con Diablo incluido que según usted había salido fenomenal, ha tenido un resultado nefasto.

—¿Qué pasa, señora?

—Pasa —dice la señora concentrando en la voz una determinación que Paniagua conoce de otros tiempos ya lejanos, una difícil de olvidar— que acabo de recibir un mensaje telefónico de mi hija en el que me anuncia que no podré verla en mi próximo viaje a Madrid. Que estará fuera en esas fechas pero que no me sorprenda si al llamar a su casa contesta un hombre. *¿Me oye usted bien, Paniagua?*, un tipo con acento rioplatense, *¿entiende bien lo que le digo?*, y que me vaya acostumbrando a ese deje porque a partir de ahora lo voy a oír muy, pero que muy a menudo, *¿se entera usted?* Y a continuación mi hija añade que la vida es bella y que muchos saludos a Ferdy, *¿sigue usted ahí, Paniagua?*

El escribidor mira al techo. El escribidor escucha con paciencia.

—¿Acaso no eran claras mis instrucciones?, ¿no le dije que si había recurrido a usted era porque para el cumpleaños de mi hija, que son cuarenta y cinco años, Paniagua cuarenta y cinco nada menos, quería algo especial, algo que (además de lo antes mencionado) yo creía deberle desde su infancia? No pensé que hiciera falta que le recordara este punto tan sensible, pero *ahí* es donde estaba la clave, naturalmente. Ya sé que usted se resistió al principio, que incluso dijo que mi idea era demasiado extravagante pero el problema es que usted no sabe nada de mentalidad femenina, ni un poquito, Paniagua, por eso nunca comprendió que yo quisiera regalarle algo que *compensara*, digamos, aquello que hicimos juntos los dos hace treinta años cuando yo era más joven y usted tenía menos escrúpulos que ahora.

Al escribidor le gustaría intervenir en este punto, primero para decirle que no hace falta ser un experto en almas femeninas para darse cuenta de que toda aquella farsa de «regalarle un hombre guapísimo» lo más que podía ser era un divertimento, el excéntrico regalo de una madre con demasiado dinero, imaginación y entrometimiento. Y segundo, y mucho más importante, decirle a la señora Ruano que treinta años atrás, él tenía tantos o más escrúpulos que ahora y que si nunca había conseguido olvidar lo que hicieron juntos no era exactamente por el hecho en sí —al fin y al cabo son muchos los médicos que administran somníferos a los niños y muchos los padres a los que les parece de perlas que sus hijos duerman profundamente en ciertas ocasiones—, sino por algo que ocurrió más tarde, algo que nadie podía prever pero que sucedió, y es por esa razón y ninguna otra por la que Paniagua ha aceptado ayudarla en la presente ocasión.

No hay nada tan estúpido como equivocarse a sabiendas, se dice, pero el dato le sirve de escaso consuelo puesto que unos veinte días atrás Paniagua había cometido la primera torpeza: volver a verla en persona, a quién se le ocurre. El encuentro tuvo lugar aquí mismo, en su casa, y la señora al cabo de un pequeño preámbulo, que más parecía un suspiro, le había explicado lo que deseaba acompañando la petición con una mirada tan condenadamente bella (Dios mío, ¿cómo es posible que aún la conservara intacta?) que Paniagua tuvo que esquivarla y jurarse que, partir de entonces, sólo trataría con la señora Ruano por teléfono no fuera que llegara a perder el rumbo como antaño e hiciera alguna otra tontería. Siempre se naufraga en las mismas miradas, se dijo, aunque no pretendía que eso le sirviera de eximente para nada: ni para lo que había hecho antaño, tampoco para lo que estaba haciendo ahora, ni mucho menos para lo que haría en un ya muy previsible futuro...

—¿No le dije claramente el día que hablamos tanto rato en su casa, que el muchacho a elegir debía tener características *muy* determinadas?

—El hombre más bello del mundo, dijo usted y eso le aseguro...

—El hombre no, Paniagua, el *muchacho,* ahí estaba el matiz, ¿piensa usted que con el mal gusto de mi hija por los hombres y con esa manía que tiene de interesarse sólo por tipos que pueden ser su padre me iba yo a arriesgar a...? ¿cuántos años tiene el chico?

—Unos diez o doce menos que ella, eso se lo juro, treinta y muy pocos, ¿no pensaría de verdad que iba a conseguir un muchacho tan joven como, ¿cómo se llamaba él?, Alberto, ¿verdad?, aunque lo que sí le puedo asegurar es que es igual de rubio que el otro (bueno, lo es cuando no se disfraza de Mefistófeles, pero eso sería un poco largo de explicar). Si no estuviera usted tan acostumbrada a manejar la vida de otros pensando que nadie la verá mover los hilos, sabría que *quizá* con mucha, pero con mucha, suerte se puede manipular el destino ajeno una vez, dos a los sumo, pero tres como en su caso, señora, no. Tres es imposible.

Paniagua imagina perfectamente todos los reproches que va a hacerle ahora Beatriz Ruano, para ahogar los suyos:

—¿Quién, dígame, quién le ayudó cuando tuvo *su* problema, Paniagua?, ¿quién habría tenido la *mitad* de generosidad de hacer por usted lo que yo hice en el pasado? Una pobre rata de biblioteca, un joven actor *amateur*, un médico de apenas veintiséis años al que le quitaron el título, eso es lo que era cuando yo le conocí y mírese ahora, al cabo de los años, vuelto a su ciudad, con una situación acomodada, y lo que es más importante: *sin pasado,* como si nunca hubiera tenido un traspié. Usted me debe ni más ni menos que la posibilidad de reinventarse su vida a cambio de un único y minúsculo favor. Dígame: ¿no debería ser ésta una deuda sagrada? Además ¿qué le he pedido yo a cambio en todo este tiempo?, apenas nada a lo largo de los años y ahora, simplemente quería que me ayudara en mi propósito de un modo *eficaz.* Los adornos, las puestas en escena a lo Pirandello, el simulacro de pacto con el Diablo y todas las demás pamplinas son añadidos suyos, su vena artística. Pero a mí me importa un pito su vena artística; lo que esperaba era resultados, me lo *debía* usted, reconózcalo.

Los elefantes no olvidan, piensa Paniagua de pronto. Los elefantes son capaces de encontrar, al cabo de años, no sólo a sus enemigos sino también el mísero palo en el que un día se rascaron con especial gusto, la misma insignificante rama que años atrás les rindió buen servicio; por eso regresan en su busca, no importa cuánto tiempo haya pasado. Desde luego Beatriz Ruano no tenía similitud física alguna con un elefante pero su forma de actuar era paquidérmica y aquí estaban otra vez representando cada uno el mismo papel, de modo que Paniagua ya sabía lo que podía esperar a partir de ese momento: más distorsiones de la verdad, más reproches, como si él fuera su sirviente, como si aún le debiera algo y no hubiera pagado con creces.

—Dígame, Paniagua: ¿Cómo pueden ser tan distintas una madre y una hija?, ¡tan distintas!, porque lo que ha sucedido con *su* estúpido regalo de cuarenta y cinco cumpleaños (*¿mi regalo?*, piensa Paniagua con paciencia) para mí es inexplicable, ¿cómo es posible que, en vez de olvidar un amor inconveniente y borrar una vieja tontería ocurrida en su infancia (*¿tontería?*, se pregunta Paniagua con menos paciencia), esta hija mía se haya enamorado de alguien que claramente era para un revolcón? (En este punto Paniagua no dice ni piensa nada). ¿Se da cuenta del desastre que ha causado *usted* al no controlar los detalles tal como he hecho yo toda la vida? (Más silencio a este lado del hilo). No conteste si no quiere, pero lo que le aseguro desde ahora es que va a tener que ayudarme a salir de ésta le guste o no, así que yo que usted comenzaba a pensar cómo.

Gregorio Paniagua vuelve a mirar al techo, ya no escucha la voz de la señora Ruano porque su índice ha comenzado a contornear las palabras del encabezamiento de aquello que estaba leyendo cuando sonó el teléfono por primera vez. El libro de Zacarías Pehl sigue abierto sobre la mesa. La segunda conversación ha sido tan larga que se ha hecho de día, por eso resulta fácil ver las palabras que subraya su dedo; son dos: «*Non*» y luego «*Serviam*», no serviré, muy grandes y negras. A continuación el dedo índice baja y comienza a recorrer el párrafo siguiente en el que el autor habla de la libertad del Diablo para rebelarse contra Dios y también de su obligación de servirle y de cómo el demonio se las ha arreglado desde entonces para servirle sí, qué remedio, pero hacerlo a *su* manera, es decir, de un modo tramposo.

Paniagua recuerda entonces cómo se sintió muchos años atrás, la noche en que conoció a la señora Ruano y ella lo condujo hasta al cuarto de la niña «para que la conozca dormida, ni falta que hace que sea de otro modo, usted ha sido... *es* médico, quiero decir, y bien puede hacer sus cálculos sin necesidad de despertarla y mucho menos de que la niña lo vea: tantos kilos de peso, tantos años, ¿qué sustancia se necesita para que una niña duerma plácidamente y que si se despierta piense que todo fue un sueño? Claro que es fundamental que sea usted quien administre la dosis personalmente para que todo esté bien controlado, luego se marcha y vuelve al día siguiente. Muy sencillo e inocuo».

«Señora, no puede pretender que yo haga un cálculo y recete así, a puro ojo, máxime cuando se trata de una niña», había dicho, pero la señora lo interrumpió antes de completar la frase. «Vamos, Paniagua, no hubiera recurrido a usted si fuera un médico... ortodoxo, digamos. Además, ésta es una situación completamente transitoria, jamás volveré a pedirle un favor así, mi hija está a punto de regresar a su colegio en Canadá; lo único que le pido es que me haga este pequeño servicio *médico* durante tres noches, ¿qué son para usted —o para la niña— tres noches? Al cabo de ese tiempo, se acaban las vacaciones de Semana Santa, y ya no le necesito para nada.»

Paniagua vuelve a mirar al techo, su dedo ha olvidado el libro de Zacarías Pehl y se dedica a contornear otras cosas —la goma de borrar, el tintero— al conjuro de diferentes recuerdos: «¿Quién le habló de mí, señora?», le había preguntado entonces, y ella: «Vamos, Paniagua los casi "cuarenta años de paz" en que vivimos han conseguido volver muda a la prensa pero desde luego jamás han impedido que se sepan los errores ajenos con tanto o más detalle que si los publicara el *ABC* o, peor aún, llegan a conocerse con ciertos... adornos diría yo porque, como usted no ignora, la imaginación es lo único libre que queda en una dictadura. En fin, a ver si nos entendemos, yo no sé qué ha hecho usted para estar en esta situación, supongo que nada más grave que practicar un aborto a una pobre muchacha que de otro modo se hubiera desangrado en algún antro, pero según las buenas gentes usted es culpable de toda una serie de atrocidades que... ¿quiere escucharlas, Paniagua?»

Él siempre se había arrepentido de haber contestado «no» a aquella pregunta. Es posible que la gente supiera mucho menos de lo que él se imaginaba. Tal vez su caso apenas hubiera trascendido más allá de las puertas del hospital en el que trabajaba, él era tan poca cosa que era pretencioso creer que el mundo entero estaba pendiente de sus malos pasos. Probablemente la señora estuviera exagerando para convencerle de que la ayudara.

«Venga, Paniagua, usted es muy joven, la carrera apenas sin estrenar y ya truncada, lo que necesita es quitarse de enmedio. Hágame caso, váyase fuera del país una temporada. Yo puedo ayudarlo, le consigo un billete, un dinerito y usted se las arregla luego. Además, ya sabe lo que se dice por ahí: dentro de unos meses todo habrá terminado: el de arriba (eso dijo, pero señaló hacia el oeste, hacia al palacio del Pardo, tal como hacían ciertas gentes entonces, que parecían saber siempre de qué lado quedaba La Meca, o lo que es lo mismo, aquel otro mausoleo, pero fuese de mal fario nombrarlo)... el de arriba se está muriendo, lo sabe todo el mundo.»

De marzo del 71 a noviembre del 75 van cuatro años y

medio, pero luego su exilio se había prolongado mucho más. En parte por inercia, casi todo en la vida es por inercia, pero sobre todo por algo que sucedió pocas horas después de su última visita a la niña dormida. Al principio se había hablado de ello en voz baja, tal como solía ocurrir con los escándalos de los ricos; pero ni siquiera cuando ya se comentaba a voces, cuando todo el mundo sabía que en casa de la señora Ruano había tenido lugar algo muy parecido a un asesinato, a Paniagua se le ocurrió pedir nada a cambio de su silencio, ¿cómo iba a hacerlo si era casi un cómplice? En cambio, la señora Ruano creyó oportuno incrementar de forma muy considerable y continuada su generosidad con respecto a las «dietas de exilio», como ella las llamaba con una turbia sonrisa, y es que era justo reconocerle, al menos, que había logrado mantener el sentido del humor, incluso en los momentos terribles. Extraña mujer.

A finales de marzo se habían dicho adiós. A lo largo de los años ella no sólo le solicitaría conocer siempre sus cambios de dirección sino que más de una vez le había pedido ciertos favores, pequeños contrabandeos de dinero, gestiones, coartadas amorosas, nada importante. Hasta el presente. Pero Paniagua había tenido la perpetua sensación de que él era para ella un comodín en la manga o, peor aún, un pobre animal, un perro, un gallo de pelea, un hurón quizá, al que había que alimentar a lo largo de toda una vida con la idea de que, en algún momento, pudiera utilizarlo. Hay gente así, se dice, capaz de mantener a un deudor pagando hasta el fin de sus días, y luego hay gente como yo, prisionera de quién sabe qué, y no de mis errores precisamente, porque al fin y al cabo ¿qué hice yo?, nada, nada terriblemente reprobable. Sólo asegurar el sueño de una niña durante tres noches, eso era (casi) todo.

Paniagua (o más bien su índice) ha seguido recorriendo caminos sobre la mesa. Sorteando obstáculos, aquí un bloc de notas, allí un sobre marrón idéntico a los que utilizaba para enviar a Martín Obes las instrucciones a seguir, pero su dedo no se detiene ante ninguno de estos objetos, tampoco sobre la pluma de ganso que utilizó para escribir aquellas cartas. Un solitario, un estudioso, un hombre de escasos recursos económicos pero de nulas necesidades, por tanto muy rico; eso es en lo que llegó a convertirse y era completamente cierto que no había vuelto a pensar en la niña ni en el accidente que tuvo lugar pero no por remordimiento sino porque cuando lo intentaba, lo que le venía a la cabeza era otra escena aún más inquietante para él.

No es posible que aún sienta de este modo, se decía, por Dios bendito, después de tantos años, pero era así. Porque recordar aquellos días no significaba para Gregorio Paniagua pensar en el muchacho que había muerto en la tercera noche, ni en la noticia en los periódicos (las noticias de los ricos sí se publicaban entonces, siempre que fueran lo suficientemente sonoras), tampoco el lamentar verse envuelto en semejante historia o el giro que dio a su vida, sino que significaba recordar la abertura de la falda de la señora Ruano y el variante ángulo que formaba con la costura de sus medias al caminar: ángulo recto, ángulo agudo y otra vez ángulo agudo al compás de sus andares cuando ambos se alejaban silenciosos del cuarto de la niña, él detrás, ella delante, ángulo recto. Las líneas rectas son el mejor antídoto contra las curvas y él no quería fijarse ni en las caderas de la señora Ruano ni en sus pantorrillas, ni mucho menos en esa enloquecedora profusión de curvas que hay entre unas y otras. Ay, Dios mío, que no lleguemos nunca a destino, porque entonces ¿qué va a pasar? ¿Adónde nos dirigimos? Ya hemos atravesado el salón y recorremos una galería acristalada muy larga, ahora vamos a subir las escaleras, ángulo recto, ángulo agudo, hay líneas que uno seguiría hasta la mismísima perdición y él lo hizo durante tres noches.

—¿Diga? ¿Ah, usted otra vez? (Sí, es el teléfono que interrumpe sus recuerdos. Sí, es una vez más la voz de la señora). La escucho, doña Beatriz, se cortó —dice y, tal como hacen los que nunca han dispuesto de gran cantidad de dinero, Paniagua comienza a calcular mentalmente cuántos libros se podrían comprar con el importe de aquellas tres llamadas desde Hong Kong, cuántos folios de papel de la mejor calidad, cuántas bonitas plumas. *The rich are different from you and me*, cita para sus adentros y eso que Scott Fitzgerald no es precisamente uno de sus autores favoritos y la frase se ha vuelto excesivamente famosa para su gusto: los ricos son diferentes de ti y de mí.

—Se me olvidó decirle, Paniagua, algo anecdótico, pero que tal vez le sea útil a la hora de planear su, ¿cómo llamarla?, su segunda y bonita *mise en scène* para lograr, esta vez, que mi hija ponga al sudaca de patitas en la calle.

Esta mujer está loca, ¿cómo puede pensar que yo voy a conseguir una cosa semejante? Y de pronto, como si ella respondiera a su pregunta, desde el otro lado del teléfono la oye decir:

—¿Cómo va a hacerlo esta vez, Paniagua?, ¿fingirá involucrarlo en un lío de drogas?, ¿de proxenetas quizá?, usted sabe que, a pesar de lo que le dije antes sobre su actuación última, soy gran admiradora de sus infinitos recursos. Qué pena que no haya utilizado su talento con más provecho en vez de tanto estudio inútil.

«Los ricos son diferentes de ti y de mí», repite él y casi lo verbaliza en voz alta. *Muy* diferentes, y los que además de ricos son bellos, peor aún, añade porque ¿cómo sería poseer una varita mágica tan poderosa como la de la belleza? Paniagua es todo lo contrario de un ser bello, tiene la quijada demasiado larga y los brazos y piernas desgalichados, pero conoce todos los usos de la varita: un toque y se logra doblar voluntades, otro toque y al diablo con las conciencias, con el miedo, con la prudencia, y con la lealtad, con los principios, con las cuentas bancarias, y también con la dignidad, al diablo con toda cordura y se lo suplico: haga-de-mí-lo-que-quiera (pero que sea cuanto antes).

—Estoy deseando ver cómo será el juego que va a montar esta vez para complacerme, Paniagua, deseando, se lo aseguro, y por cierto, aquí va el dato, la anécdota de la que antes le hablaba: ¿sabe que yo también cumplo años este mes? Mi hija y yo somos Escorpio, ¿qué tal? Eso para que usted se fíe de la astrología, ¿ha conocido alguna vez a dos personas tan diferentes? Dicen que la característica más relevante de los escorpiones es que son los peores enemigos de sí mismos, y los únicos animales capaces de autolesionarse. (Otra vez aquella maravillosa risa que Gregorio Paniagua creía haber olvidado, un sonido profundo, batiente, rocoso, las risas como las miradas, también producen naufragios). Inesita es bastante propensa al autoflagelo pero yo, amigo Paniagua, creo que ya me conoce... en fin, que si vuelvo a llamar esta vez es para decirle que, a pesar de que mi hija ya me ha anunciado que va a estar ausente en esas fechas, yo regresaré a Madrid a tiempo para mi cumpleaños, que es a finales de mes. ¿No le gustaría volver a mi casa después de tantos años? (No, ya le dije a usted que no, señora). Cepille bien su mejor traje, amigo mío. (De ninguna manera, no insista). Pienso organizar una pequeña cena y está usted invitado, venga y hablaremos de los pormenores del nuevo encargo. (He dicho que no, pero, Dios mío, otra vez la risa, otra vez las rocas). Sé que contará usted los días, como ha hecho siempre (Mentira, es mentira), como hizo el primer día en que nos conocimos y tres noches más de ahí en adelante, ¿o eran mis pasos camino del dormitorio lo que le gustaba contar entonces? ¿Así que creía que no me había dado cuenta de cómo miraba el bajo de mi falda, Paniagua? (Dios mío, otra vez la risa, la risa deliciosa). Soy una mujer muy observadora en todos los aspectos y generosa como usted sabe. De hecho, no tendría inconveniente en repetirle cierta escena después de tantos años, si usted quiere, lástima que ya no estén de moda las medias con costura... Pero algo inventaremos, Paniagua, algún otro espejismo similar, no se preocupe.

Sesenta y tres años calcula que cumple la señora, cómo es posible. Si Gregorio Paniagua no hubiera comprobado mediante sus estudios que todo eso de la venta de almas, aposicionamientos y demás son pamplinas, y que el peor demonio, el único que existe, es el azar que nos mete en tantos líos, estaría ahora dispuesto a jurar que Mefistófeles continuaba prestando ciertos servicios a personas escogidas.

—Nos vemos pues el día de mi cumpleaños. Vaya planeando nuestra nueva travesura, y que sea divertida, Paniagua, además de eficaz, claro.

23. LA PRUEBA DEL NUEVE

El tipo de fiestas a las que invitan a Inés Ruano tiene algo de *déjà vu* que, para la mayoría de las personas, resulta tranquilizador. A lo largo de muchos años de acudir a lanzamientos de perfumes, estrenos de cine, fiestas privadas, bodas, aniversarios, en fin, tantos saraos Inés había llegado a la conclusión de que a la gente le gusta esa extraña inmovilidad en las costumbres, en los gestos y hasta en las conversaciones, gracias a la cual alguien podría estar años apartado de la sociedad, regresar al cabo del siglo y reengancharse sin problemas en una conversación que invariablemente trataría sobre el mismo tema (el prójimo) con los mismos protagonistas (hombres y mujeres en pleno ejercicio de sus actividades ancestrales: la caza, la pesca, la recolección, la siembra...) y todo esto con el mismo decorado de fondo (la caverna, y no siempre la de Platón, por cierto).

Lo único que realmente evoluciona en las fiestas, cavila Inés Ruano, son los canapés: hace unos años nos forraban a croquetas de cemento armado, luego mejoramos con el jamón y la tortilla y ahora estamos en el sushi... ¿de corvina o de erizo?, se dijo, y luego, tomando uno de cada, decidió que debía dejar la filosofía sociológica que tanto le gustaba practicar cuando se veía sola entre la multitud. Y es que hoy no cuadraba con su estado de ánimo, que era de felicidad absoluta (cielos, me va tan bien que *algo* se tiene que torcer, por fuerza, por fuerza... Basta Inés, ya hemos dicho que eso son supersticiones estúpidas, *nada* se va a torcer), todo está perfecto, ¿perfecto? Ya, mira a la izquierda, ¿qué te decía yo?, por ahí viene Ignacio de Juan con una rubia. A ver qué va a pasar ahora.

En aquel viviseccionarlo todo al que era tan aficionada y en sus *e-mails* a Laura en Sausalito y otros consultores sentimentales que tenía dispersos por el mundo, Inés había comentado frecuentemente el hecho de que uno nunca está seguro de haberse desenamorado del todo de alguien hasta realizar una pequeña prueba (y no importa que haya surgido otra persona, y no importa que la última vez que se vio al amor menguante una haya decidido que era un perfecto imbécil). Y es que, según teoría elaborada junto con aquel grupo de almas solitarias en internet, la prueba del nueve para asegurarse de que un amor estaba difunto era volver a tocar esa piel que tanto nos conturbaba en el pasado, rozarla apenas en un beso casto y social y comprobar que no sentimos nada de nada, ni mariposas en el estómago, ni frambuesa en la boca. Dios mío, por ahí viene Ignacio de Juan con esa sonrisa capaz de derretir témpanos aunque sean hirvientes, ¿y dónde está Martín? Si al menos él estuviera aquí conmigo, todo es tan reciente, tan frágil.

Inés busca a Martín por encima de mil cabezas, y por fin lo ve en el otro extremo de la fiesta. Míralo allí charlando con una fotógrafa de *Vogue* que está a punto de merendárselo junto con un sushi de calamares, por favor, que vuelva, que vuelva antes de que llegue De Juan.

Pero las fiestas son mareas que alejan y acercan a las personas, pleamares a veces, reflujos siempre y la marea de aquella noche debía de tener mucho mar de fondo porque giró en espiral durante un buen rato, sin juntar a Inés con Ignacio de Juan, pero sin acercar tampoco a Martín, de modo que a ella le dio tiempo para hacer mucha psicología de salón, y qué pena que tuviera que esperar hasta mañana para contarle a Laura el resultado de una noche entre dos amores.

«Querida Laura,

»¿Te ha pasado alguna vez que la suerte te conceda uno de esos momentos de lucidez que sólo pueden darse en medio del desierto o, por el contrario, en mitad de un gentío? —tecleó Inés mentalmente como si se lo estuviera contando a su ordenador—. Me refiero a cuando estás tan sola entre una multitud que la cabeza se permite pensar cualquier cosa.»

—¿Té verde... o prefiere sake, señora?

—A ver, déjame que pruebe el té verde... Uy, hola, Maira, perdóname un minuto, ahora mismo vuelvo.

...Y tan sola está Inés, que la cabeza se permite licencias como mirar a Martín, allá lejos, medio devorado por una tigresa de *Vogue* y pensar qué ocurriría si cuando se le acerque Ignacio de Juan (y se acercará seguro porque las mareas devuelven todo a la playa, en especial las cosas muertas), qué ocurriría si resulta que el cadáver no está muerto como piensa Inés, y lo besa y entonces...

Y es que Inés es de las que cree que la piel es traicionera y tiene ideas propias, y a lo peor, a pesar de que ahora la suya se enciende al contacto de nuevos besos y de unos labios bellísimos, la piel es siempre morbosa, y tan amoral que a veces se olvida de que se ama a otro y vuelve a turbarse, maldita sea, ante un cuerpo recorrido en el pasado, como si no tuviera memoria, como si toda piel amada en una etapa de la vida fuera nuestra para siempre. Inés mira a sus dos hombres, primero a Martín y la forma extraña que tiene de estar con ella a pesar de la lejanía, a pesar también de los esfuerzos de otras mujeres por comérselo vivo. Mira luego a Ignacio, y ve que él está mandándole mensajes utilizando para ello el cuerpo de su acompañante de turno. En el pasado, aquel tipo de caricias como las que el gran hombre está dedicando a la rubia y cuya lectura es tan fácil como «mírame, Inés, podrían ser todas para ti» o sus cuchicheos al oído de la otra que gritan: «te deseo, Inés», y las múltiples tonterías procaces que los hombres escriben sobre los cuerpos de terceras mujeres para mandar sus mensajes, no han funcionado con ella, pero hoy, en cambio, sí la perturban aunque ignora la causa.

«Querida, te lo he dicho mil veces: está muy bien tu teoría de que la piel no tiene memoria y que vuelve a encabritarse por cualquier cosa —dice Laura en su imaginación, y luego añade como si le diera mucha risa dar malas noticias—: pero hay otro problema aún peor y una razón todavía más terrible que explica por qué se te sublevan las carnes pensando en ese idiota. Siento tener que decírtelo, pero nunca se ama a alguien por sus *virtudes* sino a pesar de sus *defectos,* guapa mía, he ahí la razón por la que nos enamoramos de gente tan impresentable y nos resulta tan difícil pasar página. El efecto bolero podríamos llamarlo, copla en este caso, ¿te acuerdas de aquella canción *Y sin embargo te quiero*? ¡chica, es pura filosofía!»

A Inés le divierten estas teorías de Laura, no se las cree del todo pero le viene bien tenerlas presentes ahora. «Por las dudas, haz memoria», se dice y luego saluda a un anoréxico que tiene a su derecha. No sabe quién es, un diseñador de algo, ¿de vasos?, ¿de sombreros? Alzheimer total, pero qué suerte que esté ahí porque así fingirá que está hablando con él muy animadamente y con un poco de suerte la marea le devolverá a Martín antes de que se acerque demasiado Ignacio de Juan.

Y mientras tanto, las palabras de su amiga Laura:

«No recuerdo exactamente la letra de la copla de la que te hablo, era algo así como "me dejaste embarazada, me puteaste por todos lados, y sin embargo te quiero. Tienes a otra, no ves a nuestro hijo ni por el forro, te gastas el parné en vino y sin embargo te quiero...", en fin, ya sabes una letra *ad hoc* al tipo de cosas que le pasaban a las mujeres antes, pero ahora, trasladada al mundo moderno, que es el que nos interesa, podría sonar más o menos así: "Eres un narciso, pero te quiero, tienes caspa, pero te quiero, sudas demasiado, eres un egoísta, jamás pensé que me enamoraría de un hombre que usa mondadientes, odio el pato a la cantonesa, y tu forma de roncar, y esa manía de dormir con la ventana cerrada, por todas estas cosas y muchas más, no debía de quererte, no debía de quererte y sin embargo..."»

«El terrible efecto bolero», le había escrito Laura y se lo había tecleado en times new roman, en **arial black** y hasta en **impact** para que lo tuviera muy presente. «¿Es que no te das cuenta de que el amor es siempre así de masoca?» Su amiga tardó mucho en hacerle entender a Inés su nueva teoría. Es más: Inés nunca se la ha querido creer del todo a pesar de su propensión a los amores impresentables (o tal vez precisamente por eso) y mucho menos se la cree ahora que tiene delante a esos dos hombres tan dispares uno besuqueando a una rubia y el otro mimándola desde lejos. Ni que fuera tonta perdida, ¿cómo se puede comparar a uno con otro? Además yo ya me he reído de Ignacio de Juan, me he matado de risa, se puede uno reír *con* un amor pero nunca *de* un amor, eso es más obvio aún que el efecto bolero, ¿o no? ¿O no? ¡Oh no! Por aquí viene Ignacio de Juan, ¿y ahora qué?, ¿tendré que besarlo?

Ignacio de Juan estaba tan oscuramente atractivo como siempre, tanto que por un momento Inés olvidó el ataque de risa del témpano hirviente, olvidó también que amaba a otra persona, porque la piel no tiene memoria y es muy puta, porque todo cuerpo conocido es nuestro para siempre, o al menos así lo parece ahora que él se acerca: la prueba del nueve, ya verás qué plancha, me voy a poner nerviosa, me voy a derramar encima el té verde.

—Hola, ¿cómo estás, divina?

(Cómo estás, di-vi-na, Dios mío, cómo le pueden a una temblar las rodillas ante un tipo que dice semejante cretinada?) Y ahora se acerca, y ahora me va a dar un beso. No tendrá la cara dura de dármelo en los labios aquí delante de todo el mundo, ¿no? ¿Pero qué se habrá creído? ¿Y si le doy la espalda? ¿Y si me largo? No, Inés será peor, te quedarás siempre con la duda de si te hubiera gustado y otra vez los fantasmas y otra vez los miedos, cuarenta y cinco años y todavía en éstas, Inesita, aguanta, dáselo, dale un beso.

—Qué guapa te veo —dijo Ignacio de Juan, y luego riendo—: Me han dicho que te has importado un sudaca guaperas y *underage*, ¿es verdad? —Los labios se juntan por fin. Inés se aprieta contra ellos, lo que tenga que ser, mejor averiguarlo cuanto antes, «no debía de quererte, no debía de quererte», aún con más fuerza contra esa piel conocida y deseada tantas veces, soñada más de lo que es conveniente, pero no siente nada.

O mejor dicho sí siente, y ese algo es tan frío y tan muerto que más que un beso parece un sushi.

PARTE II

—

EL SEGUNDO ENGAÑO

Contra el suo fattore alzó la ciglia. (Contra su hace-
dor alzó la ceja.)

DANTE ALIGHIERI (1265-1321)

1. MARTÍN OBES Y PANIAGUA SE REENCUENTRAN

La vida no es bella ni siquiera cuando uno es el hombre más guapo del mundo, ni siquiera cuando se ha encontrado el amor y se ha ido uno a vivir con ella, ni siquiera —y esto es lo más asombroso— cuando desde niño uno siempre ha creído que todo es para bien en el mejor de los mundos. Y la vida no es bella —según cavila ahora Martín Obes sentado en el mismo bar en el que la tragaperras proustiana se empeñaba, hace apenas unas semanas, en recordarle cuán desastrosa era su vida y ahora guarda un beatífico silencio— porque eso que llaman La Felicidad guarda demasiada similitud con una manta pequeña en una noche de frío. Una manta chiquitita y cicatera de modo que cuando uno logra por fin abrigarse los riñones resulta que se le hielan los pies y basta cubrirse la espalda para dejar el pecho a la más cruel de las intemperies.

Y esta sensación imperfecta se sabe que es común a todos los mortales, incluso a los optimistas crónicos, a personas como Martín Obes, de interior tierno y exterior tan celestial que la mayoría cree que de puro bellos tienen que ser tontos. Porque, al igual que le ocurría a Tía Rosario en Montevideo, la gente piensa que —salvo las raras excepciones que poseen esos que esta misma elocuente señora llamaba «la atracción del acantilado» y que hace que los demás se vuelvan locos— las mujeres guapas son

203

lelas o, en el mejor de los casos, analfabetas y los hombres no digamos, los hombres guapos son una afrenta aún más imperdonable.

«Sonso no sos, pero Mandinga no da nada gratis», diría Mamá Rosa si viera ahora a su niño Tintín solo y pensativo frente a la cerveza de la una y media, de vuelta del supermercado después de comprar unos linguini para prepararle a Inés esa noche a la trufa blanca, y un tinto joven, todo a punto, de modo que cuando ella llegue de trabajar se encuentre la mesa puesta y los linguini con la trufa lista para rallar, qué delicia, amor, con lo cansada que estoy, dame un beso y sírveme un poco de vino, ¿quieres? Me doy una ducha rápida y ahora vengo a contarte cómo me ha ido el día.

Y Mamá Rosa no dejaría de notar, si estuviera aquí y no en el paraíso, que a esta hora, en bar tan agradable del centro de Madrid, pueden verse hombres en similares circunstancias domésticas que Martín, al menos tres este mediodía, muy diferentes entre sí pero todos con una particularidad común: la bolsa de la compra. Y Mamá Rosa, que a diferencia de Tía Rosario siempre había sido aguda observadora, diría que hay dos formas infalibles de catalogar a los desconocidos: una es por lo que comen y la otra por detalles de su vestimenta ya que el aspecto físico engaña casi siempre como es notorio que ocurre en el caso de Martín, y que más hablan los puños de una camisa que unos ojos esquivos y no digamos nada de la elocuencia de una chaqueta de pijama bajo un jersey a la una y media de la tarde, en comparación con la de una sonrisa amaestrada. El lenguaje de los objetos, así lo llamaba Mamá Rosa, que no sabía leer la pe con la a, pero en cambio leía a las personas con la misma agudeza con la que sus amigas del conventillo del barrio de La Unión descifraban las borras del café. Martín, en cambio, no nota ninguna de estas cosas, se concentra en su bebida y en pensamientos propios. Y es que hace mucho que nadie lo molesta con recuerdos ni reproches, ni los niñitos malos de las barras al compás de las máquinas tragaperras ni tampoco su hermana Florencia amordazada aún por la Grandísima Estupidez. Y por favor que así siga: la vida tal vez no sea bella del todo pero no hay otra, de modo que a Flo ni se le ocurra reaparecer por su cabeza porque ya sabemos lo que querría decir.

A Mamá Rosa, en cambio, no le hubiera pasado por alto el muestrario de hombres que ahora se dan cita para tomar el aperitivo. Todos amos de casa, algunos tan compinches entre sí que se divierten intercambiando sabiduría sobre cómo preparan el pisto manchego, o las tortillitas de camarones: «Que sí, tío, pruébalo, joder, que si le pones una pizca de eneldo a la masa te queda de puta madre», y luego pasan largo rato reproduciendo las conversaciones mujeriles que recuerdan de niños a carcajadas y dándose grandes y masculinas palmadas en los muslos mientras hablan de las bondades de la lejía Ace, bien alto, como quien proclama: conste que me importa un carajo que mi mujer gane un pastón y yo me dedique al hogar: A ver, ¿qué pasa? ¿Pasa algo? ¿Somos modernos o no somos modernos?

Sin embargo, hay otros amos de casa más cultivados, también orgullosos de su condición pero con diferente tipo de actitud, y estos son los que más le divertiría leer a Mamá Rosa si estuviera por aquí y no con Mandinga (perdón, está en el paraíso, habíamos dicho, nada de Mandinga), porque llevan escrito en sus ropas y en los objetos que pasean su condición de seres especiales, miembros del Parnaso sin duda, porque Mamá Rosa no tiene idea de dónde queda el Parnaso ni mucho menos quién es W. G. Sebald, cuyo nombre campea en el libro que está leyendo uno de ellos, pero sí sabe que la chaqueta que viste es de espiguilla y la corbata de lana, que las medias de *sport* son de color gris marengo y que todo ello proclama inteligencia, clase, saber, erudición en un mundo de analfabetos, arribistas, y filisteos y tráeme otro anís, Josemari, que es lo que más se parece a la absenta. Todos estos detalles y también un sombrero de fieltro marrón muy hermoso y bohemio proclaman que este amo de casa de cuya bolsa asoma una larga rama de apio, es un escritor camino del premio Médicis aunque antes tendrá que tragar con otros premios locales, qué le vamos a hacer, así es la vida. Sííí, ¿Pilar? Sííí, por fin me llamas, chica, que voy por el cuarto anís... ¿sííí?, ¡noo!, pero ¿qué me dices?, ¿que el premio se lo han dado a esa pija de mierda con cara de india charrúa...? No me lo puedo creer, pero si no tiene la más repajolera idea de escribir, y además la sacan a cada rato en «Corazón Corazón», ¿no? Joder, joder cómo está el mundo y la literatura; Josemari, por Dios, otra absenta.

Fue en esta amable compañía, escuchando conversaciones ajenas y reales como la vida misma, que Martín Obes vio pasar a *Wagner*. Ambos se habían conocido muy brevemente el día del engaño.

Del modo natural con que uno acepta los misterios de la vida y todos los flecos que quedan sin explicar a diario, las mil incógnitas minúsculas que le hacen a uno pensar: qué raras, pero qué raras son las cosas, Martín Obes había olvidado a Gregorio Paniagua. O mejor dicho, lo había incorporado al enigma Guadiana Fénix Films, uno no tan grande como para preocuparse porque, como el propio nombre ya lo presagiaba, la compañía debía de formar parte de ese ejército de empresas modernas que se hunden y desaparecen para renacer rápidamente en otra parte y de sus propias cenizas. Martín había visto demasiados ejemplos como para que pudiera preocuparle, cosas que pasan, piensa o pensaba al menos hasta ahora que volvía a ver al gato que, por cierto, lo miraba con ojos amarillos como incitándolo a seguirlo.

No lo hizo esta vez, pero sí al día siguiente (todos sus días se parecían demasiado entre sí).

Y así descubrió que no muy lejos de allí vivía su compañero de imposturas, Gregorio Paniagua, del que muy pronto comenzó a hacerse todo lo amigos que dos personas tan dispares pueden llegar a ser. Cuando los veía juntos contándose esos viejos retazos de vida por los que empieza una amistad y se llega a las confidencias, *Wagner* se alejaba camino de la fábrica de postres, pues por aquel entonces aún seguía devorando suspiros de limeña.

2. EL CUARTO DE SALVADOR

Si alguna vez se pudieran cotejar las pesadillas de las personas que conviven estrechamente, y más aún de las que duermen en la misma cama, tal vez se descubriría que existe un pasadizo que las conecta, una suerte de vasos comunicantes por los que acaban entreverándose los diferentes elementos de los sueños de unos y otros como en un calidoscopio chino en el que las piezas se ordenan y reordenan creando monstruos distintos para cada uno de los durmientes. Y ese pasadizo a veces se invierte y uno sueña el sueño del vecino descubriendo así terribles secretos ajenos de cuyo conocimiento no es consciente pero que se almacenan en quién sabe qué oscuro pliegue del cerebro y allí crecen hasta asaltarnos como intuiciones: «Mi marido sueña con nuestra hija.» «Mi mujer ama a otro hombre.» Dios mío, decimos, ¿cómo puedo pensar estas cosas?, y rápidamente lo achacamos todo al sueño, ese fugitivo al que, cuando queremos aprehender, ya se ha desintegrado en la nada y del que sólo logramos recordar la sensación de algo malvado, mientras las imágenes escapan o eligen disolverse, porque Saber o No Saber, he ahí el verdadero dilema y casi todo el mundo elige la ignorancia.

Sin embargo, existen ocasiones en las que algunos sueños se convierten en delatores, como ocurre cuando, en vez de mostrarse huidizos, se vuelven concéntricos, replicantes en una galería de espejos y entonces soñamos que soñamos. Y es esa lejanía engañosa la que permite vislumbrar aquello que la mente se afana en ocultar porque, al parecernos irreal e inofensivo ese sueño del sueño, bajamos la guardia, momento en que, de pronto, se nos desvelan ciertos datos en todo su horror sin que lleguen a asustarnos. Porque es obvio que uno apenas es responsable de lo que sueña y mucho menos de lo que sueñan sus sueños, no, imposible, ésa no soy yo, aquello nunca sucedió, es tan sólo una distorsión de la galería de espejos, un monstruo que pretende asustarme, imposible, si mi mente despierta no lo recuerda y tampoco aparece en mis pesadillas, esto jamás tuvo lugar pero ¿qué hace esa luz encendida al final de la escalera? Las niñas buenas están dormidas a estas horas, soñando con los angelitos, sobre todo tú, Inés, que pareces hoy muy cansada, tanto, que se diría que apenas puedes mantener los ojos abiertos. Estás dormida, Inés, con los ojos minúsculos y tan fea. Además, te equivocas, no hay nadie allá arriba, sabes bien que ese cuarto de la planta alta es la habitación de Salvador, o ni siquiera eso, es la habitación a la que relegaron sus cosas, sus papeles, su colección de armas, incluso sus trajes para que mamá pudiera apropiarse de todos los armarios disponibles. Porque mamá necesita mucho espacio para su bonita ropa, esa con la que a ti te gustaba jugar cuando eras más pequeña y ahora, que eres casi un señorita, sigues haciéndolo, juegas a disfrazarte, a simular que eres Beatriz y eliges hacerlo precisamente en la habitación de arriba de la escalera, la que está cerrada, por eso conoces de ella cada rincón: aquí libros de Salvador, allí sus cepillos y peines, contra la pared el armario con sus armas, todas menos un revólver que se guarda en el cajón de la cómoda, negro y siempre brillante sobre todo cuando una vez al año viene un hombre a revisar la colección, porque a mamá le gusta mantener sus cosas como si él estuviera aún vivo y fuera a entrar por la puerta en cualquier momento.

Sí, Inés, tú sabes todo lo que ocurre en la casa, por eso te extraña la luz allá arriba, vas a subir a ver qué pasa aunque tienes sueño, tanto, tanto que al caminar por el pasillo pareces sonámbula. Además, no sé qué te pasa pero estás muy fea, dormida y fea. Con la cara así de hinchada no te pareces nada a mamá. Y el pasillo crece y luego se angosta como si estuvieras ida, completamente ebria, Inés, igual que aquella noche después de encontrar a mamá y a Alberto en la heladería, borracha de rabia y de dolor y también de coñac, todo hay que decirlo, y desde entonces sabes que no puedes beber, no debes, porque fue sin duda el alcohol el que te hizo hacer todas esas majaderías: sentarte en el pretil de la ventana abierta con la camisa del pijama por toda vestimenta y gritarle a mamá que la odiabas. Tantas, tantas veces se lo gritaste con la tenacidad de los borrachos hasta que ella te juró que Alberto no entraría más en casa, te lo juró por sus muertos. ¿Pero quiénes son sus muertos?, ¿no se referiría a Salva, que no es más que una foto vieja y un fantasma que reina en una habitación cerrada, verdad? «Júralo por tu muerte, mamá, por la mía, júrame que echarás a Alberto de tu vida como él me echó de la suya, que lo traicionarás como él me traicionó, que lo odiarás como yo le odio.» Y abrías las piernas una y otra vez de un modo tan obsceno, balanceándote de atrás para adelante, del vacío del pretil al calor de tu habitación de niña, y otra vez las piernas abiertas, ¿por qué, Inés?, ¿para qué? «Borracha, estoy borracha; júralo, mamá, por tu muerte jura que no volverás a verlo nunca más.»

Meses después, a su vuelta del internado para las vacaciones de Navidad, a Inés le había parecido que los ruidos de la casa volvían a ser los de antes: risas profundas de caballeros bien vestidos que se despedían en la puerta, «buenas noches, querida», hombres guapos que, en realidad, tal vez no tuvieran más de treinta y pocos años. Pero a Inés estos jamás le producían ese revoloteo estúpido en el estómago ni calor entre los muslos como cuando miraba a Alberto o se hacía la encontradiza para que él le pellizcara la mejilla mientras de su cuerpo se desprendía un olor entre pugnaz y dulce que hacía que ella intentara tocarlo, agarrarse a su manga como último cabo de náufrago cuando la amistad ya se hundía. Claro que todo esto era antes de la heladería Bruin, porque a partir de entonces no había vuelto a encontrarse con Alberto, ni siquiera en el portal como tantas veces a lo largo de su infancia y mejor así, porque Inés estaba segura de que si alguna vez volvían a coincidir, ya sólo olería a frambuesa y a desastre.

Serpentea el pasillo con la luz al fondo, con una claridad desconocida porque el cansancio no es buen compañero de excursión: vuelve pesados los pies y crea obstáculos que no existen, extrañas figuraciones como que la puerta está entreabierta (no puede ser, aquí sólo entro yo, es mi cuarto secreto), pero sí lo está y —aún más raro— dentro hay otra luz, no como la del pasillo sino más amarilla, como la de una vela. Qué tontería, ni que estuviera entrando en el túnel del tiempo, ni que fuera a encontrarse con algún fantasma del pasado, con su padre por ejemplo, o con dos sombras desnudas y negras como las que ahora ve sobre la cama recortadas por la claridad de la ventana cuando no deberían estar aquí, es imposible, aquí no hay nada más que recuerdos y fantasmas. Pero, por Dios, ¿qué hacen? Y ¿qué es eso que llevan ambos al cuello? Se diría que se trata de unas medallas pero no puede ser, dos discos pequeños e idénticos que atrapan la luz de la vela y que los iguala como si se pertenecieran el uno al otro. Dos sombras abrazadas y tan absortas que ni siquiera se han dado cuenta de la presencia de Inés que ahora, muy lentamente, tal como manda la fatiga o la fiebre o la narcolepsia o lo que quiera que sea ese gran cansancio que la domina, se ha vuelto hacia el cajón de la cómoda de Salvador. Como si supiera que ahí hay una pistola y es cierto que lo sabe. Las niñas solitarias y curiosas lo saben todo, incluso la forma de asirla: firme con dos manos, porque acaso no es verdad que más de una vez, vestida con la ropa de su madre, se ha mirado en el espejo apuntando: «Ja, ja, no debería haberlo hecho, amigo mío y sí, créame, está cargada. ¿Sabe lo que quiere decir amartillar? Mire.»

Pero esto no es un juego, tampoco el cuarto de Salvador se parece al que ella conoce tan bien y donde resulta maravilloso imaginar que es mamá; sino que es otro sitio hostil lleno de sombras intrusas en el que sólo reconoce (lo juro, el resto debe de ser una alucinación, un producto de la fiebre), sólo reconoce la vieja foto de papá, una copia de la que hay en el salón, la que su madre besa al vuelo antes de salir camino de sus muchas citas. Y las fotos no hablan, no ordenan ni conminan: «Vamos, Inés, sujétala firme, está cargada, desde siempre esperando un momento como éste, apunta bien, Inés, tú sabes cómo.» No, las fotos no dicen estas cosas, son mudas, amables y cuidan de sus deudos, velan por ellos —por ellas—, los protegen y, aun sin que los vivos lo sepan, están pendientes de todo lo que pasa como guardianes porque no les gusta que manchen su memoria ni que los traicionen. «Vamos, Inés, apunta, dispara sobre las sombras para que se disipen, para que no enturbien más nuestras vidas, la tuya, la mía en la memoria y también la de mamá, la de tu pobre madre que no sabe lo que hace y es tan atolondrada, venga, Inés, no tengas miedo.» Y de pronto otra luz se suma a la de la vela, una parecida a la de un relámpago, igual de seca e inesperada, como un disparo. A continuación, nada. Una vez más el silencio, hasta que, tras un infinito segundo, se oye el ruido de un cuerpo que cae al suelo y queda ahí tendido con los ojos abiertos, sus tres ojos, porque, más brillante que los otros dos, sobre el cuello de aquella sombra reluce un colgante metálico y gris que también mira a Inés. Mientras tanto, todo es tan lento, Dios mío, la segunda silueta comienza a moverse. No grita, tampoco se cubre sino que abandona la cama y, desnuda, va hacia Inés. Y a esta sombra, que es tan armoniosa y perfecta, ni siquiera le tiembla la mano al extenderla para arrancarse del cuello algo que ya no tiene pareja, tampoco al aliviar a la niña del engorro de la pistola, tan grande que pesa como un muerto: «Dámela, tesoro, ven, salgamos de aquí, vamos, Mamá lo arreglará todo.»

De lo que pasó en los días siguientes Inés ni siquiera sueña que sueña. Pero en realidad no hace falta porque lo ocurrido es de dominio público e incluso se podría consultar en los periódicos de la época. Se trata de una historia tan trágica como poco original: un muchacho de origen humilde enamorado de una adolescente, «sólo trece años, señor comisario, mi hija no es más que una niña, el muchacho se había criado prácticamente con nosotros, hijo del portero, comprende usted, y aprovechó que la niña estaba enferma (hacía tres noches que se iba a dormir muy temprano, se sentía cansada, mucho, incluso tenía fiebre, créame) para abusar de ella. Bien es cierto que él también era un niño, señor comisario, apenas dieciséis años pero maduro para su edad, muy adulto, sí, y ¿qué podía hacer yo al descubrir lo que le había hecho a mi hija, dígame?». El comisario no dice nada, sólo mira a la señora, su forma de mover las manos, la belleza de unos ojos que nunca lloran. «Ni lo pensé: ahí estaba el revólver de mi marido, parecía como si él mismo lo hubiera puesto en mi camino para salvar a nuestra pequeña, y disparé. Volvería a disparar mil veces más, lo juro por mi muerte.»

Que qué había arrastrado a una niña supuestamente con fiebre alta hasta una habitación cerrada del piso de arriba en la que ni siquiera había calefacción. Que por qué la única puerta de acceso a la casa que no estaba cerrada con llave esa noche era la puertaventana de la habitación de Beatriz y otras preguntas incómodas por el estilo, nunca se hicieron. Entonces no solían hacerse, sobre todo cuando se tenían influencias (y dinero) para acallarlas. Cuando no hay interrogantes pronto surgen explicaciones que convienen a todos: «Vamos, dejémoslo así, comisario, es un caso muy claro, no veo necesidad de molestar a esta digna dama más de lo indispensable, bastante ha sufrido ya. ¿No cree?»

También se procuró que los padres del muchacho sufrieran lo menos posible, no sólo porque Beatriz insistió en hacerse cargo de todos los gastos surgidos después de la muerte de Alberto, sino también porque recibieron una generosa compensación «por tantos años de amistad con ustedes, Eusebio, yo soy la primera en lamentar lo sucedido, pero si esto puede ahorrarles algo de dolor... Ya sé que un hijo no se paga con nada, pero así podrán instalarse en otra ciudad, lejos, con sus otros hijos, ¿o prefieren el campo? También puedo arreglarles eso si ustedes quieren. Qué pena de muchacho, pero al menos usted y María tienen tres hijos más, qué bendición de Dios, yo sólo tengo a mi pequeña, ¿comprende, Eusebio? Usted sí me comprende, ¿verdad, María?».

Las mentiras se convierten en verdades cuando uno necesita desesperadamente creerlas, más aún si son verdades oficiales y admitidas por todos, incluso por Beatriz, sobre todo por ella. En los primeros días después del accidente,

Inés miraba a su madre con el asombro aterrado de quien espera y teme un minuto de confidencia reservada, algún gesto de complicidad. Esperaba, por ejemplo, que mamá le dijese en un aparte apresurado y en voz baja, para que no lo oyeran otros, algo así como «calla, tú y yo sabemos cómo fue, pero no hace falta que lo sepan los demás, será nuestro secreto, tesoro». Sin embargo la confidencia no llegó. Beatriz jamás hizo mención a lo ocurrido más que en los términos en los que lo había hecho ante la policía: «Disparé y volvería a hacerlo, lo juro por mi muerte.»

De aquella época, justo antes y después del accidente del muchacho, nada parecía real, ni los besos de su madre junto a su cama, ni una voz tranquila y aflautada, desconocida, que a Inés le recordaba el estornudo de un caballo y que le decía: «Duerme, niña, duérmete, Inés» y luego la voz desaparecía junto con la de su madre como si se alejaran pasillo adelante, y ya no había nada más que silencio y mucho sueño.

Del mismo modo que a veces las verdades adquieren las cualidades de las plantas trepadoras y crecen sin control hasta hacerse visibles desde cualquier punto, también la mentira está dotada de idéntico talento trepador. Sólo que, mientras la verdad es una exhibicionista que disfruta mostrándose, la mentira utiliza sus cualidades de enredo para cerrarse sobre sí misma y ocultarlo todo. Y si se abona adecuadamente, crece tan frondosa la mentira que llega un momento en que cubre y distorsiona el objeto que le sirve de apoyo de modo que ya no se sabe qué había debajo, una pared, una fuente, una hermosa estatua o un sátiro. Pasan los años y tanto se ha retorcido la enredadera, que no cabe la menor duda de que las cosas fueron como los demás dicen que fueron: «Estaba enferma, y es la fiebre la que me hace pensar en cosas que nunca sucedieron, mi mano abriendo el cajón de la cómoda de Salvador, las dos siluetas negras, un relámpago y un golpe, aquel disco en sus cuellos que nunca antes había visto ni he vuelto a ver desde ese día, es la fiebre, son los sueños, figuraciones mías.» Y sí, deben de ser los sueños, aunque Inés no es consciente de haber soñado siquiera aquella escena. De hecho, cuando recuerda a Alberto, y no son muchas las veces que se lo permite, piensa sólo en amor adolescente traicionado, en la versión oficial dada por su madre al comisario y a partir de ahí todo es frambuesa. Porque los cuerdos no sueñan con lo verdaderamente terrible sino que logran sustituir el horror por otro más llevadero, uno cuyo sufrimiento aplaque la culpa del primero sin mostrar nunca su cara más fea. Por eso en los sueños de Inés, incluso en sus peores pesadillas, no hay relámpagos ni siluetas desnudas, no hay el golpe de un cuerpo muerto que cae a tierra, ni frases como «Dámela, tesoro, ven, Mamá lo arreglará todo». Y sí en cambio otros dolores con los que es más fácil convivir: «Vamos, tesoro, no seas tonta, ¿por qué me miras así, no ves que sólo estamos tomando un helado?» y luego la risa de su madre, su bella madre de la que todos se enamoran mientras que de ella no. E indudablemente la razón de los quebrantos de Inés Ruano no está en lo sucedido cierta noche de marzo porque «aquello» no tuvo lugar, aunque, qué casualidad, Beatriz desde entonces y hasta el día de hoy se diría que busca olvidar un cuerpo hundiéndose en decenas de cuerpos parecidos a aquel tan joven, como si la única forma de exorcizar un terrible error o amor fuera profanándolo. Y desde luego la argucia da magnífico resultado porque todo lo que se repite pierde su misterio: las caricias amputadas se curan con nuevas caricias, los cuerpos amados se olvidan recorriendo otros: todo pasa, se rompe, se reemplaza.

En efecto, ésa es una forma de olvido y otra, también muy eficaz, es hacer exactamente lo contrario: sustituir un dolor por otro, sufrir por una traición menor: «mamá,

¿qué haces aquí con él tomando helados?», en vez de hacerlo por lo verdaderamente inabarcable, porque lo sensato es fomentar un odio pequeño para ahogar uno demasiado terrible y por tanto peligroso. Ahogar, tapar, sustituir, cubrir de hiedra. Tal vez todas éstas sean las razones por las que los peores recuerdos de Inés estén inofensivamente bañados de frambuesa mientras que sólo los sueños de los sueños —esos que se escapan de unas cabezas y se meten en otras, como intuiciones o, simplemente, como escenas incomprensibles— sepan algo de lo ocurrido en el mes de marzo.

3. EL COLECCIONISTA DE SUEÑOS

¿Te interesan los sueños, Martín?, le había dicho sólo dos días atrás su nuevo compañero de horas muertas una vez que ya habían hablado de sus vivencias comunes; lo hicieron someramente, Paniagua podía ser poco generoso con las palabras si así lo creía oportuno, en cambio otras veces:

¿Te interesan? Podría contarte cosas extrañas que ocurren, como por ejemplo la forma en la que se conectan los sueños más secretos de dos personas, y cómo por esa razón la mayoría de las intuiciones que tenemos sobre nuestros seres más próximos son, en realidad, datos que captamos durmiendo. Hay tantas cosas interesantes que aprender, que una vida entera no es más que una dádiva de usurero.

Dádiva de usurero era una típica expresión de Paniagua, igual que lo eran sus comentarios sobre lo mucho que aún le quedaba por aprender. En realidad, después de un par de charlas frente a la cerveza de la una y media, Martín Obes había llegado a la conclusión de que su nuevo amigo era un personaje fuera del tiempo, como si perteneciera a una especie ahora extinta pero bastante corriente en la generación de su padre, al menos en el Río de la Plata. Era uno de esos personajes dotados de una curiosidad prodigiosa o de una increíble memoria o, mejor aún, de ambas cosas, por lo que no había tema —desde la demonología (y bien lo había demostrado Paniagua en las últimas semanas) hasta la papiroflexia, desde la halterofilia a la onirología— que no fuera de su interés. Y tanto sabía y tanto entusiasmo ponía de pronto en hablar de los sueños, que Martín estuvo a punto de contarle uno que había tenido ya en dos ocasiones desde que vivía con Inés, porque las charlas de bar se prestan al intercambio de confesiones, sobre todo cuando uno de los parroquianos es un actor en paro como Martín Obes y el otro... bueno, Martín había dado por sentado que Paniagua debía de ser alguien en su misma situación laboral, uno de los tantos actores eventuales que andan por ahí esperando alguna changa. Así se lo hizo creer Paniagua y Martín no lo dudó porque ¿acaso no se habían conocido trabajando para una productora fantasma como Guadiana Fénix Films y en un tonto proyecto de cámara oculta?

Colegas pues, uno más sabio y viejo, otro más joven e inexperto pero no lo suficiente como para desconocer la regla de oro de su precaria profesión: de trabajo no se habla más que cuando todos lo tienen (es decir, casi nunca), el resto del tiempo, pájaros y flores, astrología, cultura griega, fútbol; cualquier cosa, cuanto más alejada de la realidad, tanto mejor, ¿por qué no entonces de sueños?

Las tardes de Martín eran especialmente largas en aquella época. Inés estaba viajando demasiado, y él trabajando demasiado poco, por no decir nada si descontamos los trabajillos que surgían en su antiguo barrio de la calle Amparo, donde sus vecinas más entusiastas se habían vuelto adictas al poltergeist y, día sí y día también, eran víctimas de pequeñas pero para Martín lucrativas catástrofes caseras.

—Tú cuéntame lo que recuerdes del sueño y casi seguro que le sacamos alguna lectura interesante —le había dicho Paniagua—. Al menos matamos un poco el tiempo, ¿no crees?

A punto estaba de comenzar su relato cuando hubo una interrupción: apareció doña Teresita. Uno no es consciente de cuántas conversaciones quedan truncadas para bien de los que las tienen, pero, mucho más adelante, cuando Paniagua recordara esta escena lo haría con una sonrisa de agradecimiento para con esta señora, antigua vecina de Martín, que ese día, en cambio, le pareció una mujer sumamente inoportuna.

Sucedía que, como en su casa, a diferencia de la de sus amigas, habían tenido que cesar los fenómenos de poltergeist (so pena de producir graves disturbios matrimoniales), ahora le costaba encontrar motivos para hablar con Martín. Pero esa tarde en cambio, y aprovechando que su marido estaba en Móstoles, al verlo a través de la ventana del bar, doña Teresita se desvió del camino de su peluquería para decirle hola. Y ya que lo saludaba, y ya que no estaba solo —lo que podía haber puesto en marcha la lengua de alguno de los vecinos más preocupados por su felicidad conyugal—, aprovechó para entrar y darle un beso de buena vecindad al chico, y a usted también, señor Paniagua, es un placer, y luego —después de aturullarse mucho con las distintas razones por las que estaba ahí y no en su peluquería a esa hora— comenzó a desarrollar una coartada para su saludo del todo sólida y profesional como era que, al verle desde lejos tan bien de salud pero aún con el pelo color ala de cuervo, no había tenido más remedio que acercarse con ánimo de sugerirle —y, por Dios, hazme caso, Marty, que yo sé mucho de esto— que pasara por su peluquería. Martín intentó explicarle que si seguía con el pelo negro era en primer lugar porque no estaba muy seguro de que tanto tiñe y destiñe en tan corto espacio de tiempo fuera bueno para nadie (eso al menos había opinado su hermana Flo antes de ser amordazada por la GE) y en segundo lugar por una razón entre supersticiosa y sentimental: era así como había conocido a Inés y así habían comenzado a quererse. A doña Teresita aquello le pareció por un lado «maravilloso y tan romántico» y por otro lado «un disparate como una casa» y rápidamente pasó a explicar como, sin compromiso por supuesto (y siempre que fuera un día en el que su marido estuviera en Móstoles, le hubiera gustado especificar, pero, bueno, eso tendría que solucionarlo con astucia y no con confesiones innecesarias), le invitaba a su peluquería para enseñarle cómo funcionaba el *«Balm of light»* (bammoflai, según su propia pronunciación). Por lo visto era un champú de una casa buenísima, buenísima sin amoniaco ni nada de porquerías, Marty, ya verás, y tanto insistió que al cabo de un rato de explicación acabaron los dos, Paniagua y él, Dios sabe cómo, camino de la peluquería del brazo de doña Teresita para que ésta les presentara a sus ayudantes y les enseñara incluso el bote de bammoflai: me vas a prometer que me llamarás diciendo cuándo vas a venir con un poco de antelación para que yo organice unas cosillas y me pueda dedicar a ti. Ya verás cómo quedas de guapísimo y lo contenta que va a estar tu novia. ¡Uy! Pero cómo, ¿qué me dices, Marty?, ¿que ella nunca te ha visto con el pelo de tu color? Jesús, hay que ver la de tonterías que hacéis los hombres hoy en día, todos teñidos de los colores más rabiosos y poco favorecedores. En mi época ponerse algo más que brillantina era una mariconada, bueno una cosa de mariquitas quiero decir, y rió como si mariconada fuera una de esas palabras proscritas de su vocabulario habitual —y de aquí no me muevo hasta que me digas qué día te espero y a usted también, señor Paniagua, faltaba más.

Ya amenazaba doña Teresita con una inspección profesional de la rala cabellera de Paniagua cuando éste empezó a quejarse de un repentino dolor de cabeza, vaya pero si estoy fatal, me voy, me tengo que ir. Y debía de dolerle de verdad porque estuvo lo menos tres o cuatro días sin aparecer por el bar a la hora de la cerveza. Es posible que incluso más, porque lo que sí es seguro es que a Martín le dio tiempo a que se le repitiera aquel sueño tan extraño del que no habían llegado a hablar.

Casi una semana pasó Gregorio Paniagua sin salir de casa recuperándose de su dolor de cabeza. De haber estado por ahí Jacinto seguramente habría comentado la gran fragilidad de su vecino, tan solitario que la menor sobredosis social lo dejaba exhausto. Pero Jacinto últimamente pasaba más tiempo en la calle que en el edificio, parecía como si se hubiera desentendido de todo, incluso de Lilí que ahora vagaba solitaria de la casa de sus padres a la secreta confitería, según pudo constatar Paniagua una vez que se la encontró al salir al rellano para sacar la basura. Le sorprendió verla así pero más aún comprobar que su belleza ya no le producía aquel dolor ácido de otras veces. Claro que su vida en esos momentos era menos apacible y propicia a los pequeños caprichos platónicos de vieja alma solitaria que meses atrás cuando sintió el dolorcillo por primera vez. «Espero que la explicación sea ésa y no que me ha vuelto a invadir una antigua e inútil pasión», se dijo. No, claro que no, se interrumpió como quien hace votos, nada de permitir que se le despertaran viejas pasiones. Pero lo cierto era que ya no sentía aquella congoja al ver la lisura de la niña ni tenía que agarrarse al pasamanos con los nudillos blancos por el esfuerzo sino que, cuando la miraba, lo que sentía era algo más parecido a la pena o a algún afán salvadamas al que era tan propenso: Hola, Lilí. Buenos días, niña. Buenos días tenga usted, señor Paniagua. ¿Dónde está su gato?

Es curioso, se dijo, como cuando la cabeza se llena de unas cosas automáticamente se vacía de otras. Hacía varios días, tal vez desde que empezó toda aquella historia del segundo encargo por parte de la señora Ruano, que tampoco reparaba en las frecuentes ausencias de *Wagner*.

Porque lo que le preocupaba realmente era que no tenía ni idea de qué iba a hacer para llevar a cabo lo prometido a Beatriz Ruano. Lo único que sabía era que esta vez no iba a haber escenificaciones diabólicas, tampoco somníferos. Además, tenía que tener en cuenta más cosas en esta ocasión. Para empezar, el hecho de que ahora frecuentaba mucho la compañía de Martín Obes. No podía decir que fueran amigos, a Paniagua le daba casi tanto miedo la palabra amistad como ese otro sentimiento que también empieza por «a» origen —en su opinión— de tan innecesarios problemas; amigos no, por tanto, pero era injusto valerse de él sin explicarle qué se proponía. No, no era justo hacerlo: ni por complacer los caprichos de la señora, ni por el recuerdo de sus medias con costura, ni por ninguno de esos disparates que la gente que desconoce lo que es la fatalidad no llegaría siquiera a entender. Tampoco Inés se merecía más injerencias en su vida, bastantes había tenido ya. Lo sensato sería, naturalmente, negarse a hacer lo que le pedían pero no es fácil desobedecer a los tiranos. ¿Cómo será, volvió a preguntarse Paniagua, estar en posesión de esa sin par varita mágica que es la belleza física?, una fuerza más poderosa que el dinero, estaba demostrado, más incluso que el poder de los dictadores porque dicha fuerza no necesita sobornar ni someter sino que se dedica a volver loca a la gente, a enajenarla hasta lograr de la víctima las bajezas más abyectas, las más atroces indignidades y todo por la mísera limosna de una sonrisa o de una mirada de aprobación. ¿Cómo sería haber nacido con ese poder? Paniagua dudaba haber sido amado alguna vez en toda su vida y también haber tenido ni un ápice de ascendente sobre otro ser humano, pero conocía el don tan bien como aquellos que lo poseen. Mejor aún, pues lo conocía como el esclavo conoce cada pulgada del látigo que le arranca la piel. Cada nudo, y cada travesero, cada una de las puntas de sus siete colas: las que desuellan y las que queman, las que tan sólo duelen y también aquella maldita, maldita sea, que produce tanto placer. Alguna manera habrá de hacer las dos cosas a la vez, se desvelaba pensando: complacer a la señora y no perjudicar a Martín y a la chica. Servir, como quien dice, a Dios y al Diablo o hacerlo del modo en que supuestamente el Diablo sirve a Dios. ¿Cómo era que lo hacía? Él lo había leído hace poco, por ahí debía de estar todavía aquel librito. Paniagua lo recordaba bien, era el de Zacarías Pehl, ¿pero dónde? Qué desorden y qué relajo, será cuestión de buscarlo, no puede estar muy lejos.

Lo encontró por fin. Clareaba ya la mañana pero, como un fiel discípulo dispuesto a poner en práctica los métodos que maestros mucho más inteligentes que él habían enunciado, Gregorio Paniagua releyó:

«En todas las actuaciones diabólicas puede verse como Satanás cumple los deseos de Dios (no tiene más remedio, Dios es omnipotente) pero al haber sido creado libre (nótese la contradicción) lo hace de un modo fraudulento. Es decir, el Diablo, **sirve** a Dios pero lo hace... a su manera.»

Demonios, dijo Paniagua, esta es en pocas palabras la idea de *non serviam*, y la verdadera razón para la caída de Luzbel. Sonaba a galimatías pero en realidad era muy sencillo: por lo visto, y siempre según palabras de Pehl, lo que hizo el Diablo desde el día de su caída en adelante fue continuar sirviendo a Dios (imposible no hacerlo), pero empezó a servirlo de un modo tramposo. Perfecto, eso le daba una idea, una gran idea que sólo podía salir bien porque, en su caso, la posibilidad de llegar a los infiernos no le preocupaba en absoluto ¿Cómo iba a preocuparle?, él nunca había sido un ángel sino más bien un pobre diablo.

Otra noche sin dormir. Paniagua ya vislumbra que le esperan horas enteras de delicioso recorrido por los libros, por tratados de Teología que nadie lee, hipótesis de todo tipo para acabar de dar forma a una idea que se le ha ocurrido. ¿Qué aspecto tiene el tal Zacarías Pehl? Busca en las solapas del libro y encuentra una caricatura: cejas anchas, ojos vivos y demasiado negros y una hendidura en el medio de la frente como señal de lucidez, o lo que es lo mismo —o al menos debería serlo— como señal de libertad de pensamiento. Paniagua lleva dos dedos a su propia frente y le parece encontrar idéntico surco. Naturalmente no piensa levantarse para comprobarlo en el espejo no sea que contradiga su descubrimiento. «La libertad de desobedecer», eso es lo que había aprovechado el Demonio según Zacarías Pehl. Es increíble cómo surgen las ideas, se dice, porque a él nunca se le había ocurrido pensar que pudiera emular al Diablo en cosa alguna sobre todo porque, si antes creía que todo ese asunto del Demonio era una paparrucha, después de haberse disfrazado de él ya le parecía una broma. Pero broma o no, lo importante era que le había enseñado cómo proceder porque, hasta ahora, Gregorio Paniagua ni en sus más locos sueños pudo imaginar que un pobre diablo como él tuviera la posibilidad de complacer (y al mismo tiempo engañar) a una diosa.

El teléfono. Será posible que suene otra vez este maldito aparato. La espalda de Paniagua se arquea desagradablemente. No sólo porque le ha sobresaltado el timbre sino porque está seguro de que es la señora con nuevas exigencias.

—¿Síí? Sí, señora Ruano.

—Que no soy la señora Ruano, tío, que somos nosotras que no queremos perdernos un nuevo camelo, si es que lo hay.

Paniagua tardó un poco en comprender que eran las simpáticas y muy profesionales muchachas que respondían a los nombres de Kar y Ro para insistir en lo mismo del último día: que querían volver a trabajar con él.

—Mire que estuvo bien el camelo que montamos, ¿no estará usted pensando en hacer otro, verdad?, con esos contactos con clientes ricos y excéntricos que usted tiene, señor Paniagua, hay tanto caprichoso por ahí suelto... no debería desaprovecharnos.

Paniagua se dijo que qué pesadas eran aquellas chicas, y qué entrometidas, pero luego recordó que la vida de las pequeñas productoras, por lo menos de las más rentables, era así, gran parte del negocio consistía en ofrecerse para esto y aquello; en el gremio ya nadie soñaba con convertirse en Spielberg, hace años que se había impuesto la humildad; de los grandes proyectos, con mucha mucha suerte, acababan saliendo uno de cada mil.

—Bueno, la verdad, realmente aún no sé... —tuvo que decir Paniagua y era cierto. Le faltaban muchos detalles por elaborar, todos en realidad. Pero estaba seguro de que no quería montar algo tan complejo como la vez anterior, tanto trabajo para complacer a una sola espectadora. *The rich are different from you and me*, se repitió mentalmente, lo malo es que él empezaba a estar algo cansado de *the rich*—. No sé, dejadme que lo piense un poco y si acaso os llamo.

Entonces ellas dijeron que de puta madre, que lo que él inventara estaría guay de la muerte y que, ya que estamos otra vez al habla, jefe, no se olvide de nuestra antigua propuesta: podríamos montar esto en plan profesional, que nos íbamos a forrar, ¿se da cuenta de la cantidad de gente que pagaría para que le organizásemos embarques de este tipo? Empresarios tramposos, buscavidas, políticos, maridos hijosdeputa que no quieren pasarle pasta a sus ex santas, mogollón, tío.

Paniagua intentó apresurar el fin de la conversación diciendo que bueno, que sí, que ya vería, que de momento no se entusiasmaran demasiado y luego, aprovechando una pausa (sin duda Fontvella), colgó. Tenía muchas cosas que decidir y ni siquiera sabía por dónde empezar.

4. OTRA CONVERSACIÓN SOBRE LOS SUEÑOS
—

Cuatro días más tarde, sin dolor de cabeza pero también sin una mísera idea dentro de ella sobre cómo iba a escenificar el nuevo encargo (y el tiempo corría y el cumpleaños de la señora era el martes y para entonces debía tener algo pensado, se lo había prometido y a ver cómo se disculpaba si no), Paniagua volvió a concurrir a la cerveza de la una y media. No porque pensara que Martín le iba ayudar a encontrar una idea, al fin y al cabo no podía contarle que trabajaba para su propia suegra, la de Martín, y que ésta le había encargado que hiciera algo para estropear su romance con Inés, igual que antes había hecho otro montaje para estropear su relación con aquel tipo, Ignacio de Juan (Dios mío, qué mal suenan las canalladas cuando se explican con todas las letras, qué estúpidas también), sino por distraerse un rato y ojalá no apareciera por ahí esa amable ballena de nombre Teresita para arruinarle una vez más el aperitivo con su parloteo enamorado.

Martín no le preguntó dónde había estado estos días atrás. El código de los atorrantes por el que se seguía rigiendo a pesar de que su vida había mejorado considerablemente contempla que a los parados de larga duración, como Martín suponía que eran ambos, no se les indague sobre sus desapariciones temporales (se arriesgaba uno a que las respuestas fueran o bien mentira o bien sumamente embarazosas). Al contrario, aconseja que se les reciba con los brazos abiertos y —dato fundamental— con un «decíamos ayer» tan generoso como terapéutico que es lo mismo que decir: Tranquilo, viejo, el tiempo no pasa y, si el tiempo no avanza, tampoco lo hacen las preocupaciones ni las angustias económicas, ni el fracaso, así que dale, tomáte otra cerveza, ché.

«Decíamos ayer» (estas palabras no las pronunció literalmente Martín sino con gestos que venían a significar lo mismo, por lo que Paniagua fue recibido con una leve palmadita en el brazo y con un arrimar de sillas como si sólo hubiera estado ausente unos minutos y subiera del cuarto de baño: tal es la traducción muda de dicha frase en el lenguaje de los atorrantes). Así fue cómo, sin más preámbulo que el encender un cigarrillo por parte de Martín y un sediento sorbo de cerveza por la de Paniagua, ya estaban continuando la conversación del otro día sobre los sueños. Decíamos ayer.

—... Mirá, lo que me preocupa es que no entiendo un carancho —dijo Martín Obes.

Y a esto Paniagua le contestó que cómo iba a entender, que no había nada inteligible en los sueños que uno tiene, al menos a primera vista, pero que si él le relataba el suyo, y según lo que me cuentes, acotó sin que Martín entendiera bien a que venía la salvedad, es posible que incluso te lo pueda interpretar. Has de saber que yo en otros tiempos...

A su compañero de cervezas no le resultaba difícil creer que, en otros tiempos, Paniagua hubiera sido devorador de sables, derviche, taxista en El Cairo o ninguna de esas cosas y simplemente un hombre que todo lo aprendía en los libros, ¿por qué no entonces un lector de sueños?

—Sólo te pido una cosa, para que la sesión sea eficaz tienes que contarme todo lo que recuerdes, hasta lo más inverosímil —le alertó Paniagua antes de empezar—, lo más necio o incomprensible, porque supongo que no hace falta decir que los sueños están hechos de una materia exactamente opuesta a la vigilia. De ahí que sea en lo insignificante donde hay que fijarse, no en los monstruos ni en la sangre, tampoco en el dolor que nos producen, ni siquiera en el miedo, lo realmente revelador del sueño es el minúsculo detalle que pasa casi inadvertido, ¿comprendes?

—Bueno, dale, ¿empiezo?, ¿te cuento? —preguntó Martín, que temía que alguna otra interrupción o aviso de poltergeist impidiera su relato. Y, juntando ambas sillas como quien secretamente desea que el extraño sueño que iba a relatar saliera de su cabeza para meterse en la de su amigo, tal como decía Paniagua que sucedía a veces, Martín empezó su relato.

Dijo que se veía en la habitación más alta de la casa de sus abuelos paternos allá en Montevideo, una casa muy reconocible, sabés, porque era modernista, qué sé yo, afrancesada, con una escalera que se dividía en dos al llegar al último piso y daba sobre un rellano. En mi recuerdo hay una puerta un poco a la derecha y al abrirla se entra en una pieza bien grande y diáfana, muy soleada, con sólo un sillón frente a una ventana desde donde, según dicen, mi abuela Magdalena pasaba las horas viendo entrar y salir los barcos del puerto.

De todos modos, explicó Martín, esto que te acabo de contar pertenece a los recuerdos y no al sueño, porque en el sueño, una vez que se abre la puerta, la oscuridad es casi total. Hay una vela por toda iluminación, si exceptuamos la tenue luz que entra por la ventana pero aun así una parte considerable de la habitación permanece a oscuras. Además, yo no participo en esta historia sino que la veo tal como haría alguien que está en el cine. ¿Me entendés? Como un espectador. De esto no me di cuenta la primera vez pero como el sueño se ha repetido en otras dos ocasiones puedo ir juntando piezas. La otra razón por la que se ve tan poco allá adentro es porque, al ratito de abrirse la puerta, se ve un fogonazo y se apaga la vela de modo que, aparte del resplandor de la ventana, el único punto de luz acaba siendo el propio fogonazo, ¿me seguís? Lo malo es que un resplandor así sólo dura un segundo y uno tiene que captar todo muy rápido: el disparo y de pronto la silueta de un cuerpo que cae a tierra, un bulto negro en el que esa luz ilumina una especie de dije redondo y brillante que lleva ese tipo al cuello (creo que no se trata de un hombre sino más bien de un muchacho, pero tendré que fijarme mejor la próxima vez). De lo que sí estoy seguro es de que lleva algo así como... ¿ves este colgante? No te digo que sea igual pero casi, mirá, me lo puse para mostrártelo porque me sorprendió que apareciera en la pesadilla, fijáte, es uno de esos símbolos que todo el mundo compró durante la guerra de Irak, te das cuenta un «make love not war» como los que se usaban en los sesenta-setentas. Me lo trajo Inés de Zurich. El que veo en el sueño es más redondo y brillante, pero claro, en cuanto lo vi, lógicamente pensé que el muerto era yo. Sin embargo las otras noches procuré fijarme bien en el detalle y no, tiene que ser otra persona porque yo estoy fuera mirándolo todo como una película. Entonces me fijo y veo a una mujer a la que yo tomo por mi abuela. Normal, ¿no?, a fin y al cabo estamos en su casa, pero las cosas que hace... primero se levanta muy rápido de la cama (no había camas en esa parte de la casa de mis abuelos, ya te dije que era una especie de mirador) y corre a proteger a una niña, apenas adolescente, que está mirándola con la boca muy abierta y los brazos inertes, como cansados de sostener un gran peso. A continuación oigo las únicas palabras del sueño: «Ven, dame eso, tesoro, dámelo, mamá se ocupará de todo.» Las dice una mujer grande, así con acento español. Ya no distingo ni lo que tiene que darle la niña, ni la silueta masculina en el suelo con mi amuleto al cuello (qué

231

mala onda, ¿no seré yo el muerto verdad, Paniagua?), ni tampoco a esas dos desconocidas niña y mujer que no entiendo qué hacen en casa de abuela Magdalena. No creo que tengan que ver con mi familia porque papá era hijo único y mi abuelo también; no hubo niñas, de eso estoy seguro, a menos que el sueño se refiera a una historia anterior, a una desgracia que haya pasado muchos años antes, qué sé yo, en tiempos a mis tatarabuelos, pero lo dudo, porque un asesinato es algo que se acaba por contar en las familias. Ya sabés cómo son las cosas: tener una madre asesina es una tragedia, pero tener una bisabuela con el mismo pecado queda regio, ¿no es cierto? Es como que uno tiene historia, qué se yo. En fin, si querés que te diga, mi impresión es que nada de lo que te conté tiene relación con mi familia: el disparo, la cama, el muchacho muerto, el «dame eso, tesoro, mamá se ocupará de todo». No sé de dónde sale todo eso.

Si en lugar de Martín hubiese sido un miembro más observador de la familia Obes quien estuviera presente aquella tarde (Mamá Rosa, por ejemplo, Florencia, o incluso Tía Rosario, que podía ser poco expresiva en el modo de hablar pero de ningún modo era una atolondrada), sin duda habría percibido la notable contradicción que se produjo entre la actitud de Paniagua y sus palabras cuando Martín terminó de contar el sueño. Porque si el comentario que hizo fue un «¿Y qué?» retórico y bastante plano como el que se suele emitir ante los disparates de los sueños ajenos, su cara —o más bien dicho su quijada— pareció sufrir un seísmo. Paniagua procuró esconderla entre sus manos acunándola como a una criatura, pero a pesar de los esfuerzos que hacía por mantenerla cerrada, sólo lograba que le bailoteara tontamente.

—Ché, ¿estás bien? —preguntó Martín porque, al cabo de un rato, la trepidación era tan evidente que parecía que estaba a punto de atragantarse. Y eso aprovechó Paniagua para fingir: un atragantamiento él, el más experto en imposturas.

Cuando logró recuperarse un poco (uf, qué mal rato, pensé que me ahogaba no sé qué me pudo pasar, perdóname, chico) no hubo la prometida lectura de sueños, ni comentarios. Sólo un silencio. Uno de esos silencios de barra, que tienen como origen los pensamientos de cada uno mezclados con las tristuras del alcohol. Y tan frecuentes son estos silencios que los parroquianos saben que lo mejor es unirse a ellos como a una cofradía. Y eso hicieron ambos. A Martín le sorprendían menos los repentinos silencios de barra que los temblores descontrolados de las mandíbulas ajenas, por eso no le extrañó que ahí muriera la charla y que su amigo no llegara a ofrecerse para buscar explicación a aquel tonto sueño.

Al cabo de un rato, Martín se encogió de hombros como quien da por terminada una conversación que no ha tenido éxito a pesar de que parecía interesante.

—Los sueños no hay quien los entienda, ¿verdad, viejo?
—A lo que Paniagua, una vez controlada la mandíbula, acertó a decir que sí con la cabeza mientras su pensamiento hervía. Lo único que deseaba ahora era llegar a casa para consultar sus libros y, en esta ocasión, no los de demonología. ¿Cuál sería la mejor fuente de información sobre los sueños y la posibilidad de que se establecieran conexiones entre los durmientes? ¿Freud? No, Jung. Mejor Jung, naturalmente.

Y se levantó y se fue de pronto, dejando a Martín bastante perplejo. Aunque fue luego, media hora más tarde, cuando el muchacho tuvo ocasión de sorprenderse de veras. Porque suavemente, como una sombra que se desliza de matute para no tener que dar más explicaciones de las precisas, en el momento en que Martín Obes se disponía a volver a su casa, «ya es tarde, podría ver un rato las noticias y luego llamar a Inés a Londres», Paniagua reapareció por el bar con un aspecto tan normal, tan como siempre, que a Martín le llamó la atención que en vez de pedir su cerveza rutinaria ordenara un vodka.

—Con mucha lima —dijo— y doble de vodka, triple, mejor, Josemari.

Cuando ya el camarero se alejaba dejándole delante su pedido, Paniagua inclinó hacia Martín la frente como si aquello fuera algo privado que era preferible que nadie más llegara a oír:

—¿Te llevas bien con tu suegra? —dijo sin más preámbulo y Martín empezó a pensar que el efecto del vodka con lima sobre Paniagua tenía pinta de ser igual de peligroso que sobre Inés aquel día en Crisis 40.

—Yo no tengo suegra.

—Me refiero a la madre de Inés.

—La verdad es que no la conozco. Y vos, qué ¿la conocés?

—Sí, bueno, luego te explico todo, pero dime, ¿ella te ha visto alguna vez?

—Nunca.

—¿Ni en foto?

Martín rió.

—Ni en foto. No creo que quiera verme ni en pintura, sabés. Para que te hagás una idea de cómo están las relaciones, te diré que, por lo visto, mi... suegra, como vos decís, cumple años dentro de poco y quiere que su hija vaya a su casa pero «sin gigoló». Así se lo dijo el otro día por teléfono, no hizo falta que Inés me lo contara, yo mismo lo oí, madre e hija se comunican a través del contestador automático, vos me dejás dicho, yo te dejo dicho... Qué querés, rarezas de cada uno, yo no me meto. Pero a lo que íbamos: la cuestión es que entonces Inés se enojó y le dejó dicho que si yo no iba, ella tampoco. Así que andan medio peleadas e Inés dice que no piensa volver especialmente de Londres para otra tontería como el año pasado cuando a su mamá se le ocurrió aprovechar el cumpleaños para presentarle a un tipo de lo más raro, una especie de atleta rumano, según Inés, un efebo de Bucarest. Y fijáte, en otra ocasión se empeñó en trenzarla con un surfista australiano que no tenía más de diecinueve años; en fin, Inés dice que su madre es así de metomentodo pero siempre por algo de *su* interés y yo, qué querés que te diga...

—Quiero que me digas que tu suegra no te conoce ni sabe qué cara tienes, dímelo.

—Y yo quiero que me digas de qué conocés vos a esa señora.

—Te prometo que te explicaré lo más que pueda. Pero ahora contéstame: ¿ella te ha visto o no?

Para entonces Martín estaba convencido de que iba a tener que pedir en breve un alka seltzer para su amigo, pero mientras tanto decidió seguirle la corriente.

—Ya te lo dije, ni en pintura...

Paniagua volvió a sumirse en otro de esos silencios en los que caía con tanta frecuencia. Ahora se preguntaba si podía conseguir que Martín representara otro papel, no de Diablo, sino más bien de fantasma esta vez. Y Paniagua se dijo que era una lástima que tuviera que volver a engañar —o a utilizar— a su amigo (¿podía llamarlo así? Paniagua seguía siendo cauto con la palabra). «Será sólo por un ratito, lo juro y mejor no le explico adónde pienso llevarlo, ¿o mejor sí? Eso ya lo decidiré luego», se dijo Gregorio Paniagua para tranquilizar su mala conciencia y sonrió culpable antes de desaparecer de la vista de Martín a una velocidad increíble para alguien de su edad y su nivel de vodka. Tuvo que hacerlo: por la derecha avanzaba resoplando doña Teresita y no era cuestión de dejarse atrapar. Paniagua tenía la impresión de que si volvía a ser arrastrado hasta la peluquería de tan digna señora no saldría de ahí sin un cambio notable en su cabellera.

5. LAS MANCHAS

Hace años, alguien le había explicado a Beatriz Ruano que las casas de las personas que viajan mucho se parecen todas entre sí, como si las almas fugitivas necesitaran las mismas señales de vida con las que conjurar el olor a encierro o la semipenumbra que tan beneficiosa resulta para los muebles y tan triste para el estado de ánimo. Es por eso que en todas las casas de nómadas ricos como ella hay siempre una chimenea encendida (¿acaso no es precisamente eso el hogar?), flores por todas partes como en las tumbas de los muertos y la nevera llena, porque no existe nada tan desolador para quien se pasa la vida escapando que no tener champagne y algunas viandas con las que fingir —aunque sólo sea ante sí mismo— la alegría del retorno al hogar. Sin embargo, todo esto son obviedades o, en último término, rituales contagiados de otros amigos trashumantes, porque la casa de Beatriz a lo que realmente se asemeja es a una estación de tren, o mejor dicho a una sucesión de ellas, todas las que forman el largo recorrido de sesenta y tres años de vida.

Las estaciones de tren de hoy en día dan la sensación de ser impersonales con sus bancos de madera o plástico, sus cafeterías americanas que huelen a margarina, y sus viajeros aburridos de pensar cada uno en lo suyo o en la lentitud del reloj. No obstante, esta realidad aséptica convive con otra contra la que se ven obligados a luchar cada día los servicios públicos: «mira que la gente es majadera, qué placer les producirá jodernos los bancos a cada rato escribiendo chorradas y pintando monas». Es precisamente a este tipo de estación, marcada por mil cicatrices y blanqueadas a cada rato por la muy necesaria fuerza de la higiene pública, a lo que realmente se asemeja la casa de Beatriz. No a las estaciones de tren antiguas, tanto más románticas, en las que un «te quiero, María» podía perseverar años en el respaldo de un banco, junto a otros deseos, amores, locuras, versos, palabrotas, corazones, blasfemias, un mundo entero, en fin. No. Su casa se parece más a las modernas, en las que las señales son sistemáticamente borradas pero continúan ahí bajo la cal, como en los sepulcros blanqueados.

La casa de Beatriz Ruano de tanto estar deshabitada conservaba también esa peculiaridad de guardar sus, digamos, manchas o grafitis, no a la vista, faltaba más, para eso había un ejército de plumeros, rascavidrios, bayetas y brochas de repintar, pero sí en los recovecos, igual que en estaciones ferroviarias modernas donde aún es posible descubrir en un rincón resistente a la limpieza un «Carlos ama a Toñi», cuando ya Carlos ni siquiera recuerda quién es Toñi y para Toñi Carlos no es más que el nombre de su nieto mayor.

Son estas señales olvidadas las que mejor escriben la historia de la casa de Beatriz Ruano y por tanto la de su dueña y las señas son tercas, sobreviven a todos los cepillos porque ciertas manchas no se borran y tal vez ésa sea otra de las razones por las que Beatriz Ruano odia su casa aunque diga exactamente lo contrario y se empeñe en trashumar sin descanso: cada persona huye de una cosa y ella lo hace de las manchas.

Sin embargo, las manchas de la casa de la señora Ruano tienen la delicadeza de no hacerse visibles hasta pasada una semana del regreso de su dueña, y aunque todas están ahí para contar su historia, la confabulación de sombras con máculas no se produce hasta seis o siete días más tarde, como una mínima generosidad hacia la dueña. De ahí que ella sea capaz de recorrer todas las habitaciones de la casa sin que ninguna le enseñe las cicatrices de pasados amores o desgracias, al menos en apariencia. Pero Beatriz no es tonta ni ciega: sabe que es cuestión de tiempo, más pronto o más tarde las paredes volverán a llenarse de pintajos.

¿Y qué importa que los vea sólo ella si están ahí y son tan tercos y crípticos como aquellos que, según se cuenta, aparecieron en el muro durante el banquete del rey Baltasar: *Mene, mene tekel parsin*? ¿Y qué importa que los demás no puedan descifrarlos si ella sabe que aquella pequeña mancha gris que persiste en la pared norte de su dormitorio y que se niega a desaparecer es la de sus lágrimas mientras buscaba en ese muro consuelo «ya nunca, jamás sus manos acariciarán mi cuerpo ni yo podré besar su pelo rubio, míralo, está empapado en sangre. Quítale el amuleto que le regalaste a juego con el tuyo, Beatriz, borremos todas las pistas, *Mene, mene tekel...*»

No hay peligro: nadie puede leer lo escrito en esa mancha en la pared, pero Beatriz sí. Como también es capaz de distinguir, entre las maderas del suelo de la habitación que fue de su hija Inés, el mínimo rastro de jugo de naranja mezclado con aquel polvillo ceniciento tan eficaz que el doctor administró a la niña durante tres noches y que él revolvía una y otra vez con pulso no precisamente firme. Hace tanto tiempo de esto, ¿cómo es posible que la mancha aún resista? «Señora, pero si aquí no hay nada, he limpiado mil veces, incluso le hemos dado cera.» «Le digo que aún está ahí: friéguelo bien, pruebe con lejía con estropajo, tiene que desaparecer, tiene que quedar perfectamente limpio.» *Mene, mene tekel parsin...*

Y lo cierto es que todo está muy limpio, al menos hasta que Beatriz permanece más de seis días en su casa, porque entonces empiezan a rebrotar una tras otra todas ellas: en su habitación, en la galería y sobre todo en la biblioteca. Las del somnífero, también la terrible e invisible mancha del sudor del muchacho sobre sus sábanas y luego el rastro de sus besos mezclado con la sangre de la herida de bala: sangre, semen, lágrimas, todas las lágrimas del mundo, hasta que Beatriz dice basta y se va a un hotel y llama a uno de sus muchachos actuales tan bellos o más que Alberto, tan parecidos a él en todo, en todo menos en el pelo, porque el suyo rubio y tan corto acabó empapado en sangre; en cambio, el pelo negro lo oculta todo, se puede besar y volver a besar sin miedo a que los labios se tiñan de rojo, bendito color que por eso debe de ser el del luto pues es el único que oculta los pecados.

¿Y por qué no vendía la casa? Beatriz Ruano no ha contemplado la posibilidad ni una sola vez. Uno se acostumbra a los fantasmas, eso lo había aprendido con Salvador, muerto lo suficientemente joven como para no dejar más que buenos recuerdos. Y mucho dinero. Y el prestigio social del que en tiempos gozaban las viudas, únicas mujeres verdaderamente libres. Por eso, al menos hasta la muerte de Alberto, mimó tanto su recuerdo: todos los relojes marcando la hora, su habitación como un santuario y sus armas aceitadas, prontas; era lo menos que se merecía un marido tan perfectamente muerto. Alberto en cambio no había sido un fantasma amable, estaba envuelto en culpa y en lo más parecido al amor que Beatriz había sentido en toda su vida. Pero aun así, ella sabía que, al igual que hacía con Salvador, pero por razones diametralmente opuestas, era más práctico amarlo muerto que vivo, amarlo en *otros* cuerpos parecidos al suyo, que había sido tan adolescente y bello, tan absolutamente prohibido que suponía una amenaza para una vida decente. Si una es práctica y sabe dosificar la exposición a la nostalgia, se pueden tener las dos cosas al mismo tiempo: el recuerdo de los muertos y el calor de los vivos, el mejor de ambos mundos.

«Ven, tesoro, dame eso, mamá se ocupará de todo.» Y de todo se había ocupado Beatriz desde aquel día en adelante, de todo y en especial de esa niña tan distinta a ella que por no enamorarse de Albertos, acababa amando a hombres inconvenientes.

—¿Ferdy? Ferdy, tesoro. —Ferdy-tesoro era normalmente invitado a quedarse en un hotel igual que sus otros Tonycurtis cuando la visitaban en Madrid porque a nadie le gusta que sus huéspedes acaben por descubrir que la casa está llena de manchas—. ¿Sabes que ya tengo todo preparado para mi cumpleaños?

—¿...?

—Te lo agradezco, *cuore*, pero prefiero arreglármelas sola, hoy en día llamas a un buen restaurante y te traen todo a casa, no hay que mover un dedo.

—¿...?

Me temo que no, y lo siento por ti. Esta vez he decidido hacer algo muy familiar. Seremos solo tú, yo, un viejo amigo de nombre Paniagua e Inesita tal vez, aún no es seguro. Dependerá de que vuelva de Londres a tiempo y de que yo logre que se desenfade.

—¿...?

—No, nada de cuidado, ya te contaré luego qué pasa con ella, lo que quiero decirte ahora es que seremos muy pocos: como tú dijiste la última vez en un momento de gran clarividencia (y yo siempre hago caso de tus momentos preclaros, tesoro), llega un punto en la vida en que las fiestas se convierten en algo demasiado parecido a un desfile de muertos vivientes y es mejor no hacer reuniones grandes. No, no es que no tenga también amigos jóvenes, tesoro, tú lo sabes de sobra pero, compréndelo, los cumpleaños son momentos delicados y en un día así, los únicos amigos tolerables son, o los de mucha confianza o bien los que por espeluznante contraste nos hacen parecer tan sensacionales como cuando éramos sensacionales; no tardarás en darte cuenta de lo cierta que es mi apreciación, Ferdy, tesoro, tampoco tú te estás haciendo ni un minuto más joven. Pero será una velada encantadora, escucha lo que he pensado preparar para ti...

A Beatriz le gustaba mucho hablar por teléfono y planear en voz alta: le ayudaba a aclarar ideas y también a que la casa se llenara de palabras. Por eso le estuvo explicando a Ferdy durante un buen rato que al principio tenía pensado invitar lo menos a cincuenta personas (madonna, cincuenta momias, piensa Ferdy, y luego se dice que hubiera necesitado mucho whisky con soda para soportar aquello o —segunda opción— hubiera tenido que inventarse alguna terrible enfermedad familiar para tomar el primer vuelo de regreso a Milán. Pero menos mal que no iba a tener que elegir entre un desastre y otro: Ferdy no era partidario de las momias pero tampoco —*facciamo le corna*— de una mentira sobre la salud de su familia, única excusa eficaz con personas como Beatriz). *Fortuna*, se dijo al oír que iba a ser una reunión de tres o cuatro. Bueno, mucho mejor aburrirse plácidamente con quien quiera que fuera el tal Paniagua y con la hija de Beatriz, bastante insignificante para su gusto pero simpática chica.

—Lo que sí me gustaría es que hubiera buena música —continuó diciendo la señora Ruano—, aunque nada de pachangas sudacas —explicó—, últimamente me molestan mucho los sudacas, dijo y aquí se dio cuenta de que su conversación con Ferdy podía alargarse considerablemente si optaba por contarle el problema que había surgido con su hija. (¿Se lo contaba? Tal vez debería hacerlo: con una larga y acalorada exposición de su punto de vista lograría que la casa se mantuviera llena de palabras, al menos durante otro rato.) Beatriz no sabía aún qué hacer. Mientras dejaba que la vista subiera hacia la zona donde estaba la escalera a la planta alta, ponderaba si relatarle a Ferdy (naturalmente con algunas modificaciones indispensables) que, durante su última ausencia, a la insensata de su hija se le había ocurrido llevarse a vivir a su casa a un uruguayo sin oficio ni beneficio, justo lo que le faltaba para rematar su desastroso currículum sentimental.... Por eso nada de pachanga, Ferdy, tesoro, ni ritmos caribeños ni de ningún otro rincón de ese desagradable continente sudamericano, algo de los sesenta o setenta Aphroditis Child, Bee Gees, bueno, está bien Elton John si te empeñas, ya sabes que haré todo lo que tú quieras aunque sea mi cumpleaños. (Aquí la risa, la divina risa que conmueve hasta las piedras, se hace presente tal vez para quitar importancia a lo que va a decir a continuación, porque Beatriz por fin ha decidido contarle a Ferdy aunque sea someramente las andanzas de su loca hija.)

Un buen rato más tarde:

—...y ahora resulta que Inés haciéndose la digna ha dicho que no viene a casa a menos que pueda traer a su gigoló —dice la señora Ruano— y eso que es mi cumpleaños. Bueno, que no venga, qué me importa, a cambio he invitado a un viejo amigo, sí, tesoro, eso es lo que quería contarte desde hace un rato: un tipo interesante, te encantará conocerlo, bastante mayor que tú, debe de andar por los cincuenta y muchos, demasiado rata de biblioteca tal vez para ti pero sabe de todo, te lo aseguro, podrías hablar de la Juve, por ejemplo y del Milan, también intercambiar cotilleos sobre Berlusconi —añade Beatriz con el mismo tono que usan las madres para convencer a un niño de lo deliciosas que están las espinacas, y el truco se diría que funciona, porque Ferdy no ha protestado, al contrario, hace diversas preguntas entre ellas la más retórica: ¿de dónde dices que sacó tu hija ese novio que tanto te disgusta?

Y con tal de que siga la conversación y de que la casa no se le vacíe aún de palabras, a Beatriz no le importa contestar largamente a todas las preguntas, y en especial a la última:

—Ay, *cuore*, me haces cada pregunta... sabes perfectamente lo poco que me gusta meterme en la vida del prójimo. ¿Cómo quieres que sepa dónde conoció a ese tipo? Ni idea, mi hija tiene tan mal ojo para los hombres que... Ferdy, ¿estás ahí?

—¿...?

—Ya sabes que no me gusta que pongas en duda lo que digo, ¿acaso te cuestiono yo algo? Que si te han llamado para dirigir una obra de teatro en Roma... que si el otro día llegaste a las cuatro de la mañana al hotel fue porque te encontraste con un amigo del colegio pidiendo limosna en la boca del metro y lo invitaste a un café... *Cuore*, la base de las relaciones amorosas es la confianza, ¿no te lo explicó nunca tu loquero en Milán? La con-fian-za o dicho de otra manera: yo comulgo con tus ruedas de molino y tú con las... ¿que qué son ruedas de molino, dices? Tesoro, eres tan maravillosamente cabeza hueca, te echo tanto de menos, voy ahora mismo para tu hotel y nos tomamos una copa. Ya, ya sé que faltan tres horas para la cena pero esta casa está tan llena de manchas. De tontos recuerdos, quiero decir.

6. INÉS EN LONDRES

De: inesruano@hotmail.com
Para: lauragarces@netverk.com
Asunto: Desde Londres

Querida Laura,

He tenido mala suerte con el hotel que he elegido en este viaje. Para mi presente estado de ánimo me hubiera venido mejor cualquier otro antes que el Hempel, demasiado sedante el ambiente japonés. Estoy a punto de tirarme en plancha sobre esas llamitas de gas que adornan el pasillo y el lobby; no para inmolarme sino para sentir un poco de calor, echo de menos tanto a Martín. Yo, que odio los teléfonos ahora me veo llamándolo cada cinco minutos... Tú ¿qué crees? ¿Lo estaré agobiando? Por favor, dime si piensas que estoy metiendo la pata.

Por cierto ¿me puedes mandar la receta del salmorejo? Cuando regrese a Madrid quiero impresionarlo demostrándole que yo también sé cocinar, oye, ¿y la hidratante que usa tu chico?, esa que me dijiste que era buenísima para la cara de los tíos, ¿cómo se llama? Contéstame en seguida, estoy pensando en volver un día antes de lo previsto porque San Martín de Tours (lo llamo así porque uno de estos días lo subirán a los altares, te lo aseguro) se ha empeñado en que regrese a tiempo para el cumpleaños de mi querida madre (la tía me ha prohibido que vaya con él a su casa, ¿qué tal?). Bueno, pues a pesar de todo, Martín me está convenciendo para que al menos la llame ese día, o mejor aún, que llegue a tiempo para pasar por su casa y darle un beso. Le he dicho que no, pero tengo casi decidido darle una sorpresa (a Beatriz no, me importa un pito, a Martín). Podría ser un buen golpe de efecto, ¿no crees? Bueno, no sé, lo decidiré sobre la marcha, ya sabes cómo me gusta tentar a la suerte. Otra cosa, ¿qué tal el curso de interpretación por internet Blixen & Butler ese que le conseguiste a tu chico? ¿Crees que lo ayudó a conseguir su pase en el desfile de Custo? Tal vez le sirva también a Martín. Mira que acabar enamorándonos las dos de sendos modelos en paro: «*Love is strange*», *Dirty dancing dixit* y yo también.

Besitos.

PD: Para no ser menos que tú, también le he regalado a Martín una insignia de esas de haz el amor y no la guerra que Bush puso de último grito (conseguí una reliquia de los sesenta que encontré en Zurich y me costó un pastón, todo sea por la moda y el pacifismo). La única diferencia con la de tu chico es que la de Martín es de plata, no bañada en oro, me parecía pelín cantoso para él, pero seguro que a tu Karim le queda de muerte, estoy deseando verle.

PD: ¿Dónde te has metido que no contestas?

Inés puso la tele, quitó la tele, conectó la radio, pensó en hacer yoga cuando lo que le hubiese gustado de verdad era llamar a Martín y hablar con él durante otros tres cuartos de hora. Pero acababa de hacerlo unos minutos antes y no quería resultar pesada. Venga, pues, otro poco de yoga

¿o Laura, su eterna confidente de Sausalito? Vale, otro poco de Laura.

De: inesruano@hotmail.com
Para: lauragarces@netverk.com
Asunto: El amor perjudica seriamente las neuronas

No me vas a creer, pero estoy desconocida: no he ido a ver una exposición de fotos fantástica que hay en la Tate. Tampoco me he comprado cuatro lentes, seis objetivos o veinte filtros como hacía antes cuando venía a Londres. En cambio, me he pasado horas en la planta de hogar de Harrod's.

¿Que te parece si le compro a Martín un minihorno vertical superatómico para hacer asados que he visto? No se lo tomará a mal, ¿no? Cualquiera de mis queridos ex me lo hubiera tirado por la cabeza, pero los tiempos cambian y los jóvenes (¿te das cuenta de lo que estoy diciendo?, *jóvenes,* por Dios te suplico no me dejes caer en los Tonycurtis como Beatriz, estas metamorfosis son muy comunes: toda la vida intentando matar al padre —a la madre en mi caso— y al final acabo comportándome como ella). En fin, como te iba diciendo, parece que a los tíos jóvenes el que les regales un horno o una thermomix les parece genial y supermasculino. También he visto un abrigo de Calvin Klein que le quedaría fantástico y un sombrero, pero necesito que me digas si se llevan tipo borsalino o cómo: basta pasarse la vida fotografiando moda como hago yo para no enterarse de nada, me parece recordar unas gorras así como de cazador de ballena de la última colección de Milán que me gustaron, pero a lo mejor es una mariconada, ¿tú qué crees? Yo lo que creo es que el amor perjudica seriamente las neuronas.

Subió un camarero con la cena en una caja que parecía de zapatos. Sobre la caja había una llamita modelo a escala de la que adornaba los pasillos y el lobby, y un lavafrutas con su nombre escrito en los pétalos de flores que flotaban dentro, qué nivel. Otra vez la duda: llamar a Martín o no, ¿por qué cuando una mujer enamorada telefonea cada cinco minutos se dice que es una pesada y cuando lo hace un hombre, en cambio, se lo considera un tipo sensible y muy romántico? Paciencia, abramos la caja de zapatos a ver en qué consiste la cena que he pedido. Ah, fresas. Por lo menos eso sí sé lo que es, el resto...

De: inesruano@hotmail.com
Para: lauragarces@netverk.com
Asunto: ¡Contesta!

¿Qué te parece lo que te he contado de mi santa madre y su cena de cumpleaños? Por lo menos podría ser un poco coherente en su vida y no **prohibirme** que vaya con Martín, digo yo. «Vienes pero sin gigoló», me dijo, manda pelotas. Aunque te confieso que no me atreví a contestarle lo que tú estás pensando porque lo cierto es que mi madre nunca ha tenido lo que se conoce por gigolós: ella no mantiene a sus novios, ni les tiene que comprar la ropa ni por supuesto viven en su casa. No me preguntes cómo lo hace pero es así. Oye, por cierto, que van tres mails y tú sin responder. Me voy a comer una cena fusión que casi parece un adorno floral y no te doy más la lata pero en cuanto conectes tecléame al menos la receta del salmorejo y el nombre de la hidratante.

Es su teléfono el que suena. Inés desearía tener ahora uno de esos móviles con los que se pueden enviar y recibir imágenes, pero su fobia a los teléfonos hace que sólo tenga un Nokia pasado de moda: sería tan maravilloso recibir la voz de Martín junto con su imagen.

—Sí, mi vida.

Martín llama para decir naderías. Inés piensa que no hay nada tan delicioso en este mundo, nada tan terapéutico como las tontunas de amor. Seguro que esos teléfonos nuevos además de recibir y enviar fotos también funcionan como grabadora, entonces podría registrar su voz y dormirse escuchando estupideces, palabras tontas, susurros, rezongos.

—¿Pensaste en lo que te dije con respecto a ir a casa de tu mamá?

—Sí, San Martín de Tours, lo he pensado y supongo que tú, por tu parte, estarás a punto de mandarle un regalito de cumpleaños, por lo menos.

—Tanto como eso no, pero lo que sí creo...

Inés sabe bien lo que Martín cree: que no vale la pena pelearse por algo así, que al fin y al cabo Beatriz tiene sesenta y no sé cuántos años, que después de todo es su madre «y hay que tener cuidado porque después resulta que las madres van y se mueren cuando menos se espera y entonces se queda uno hecho polvo para toda la vida por lo que *no* le dijo, por lo que *no* le dio, hacéme caso, mirá que sé de lo que estoy hablando. Además, continuó Martín, la cosa tampoco es para tanto ¿por qué te enojaste así? Lo que dice ella del gigoló es completamente normal, ¿no creés? Yo no la conozco, claro, pero una señora de su edad ¿qué querés que piense?, ¿qué pensarías vos? Mirá, se me ocurre una cosa, dejáme a mí y vas a ver cómo te arreglo el asunto. En cuanto me conozca seguro que cambia de opinión. Me pasa con todas las madres, soy un as con las viejas, vas a ver, y con la tuya también».

Ahí está precisamente el problema, piensa Inés. Para empezar, a su madre no se la puede catalogar de vieja, ni siquiera en la cariñosa acepción rioplatense del término, punto número uno. Pero luego está el estrepitoso fallo de cálculo que Martín está cometiendo con respecto al efecto de sus encantos físicos. «Error de guapos», se dice y ríe imaginando que a este paso acabará escribiendo un bestseller (lleno de fantásticas fotos, claro está) con el sugerente título de *La belleza que no cesa* o *Cómo lidiar con los guapos/as de este mundo*, una raza aparte, sin duda. Toda la vida rodeada de dioses, qué agotador, se dice y luego añade que parece increíble que los poseedores de una belleza fuera de lo común puedan ser tan olvidadizos con respecto a las reacciones de otros frente a sus encantos. Sin embargo lo son: da igual que se trate de hombres o de mujeres, que sean sumamente inteligentes e incluso manipuladores consagrados como su madre, al final acaban cometiendo el mismo tonto error. Y es que están tan acostumbrados a gustar que se olvidan de que la seducción funciona con todos menos con los de su grey.

Inés no quiere malgastar su ratito telefónico con Martín dándole sermones, tampoco quiere contarle que ha decidido adelantar el viaje, mucho mejor mantener la sorpresa. En cuanto a la idea de que Martín llegue a gustarle a su madre, Inés no puede menos que sonreír y decir para sí imitando el acento de Martín que tanto adora: «Encantarle a mi vieja, qué esperanza...» porque Inés sabe —oportunidad ha tenido a lo largo de su vida de comprobarlo— que no hay nada que cree tanta desconfianza a un bello que otro de igual belleza y, no importa del sexo que sea, ni la diferencia de edad y tampoco importa que esa persona esté llena de los mejores sentimientos y que sea generoso, amable y dueño de las mejores virtudes como en el caso de Martín. El proceso jamás se altera. Los guapos primero se miden, luego recelan, más tarde se temen, y raras veces se perdonan. Y no por rivalidad. Inés, que es experta en amarlos y sufrirlos, piensa que ésa es una explicación demasiado reduccionista, raras veces se perdonan porque resulta desconcertante (y muy peligroso) encontrar a un extraño que conoce nuestros mecanismos más secretos y oscuros, la maleta de prestidigitador al completo, todas las trampas.

—Olvídate de mi vieja por un momento y dime más naderías, que te echo mucho de menos.

Entonces Martín le dijo más cosas de esas que dichas en español de la meseta suenan tontas o bruscas o producen vergüenza ajena, pero que con acento rioplatense son gloria pura, e Inés volvió a pensar en Ignacio de Juan, no porque lo echara de menos, menos aún para reforzar su amor por Martín utilizando el viejo sistema de las comparaciones, sino por pura semiótica comparada: el acento castellano es lo más incompatible con el amor que existe, piensa Inés, es campeón en romper ternezas: cuando no las banaliza las convierte en irremediablemente cursis y cuando no, las profana.

—Repíteme eso, Martín, vida mía.

Tan concentrada está Inés en el sonido de sus palabras todas tan bellas, tan sudacas, que le cuesta darse cuenta de que Martín no habla ahora de amor sino que ha comenzado a relatar cosas puramente cotidianas como que ayer se encontró con una peluquera amiga suya, «¿te acordás de doña Teresita, esa vecina de mi otra casa?, sí, claro que te acordás, un día me saludó por la calle y estuvimos hablando lo menos media hora sobre los problemas de su lavadora, bueno resulta que ...» y el suave acento del sur continúa tan romántico como si hablara de amor cuando de lo que habla es de cosas de lo más comunes: «...se empeñó en que me pasara por su peluquería, ya sabés lo que te conté, que este color de pelo a lo Mefistófeles no es el mío, yo soy más bien rubio como cuando me conociste la primera vez en Crisis 40, claro que de eso no te acordás, vos me dijiste que tenías toda esa noche borrada del mate, y bueno, el caso es que tanto insistió la doña en que parecía un cuervo, y que a vos te iba a gustar mucho más de la otra manera, y que qué linda sorpresa para cuando volvieras y todo eso, que la cuestión es que ahora, cuando llegues te vas a encontrar con mi verdadero yo (risas), espero que te gusten los rubios.»

A partir de ahí Martín volvió a retomar el chamullo de amor que dicho en castellano hasta la palabra es fea pero en rioplatense suena a vidalita y sabe a macachines, todo es tan lindo que Inés se promete que mañana mismo, cuando vaya a comprar tantas cosas nuevas para su chico, incluirá en la lista dos teléfonos de esos con ventanita para verse cuando estén lejos y guardar su foto junto con su voz grabada. Y piensa que si ya tuvieran el dichoso telefonino, podría ver ahora cómo queda Martín de rubio aunque sin saber bien por qué el pensar en un cambio de pelo la inquieta un poco. Quizá la desazón se deba sólo al tonto miedo supersticioso que los enamorados sienten ante cualquier novedad, como si por alterar un minúsculo e irrelevante dato se pusieran en marcha quién sabe qué peligrosas fuerzas que propiciaran otras mudanzas. Tal vez sea por eso, se dice, por lo que cuando alguien es feliz no quiere cambiar ni una coma, como si la felicidad fuera tan frágil que se pudiera quebrar con las alteraciones, o tan esquiva que se diluyera al primer contratiempo o tan tímida que aborreciera las novedades. Y lo es, da la casualidad de que la felicidad es todo eso además de voluble, caprichosa, injusta, perversa, avara, amén de quién sabe cuántas cosas más que Inés ahora mismo no acierta a enumerar pero, en cualquier caso, debe de ser ese mismo temor supersticioso el que hace que se inquiete por que *algo* cambie aunque sea el color del pelo de su chico. Ésa es la razón, sí, seguro. ¿Qué otra puede haber?

7. JACINTO Y LILÍ

Jacinto había notado que, en la única ocasión en la que había visto a las que él creía colaboradoras o asalariadas de Paniagua, las señoritas Kar y Ro (y qué aspecto tan poco aseado tienen en Europa las señoritas, más parecen espantapájaros que damas), se había establecido una inmediata corriente de simpatía entre ellas y el gato *Wagner*. La repostería, sobre todo si es artesana y manual, se presta mucho a la reflexión. Hacer siempre el mismo recorrido sobre un campo de galletas recién horneadas para dotar a cada una de una perlita de chocolate o dibujar sobre los pastelillos de coco un copete de merengue idéntico en cada caso, estimula las cavilaciones y ayuda a las ideas, sobre todo si mientras se maneja la manga pastelera se tiene al lado al amor de sus amores (léase Lilí) con los dedos temblones y los ojos más de color azufre que nunca clavados en uno de los tragaluces por donde antes —y con mucha frecuencia— se había dibujado la sombra de un gato. Pero el animal ya no venía a verla, o peor aún, dosificaba sus visitas con tal crueldad, que los ojos cada vez más amarillos de la niña parecían no poder despegarse de aquel ventano con la consecuente merma en su talento repostero. ¿Qué te pasa, Lilí?, le llegó a preguntar Jacinto un día en que tuvo que ayudarla a recoger del suelo al menos media docena de obleas acarameladas que quedaron inservibles. Pero Lilí por toda respuesta miró al ventanuco con esa mezcla de deseo y temor que puede verse en las miradas de los sometidos a una tiranía de la que no pueden o quieren librarse. «Ayúdame», le había rogado una vez la muchacha más con la mirada que con las palabras, pero Jacinto no sabía de qué modo hacerlo a menos que recurriera a métodos expeditivos como bien le pedía la razón. Métodos del todo aceptables en Lima, por ejemplo, donde no hay reparo en librarse de un animal enfermo o loco, pero aquí, en Europa, Jacinto era consciente de que tomar alguna represalia contra un gato, y no digamos acabar con su vida, era casi peor delito que matar a un ser humano. Jacinto ya se veía señalado por el dedo de todo el vecindario y acosado por los programas de crónica negra: «Peruano mata gato del vecino porque decía tener poseída a su novia.» Y de ahí a que Lilí lo odiara para siempre había sólo un paso y menos de un paso había entre la divulgación de la noticia y su arresto por inmigrante ilegal, la deportación y la vuelta a Perú, aunque eso sí: con su minuto de gloria en el que habría salido en todos los canales televisivos proporcionando tema de polémica a un ejército de tertulianos radiofónicos, charlatanes de programas basura, telepredicadores y demás *intelligentzia* que durante al menos día y medio se dedicarían a examinar su crimen desde varios puntos de vista todos ellos cargados de gran rigor científico. Que si pertenecía a una secta satánica. Que si era un prosélito del Templo del Sol adicto a los asesinatos rituales. Que si había fabricado pastelillos con la carne del gato para vengarse de sus jefes que eran los padres de Lilí. Que si Lilí y él habían robado el minino para pedir un rescate (o, variante de esta versión, que habían sustraído el gato por orden de su dueño que estaba harto de que el animal se hiciera pis en sus hortensias). En resumen —cavilaba Jacinto mientras espolvoreaba azúcar glasé sobre los nevaditos del Guascarán con tanto brío como si se hubiera levantado una ventisca—, habría que pensar en otro método para alejar a *Wagner* de la niña. Porque de lo que sí estaba seguro era de que Lilí (Jacinto no lo había vuelto a hablar con el padre Wilson pero recordaba muy bien su teoría de que el Diablo no existe pero sí su huella, el soplo en la nuca y todo eso) cuando estaba más de dos o tres días sin ver al gato, poco a poco, volvía a ser ella misma: así lo indicaba el cambio que experimentaba el color de sus ojos tornando del azufre al caramelo. El problema —hasta ahora insoluble— era que, cuando estaba a punto de cumplirse el plazo liberador, otra vez aparecía *Wagner* como si su intención fuera jugar con Lilí al gato y al ratón: te suelto y luego te vuelvo a cazar, ahora te libero y ahora te atrapo o, lo que es aún más malvado: «te vas porque yo quiero que te vayas, y en el momento que quiero te detengo...» Qué dura es la vida —pondera Jacinto— cuando hasta los gatos actúan como los canallas en los boleros de José Alfredito Jiménez. Demonio de minino.

Pero una tarde en que *Wagner* llevaba casi día y medio sin aparecer y los ojos de Lilí aunque tristes estaban a punto de volver a su bonito color de azúcar tostado, tuvo lugar la primera y única vista de Kar y Ro al señor Paniagua. Entonces a Jacinto se le ocurrió (esta idea es posible que fuera fruto de alguna visita del muchacho a la parroquia pero resulta difícil comprobarlo: el padre Wilson, que tanto sabe de mandingas y sus quehaceres, hace semanas que está fuera en viaje de estudios, en Turín, por cierto), se le ocurrió pues a Jacinto que no debería ser difícil buscarle nuevos amos al gato ya que era tan inestable en sus afectos que primero, aprovechando la bondad —y soledad— del señor Paniagua se había instalado en su casa para más tarde mostrarse muy desagradable con él, y luego había dirigido brevemente sus atenciones a Lilí para también olvidarla al poco tiempo. Jacinto, que era muy joven, no llegó a hacerse la irónica reflexión de que, en el caso del gato *Wagner*, era difícil discernir quién era el amo y quién el subordinado, pero en cambio intuía que la solución estaba en los caprichos del animal. «Más difícil que engañar a un gato», rezaba una vieja expresión de su tierra, pero mirando a las chicas y luego observando la forma en que *Wagner* las miraba a ellas pensó que no perdía nada por intentar juntar a los tres.

A partir de ese día hizo propósito de salir de casa muy temprano sin dirigirle siquiera la palabra a Lilí cuyos ojos, entre tantas deserciones, estaban adquiriendo un color no ya azufrado sino marrón terroso que a Jacinto le partía el alma. Aun así, siguió con sus salidas diarias que tenían como destino la casa de Kar y Ro. Caminaba con mucha diligencia como si tuviera algo urgente entre manos y fingía llevar y traer cosas, paquetes o algún tipo de importantísima encomienda de casa de Paniagua a la de las chicas y viceversa. *Wagner* al principio lo observaba con infinito desprecio sin moverse de su lugar frente a la ventana: «recadero de chicha y nabo», parecía decir la leve inclinación hacia atrás de su cabeza cimarrona. Pero día tras día se repetían aquellos paseos con tanta regularidad como prisa y llegó un momento en que *Wagner* comenzó a seguirle secretamente para averiguar a qué rayos podía deberse ese trajín del que él estaba excluido. Cuando descubrió que su destino era la casa de las chicas, optó por averiguar más. Comenzó a apostarse delante del portal de las muchachas como una esfinge dispuesta a complicar el acceso de su rival al otro lado del zaguán pero Jacinto no lo miró ni una vez: pasaba por encima de él con un «permisito» que arrancaba chispas de los ojos del gato. Si *Wagner* hubiera sospechado siquiera que, en vez de tomar el ascensor para subir al agradable apartamento que compartían las dos amigas en el ático, Jacinto acababa en el sótano tirando en cualquier contenedor de basura los tan misteriosos paquetes, no se hubiera tomado tantas molestias. Pero Jacinto era todo lo buen actor que llega a ser quien, en apariencia al menos, no tiene razón alguna para fingir. A los pocos días, *Wagner* pasaba más horas delante del portal de la casa de las chicas que del de Paniagua. Dos o tres días más y las chicas empezaron a interesarse por aquel gato de ojos amarillos que las miraba.

—Tía, ¿sabes que este gatito me recuerda a un chico monísimo que estaba conmigo en el colegio en Izarra? —confesó Ro un día acariciándole el lomo.

—Y a mí a una prima de mi madre que fue miss Motril —acabó por reconocer Kar con un suspiro de amor adolescente.

A partir de entonces ya a nadie en el barrio le sorprendió comprobar cómo, cada vez con más frecuencia, las chicas se dirigían a donde quiera que se dirigieran siempre seguidas por un gato henchido de importancia. Así fue que se conocieron *Wagner* y las chicas. Y como afortunadamente es verdad que un animal sano y hermoso que sigue a un humano por la calle tiene hoy en día muchas más posibilidades de ser adoptado que de recibir una patada, *Wagner* hace lo menos una semana que come y duerme en casa de las dos amigas sin que se sepa muy bien en qué términos mientras que Paniagua, a pesar de su reconocido amor por los animales, se siente muy aliviado de estar solo porque así ya no le pesa la responsabilidad de tener que preocuparse tanto por su bonito gato que le daba algunas satisfacciones, es cierto, pero sobre todo le daba multitud de disgustos. En cuanto a Lilí, hace días que no mira hacia el tragaluz del sótano en espera de que aparezca *Wagner*. Y, aunque está triste y tan delgada que su madre le ha permitido dos suspiritos de Limeña más de los acordados en la dieta diaria, sus ojos, por lo menos a juicio de Jacinto, que se los mira con mucha atención y más amor que nunca, ya no están del color del azufre. Es posible que en el fondo aún les quede un cerco del mismo terrible tono que los de *Wagner*, pero vuelve a predominar en ellos el suave caramelo que tan dulce hace su mirada.

8.   OCULTAR O NO OCULTAR

—

Si, tal como se ha dicho, la verdadera cuestión en esta vida para Gregorio Paniagua no era ser o no ser, sino saber o no saber, resulta comprensible que ahora, ante tanta nueva contingencia, anduviera de lo más pensativo. No es que él fuera de esos a los que les gusta modificar las frases célebres con alguna variante estúpida y epustuflar así a los entusiastas de las figuras de la retórica, no, en absoluto: ser o no ser o, lo que es lo mismo, elegir vivir o mandarlo todo a paseo, le parecía —incluso por experiencia personal— la más esencial de las cuestiones. Pero una vez hecha la elección (que según el autor de *to be or not to be* todos hacemos por pura cobardía y «temor a esa ignorada región cuyos confines no ha vuelto a traspasar viajero alguno, etcétera») qué duda cabe de que lo más importante es elegir la estrategia adecuada para permanecer en este llamado valle de lágrimas de la manera más indolora.

Paniagua, a lo largo de los años, había elegido una un tanto tramposa: vivía mucho más cerca de la ficción que de la realidad. ¿Pero acaso no hace la humanidad entera otro tanto?, ¿no se engaña todo el mundo y la única diferencia entre los inteligentes y los tontos —se decía él— es que los primeros lo saben y los segundos lo ignoran? *Saber* pero elegir *no saber*..., he ahí el truco, y según Paniagua la estrategia era necesaria sobre todo en lo que se refiere al tema amoroso, que es donde más inteligentemente debe uno engañarse. ¿Cómo habían resuelto el problema, por ejemplo, Inés y su madre? Era claro para él, con lo que ahora sabía, que ambas habían encontrado idéntico modo de conjurar esa Realidad que sólo los necios dicen preferir: ocultarse a sí mismas muchas cosas.

Ocultar o no ocultar. Tapar o no tapar, he ahí otra cuestión. Hay, según Paniagua, al menos dos formas de hacerlo, dos maneras de elegir el camino de la ceguera voluntaria: una es engañarse por exceso de exposición a la realidad, como hacía Beatriz amando varios cuerpos (y al mencionar la palabra «cuerpos» Paniagua volvió a sentir algo muy parecido a ese dolor vagabundo que tanto se empeñaba en agarrotarle las extremidades), mientras que la segunda posibilidad es hacerlo por defecto, como Inés, que prefiere mil heridas de amores inadecuados antes que exponerse a ser lastimada por alguien al que ella ame de verdad. Que *prefería*, sería más correcto decir, porque ahora Inés estaba enamorada y dicho estado, como bien se sabe, y siempre según Paniagua, merma la capacidad intelectual y no digamos el raciocinio o, lo que es peor, no es que los merme sino que los vuelve suicidas. Porque según otra interesante teoría suya elaborada en los años de su prolongado retiro (en su vida de albiñolo, como diría Jacinto) lo malo del Amor con mayúsculas, ese que todos dicen desear sentir, el que arrasa y ciega, el que enloquece y hace perder los pedales y hasta la dignidad, es que tan loco sentimiento permite que sepamos perfectamente a lo que nos exponemos pero al mismo tiempo logra que todo nos importe un chisguete y allá vamos derechos a la catástrofe. Sabemos también que lo que comúnmente se entiende por amor no se parece ni en una sílaba a la definición que de él hace el diccionario en el que se describe (y quién será el autor de tan linda chanza) como «El sentimiento que mueve a desear que la

259

realidad amada, otra persona, un grupo humano o alguna cosa alcance lo que se juzga su bien». Ojalá fuera eso —piensa Paniagua—, ojalá fueran ciertas también otras definiciones de ese maldito sentimiento que gozan de enorme predicamento intelectual como aquella que asegura que el amor es paciente (?), y servicial, que no es envidioso, que no se engríe, no se ofende (¡¡...!!), que no busca su propio interés, no se irrita (¿...?), el amor todo lo excusa, lo cree todo (¿!!?), todo lo espera, el amor todo lo tolera (¿?..¡!), ojalá. Ojalá, pero mientras tanto y en espera de que un día el amor se parezca en algo a sus enunciados, todos buscamos componendas, y una de ellas, tal vez la más importante, siempre según el doctor Paniagua, es hacer correctamente esta elección primordial: saber o no saber, o dicho en otras palabras: conocer o no a la persona amada.

En realidad la elección debería ser sencilla porque ¿quién es el valiente que prefiere conocer las cloacas de la vida del ser amado, sus más sucios trapos y sus peores fantasmas, la mugre que con tanto ahínco barre bajo la alfombra, y todos sus crímenes? «Sólo los imprudentes y los locos», se dice, aunque en este preciso momento lo cierto es que Gregorio Paniagua está tratando de decidir cuál sería la manera correcta de actuar —no ante el Amor (vade retro, S, menudo lío)— con respecto a otro tipo de amor al que también, maldita sea, es más propenso de lo que a él mismo le gusta confesar. Al llamado «amistad», un amor que todos escriben con minúscula, como si no tuviera la mayoría de los ingredientes del otro, del loco de la mayúscula. Porque aunque la amistad es más comprensiva y generosa que su caprichoso hermano, no hay duda, siempre en opinión de Paniagua, de que también reclama lealtad y que no se la engañe y, si volvemos al postulado de «saber o no saber» que tanto le preocupa, lo más probable es que, al aplicarse a la amistad, entren en conflicto la fidelidad con los naturales reparos a la hora de engañar al amigo. Porque ¿qué hacer, por ejemplo, en el caso de ese muchacho Martín Obes que es el que ahora le ocupa? ¿Debe callarse (o, lo que es lo mismo, engañarlo) o por el contrario debería revelarle lo que sabe sobre Inés: la razón de sus pesadillas, de su falta de seguridad, todos sus pecados? Contar o no contar. Si para nosotros mismos elegimos la ignorancia, ¿cómo no elegirla para los demás? Y sin embargo —duda Paniagua— la moral al uso no opina así, sino todo lo contrario. Según ésta, el buen amigo es el que nos arranca la venda de los ojos y nos conduce a la verdad. Verdad, otra palabra ampulosa, piensa, otra loca con mayúscula a la que todos «dicen» rendir tributo y allá se lanzan con sus confesiones como si nos estuvieran haciendo un gran favor: Mira, como soy tu amigo —suelen comenzar diciendo— no tengo más remedio que revelarte que ....(rellénense los puntos suspensivos con la tropelía que proceda, por ejemplo: Que X engañó a su mujer con su hermana durante el noviazgo, o que Z abortó con dieciséis años, o tuvo un contacto homosexual en la universidad, o ¿qué tal esta tropelía que, por cierto, es el caso de Inés?: mira, Martín, como soy tu amigo, no tengo más remedio que revelarte que tu novia ha matado a un hombre y ahora ponte a mi disposición que quiero que me ayudes a organizar cierta comedia de enredos).

Saber o no saber. Contar no contar. A Paniagua jamás se le hubiera presentado la duda de lo que hay que hacer en circunstancias normales pero, en el caso de Martín, la elección no es tan fácil porque existe un conflicto de lealtades. ¿Conflicto? Ay, Paniagua, se dice riendo, uno de estos días se te van a licuar los sesos de tanto darle vueltas a la cabeza. ¿Y ahora qué has pensado? Entonces se dice que —si no fuera porque necesita a Martín Obes para escenificar la pequeña comedieta que le prometió a la señora Ruano y que él piensa llevar a cabo a *su* manera— no hay duda de que elegiría el silencio, y ocultaría a Martín aquella vieja historia ocurrida cuando Inés tenía apenas trece años. Porque ciertos pasados (en general todos) están mejor bajo tierra ya que están muertos y todo lo muerto hiede. Porque conocer el pasado del otro no sirve más que para crear dudas e instigar nuevos monstruos que al principio viven ocultos pero se hacen presentes a la menor desavenencia: como el monstruo del «tú me mentiste ya una vez» o el de «Puta una vez, puta para siempre» u otras bestias tan conocidas como recurrentes, monstruos inevitables en una relación.

Sin embargo, en este caso, el problema de contar o no contar es que implica seguir mintiendo y también utilizar la ignorancia de Martín en lo que se refiere al pasado de Inés. Mentir, engañarle más incluso que cuando escenificaron el pacto con el Diablo, porque entonces no se conocían y no le debía más que cierta consideración, no lealtad, como ahora. Hablar o callar. Mentir o no mentir, Paniagua de pronto se pregunta dónde está *Wagner*. Lo cierto es que se alegra de que se haya esfumado, no le tenía especial simpatía pero al fin y al cabo el gato lo había seguido por la calle, lo había elegido a él y se sentía responsable. Porque Paniagua se sentía responsable de todo «Como el tonto de Atlas cargando siempre con la bola celeste, se dice, cuando al prójimo le importa un comino que alguien se esfuerce de ese modo, peor aún, no entiende tan estúpida actitud. Qué le voy hacer si soy así, se conforma pensando, uno no elige ser como es ¿o sí?» Elegir o no elegir, he ahí otra cuestión tan complicada como las demás pero, basta, Paniagua, se dice, porque ya empezaban a ser demasiadas cuestiones y él tenía cosas más importantes que tontos reparos morales de los que ocuparse.

Entonces decide que, como en un problema matemático, lo mejor será comenzar a despejar incógnitas, una a una empezando por la primera, y por fin decide que de una vez por todas y para siempre y basta ya de hamleteos, entre explicar a Martín todo lo que sabe o contar sólo lo indispensable (y engañar también un poco si hacía falta), elegirá lo segundo. Porque ¿a quién beneficia la Verdad? ¡a paseo también con esa loca de la mayúscula!

Como si de pronto Atlas hubiera encontrado una pared cirinea en la que aliviar su peso temporalmente, Paniagua deja escapar un pequeño suspiro de triunfo, pero es sólo un instante porque aún le queda otro motivo de reflexión. Una vez decidido que sólo contará a Martín Obes una parte muy magra de la verdad, tiene que redondear la idea del engaño. Ha estado cavilando mucho en los últimos días pero los pensamientos son desordenados y tan errabundos que más o menos se manifiestan así:

Ahora sólo te falta, se dice, poner en marcha esa idea descabellada, sí, sí ésa a la que has comenzado a dar forma y de la que no te gusta hablar, ni siquiera contigo mismo. Aunque en verdad, más que descabellada lo que parece es completamente estúpida. Porque vamos a ver: a tenor de las tan altruistas consideraciones antes expuestas, tengo la impresión de que lo que tú pretendes es lo siguiente: aprovechando que Inés estará en Londres la noche del cumpleaños de la señora, piensas utilizar a Martín para una segunda martingala, que consistiría en invitarlo a casa de Beatriz y una vez ahí, sabiendo que ella no lo conoce ni por foto, lograr que congenien. En otras palabras, engañarla para que se entusiasme —bueno, mejor que no se entusiasme demasiado—, pongamos que para que *acepte* a Martín y más tarde desvelarle, abracadabra, que se trata del novio de su hija. A partir de ese momento, en el mejor estilo *Adivina quién viene esta noche*, con Sidney Poitier, Hepburn y Spencer Tracy, y gracias a tu triquiñuela, la buena señora se dará cuenta de que ese hombre tan diferente a su hija en todos los sentidos es el que la hará feliz y entonces (violines, mandolinas) lo aceptará, lo besará (maternalmente, ojo, a ver si la cosa se complica, lo besa en la frente) y tú habrás cumplido con tu palabra de complacer a la señora montando otra engañifa pero lo habrás hecho a *tu* manera, es decir, como un pobre diablo que obedece y al mismo tiempo contraría a una diosa, *non serviam*. ¿De veras es *ésa* tu gran idea? ¿Tan romanticona, tan digna de una película de cine de barrio, todo el mundo es bueno? Me resisto a creerlo, no, no puedo creerlo a menos que, pobre Paniagua, en efecto se te hayan licuado los sesos.

Gregorio Paniagua no tiene a nadie con quien intercambiar ideas de este tipo. No tiene una Laura que le aconseje o rebata por internet. Ni una hermana virtual con las ideas tan claras que sólo se calla cuando la amordaza la Grandísima Estupidez. Tampoco tiene un amigo al que llamar por teléfono como hace la señora Ruano cuando se le cae la casa encima. Por no tener no tiene ni un gato. Para ser exactos, sólo se tiene a sí mismo y a la soledad, vieja amiga, que a veces es cómplice y otras se pone impertinente y habla como hace unos minutos y luego le retuerce el brazo con más preguntas: ¿Así que lo único que se te ha ocurrido es esta cursilada, eh? ¿Y los detalles qué? Por ejemplo: ¿cómo piensas justificar el aparecer en casa de la señora con Martín?, ¿dirás que es un amigo extranjero que está pasando unos días contigo?, ¿te inventarás que es tu socio?, ¿o vas a presentarlo como una debilidad del cuerpo, un bello e inesperado báculo de la vejez?

Y como la soledad de Paniagua es grande se vuelve cada vez más impertinente: Muy bien, dice, y Paniagua casi puede verla ahí en la penumbra, muy rabanera con los brazos en jarra: Vale, pongamos que más o menos logras solucionar el problema de las presentaciones y ya estás dentro de la casa, con un whisky en la mano, el muchacho a tu derecha, guapo como un muerto y callado como un dios (o viceversa), mientras que tú intentas evitar desesperadamente la mirada de la señora para no perder la compostura, para que no te conduzca a otro naufragio, o a olvidar que ella siempre logra de ti lo que se propone: «Deshaga su metedura de pata, Paniagua, consiga que mi hija se olvide de ese sudaca ínfimo que usted introdujo en su vida cuando yo le pedía que le proporcionase todo lo contrario, un simple revolcón para olvidar amores inconvenientes.» Se supone que ésa es la misión que ella te ha encomendado, ¿no es cierto?, sólo que tú piensas jugársela, porque crees (mentira, no *puedes* creer semejante simpleza, me resisto a pensar que te hayas vuelto tonto de remate) que sólo con ver al muchacho conseguirás que cambie de opinión, que lo acepte y ése será tu triunfo sobre ella, tu manera también de liberarte de su tiranía, tu *non serviam*. Y suponiendo que eso sea lo *único* que te propones y que no te guardas ningún as en la manga, ni siquiera una sota de bastos, ¿puedo preguntarte cómo piensas lograrlo?, inquiere la soledad basculando de un lado a otro de modo que los brazos en jarra acaban por dibujar un doble signo de interrogación completamente incrédulo: ¿Confiando en tu proverbial buena suerte o en tu legendario poder de convicción? ¿En la belleza del muchacho para que obre el milagro? ¿En la providencia divina tal vez?, ¿o en la intervención del Diablo? Ay, Paniagua, yo te sugiero esto último porque todo es demasiado endeble. Espero fervientemente que me estés —que te estés— engañando y sea *otro* plan un poco más sólido (o imaginativo, o talentoso o, por qué no, perverso) el que tengas en la cabeza. Dime que es así, reconoce que tienes una gran idea que prefieres callar. ¿Me equivoco, Paniagua?

Y Paniagua no contesta si la tiene o no, porque conversar con la soledad es una chaladura y nadie lo hace en realidad. Las cosas no se meditan de este modo sino que se esbozan apenas en la cabeza y luego salen como salen, normalmente muy diferentes a como uno las planeó, igual que si hubiera por ahí una legión de íncubos y súcubos empeñados en demostrar que el hombre propone pero al final son ellos los que disponen.

9.   KAR Y RO...

—Llevo tres días llamando a Paniagua y el muy imbécil no contesta —le dice Kar a Ro, ambas tumbadas en la terraza del bonito apartamento encueradas y tomando un raquítico rayo de sol como si no estuvieran en el mes de noviembre y a trece grados de temperatura—. ¿Tú crees que está pensando pasar de nosotras para este nuevo camelo que va a montar?

Ro gira sobre sí misma hasta encontrar un vaso en el que cualquier observador creería reconocer un cóctel tropical, una piña colada, por ejemplo, bebe y luego se lo pasa a su amiga al tiempo que opina:

—No lo creo, como no es gilipollas del todo, supongo que se habrá dado cuenta de que sin nosotras aquel pacto con el Diablo que organizó no hubiera colado ni pa dios. Porque vamos a ver: ¿quién hizo ahí lo más difícil, lo casi imposible? ¿Quién le averiguó, por ejemplo, el canguelo de Inés con la mujer de las uñas rojas para que él pudiera convencer a la chica de que leía sus pensamientos?

—Tú, Kar, que eres la reina de los *blogs,* sobre todo los que se escriben en Sausalito.

—¿Y lo de su madre: «hacer desaparecer a alguien es tan fácil como apretar un botón, adiós, mamá?»

—Tú, Ro, que sabes cómo pinchar los mensajes telefónicos del prójimo.

Y Ro muy modesta:

—Eso no tiene mérito ninguno, cariño, los telefonófobos como Inés raras veces cambian la clave de acceso que viene de fábrica.

—Ya, ya, ¿la historia del clarinetista y el puto pito?

—Tú y yo —corean las chicas y luego—: bueno, para decir verdad, fuimos las dos pero con un poco de ayuda.

Wagner, que claramente no comparte el gusto de las chicas por las bajas temperaturas, considera oportuno salir un momento de un rincón calentito en el que se había refugiado y va a tumbarse a los pies de Ro, al tiempo que lame los dedos de la otra chica:

—Qué gatito más mono, me encantan estas cosquillitas, fíjate con qué ojos me mira.

—Uy, si están del mismo color que los tuyos.

—Y que los tuyos, nunca te los había visto tan amarillos, lo juro.

—Oye, Ro.

—Dime, cielo.

—Llama otra vez a Paniagua, ¿te importa?, no me gustaría quedarme fuera de este camelo superguay.

—Vale.

(Llamada.)

—¿Y?

—Pues que sigue sin coger el teléfono.

—¿Tú crees que se dio cuenta de que la otra vez fuimos nosotras las que...?

—Cariño, los hombres son tan fatuos que no se dan cuenta de nada. Seguro que piensa que todo salió de puta madre, así, de pura carambola o, lo que es aún más patético, porque él es un genio.

—Es que a lo mejor piensa que *no* le salió de puta madre, como la vieja le vino con reclamaciones...

—Esa vieja le iría con reclamaciones al mismísimo lucero del alba, cielo.

268

—¿Al Lucero del Alba?

—Eso he dicho, Ro, pásame la Nivea, ¿quieres? Y el teléfono.

—Nada, no contesta.

—¿Le ayudamos de todos modos, Ro?

—¿A quién, cariño?

—A quién va a ser, a Paniagua, tía.

—¿Sin que lo sepa, dices?, ¿actuando como el hado?

—*Los* hados, no te olvides de que somos dos, tres si contamos a *Wagner*.

—Ya, pero *Wagner* de vez en cuando se pone de parte del enemigo. Es un poco mercenario, ¿verdad, *Wagner*?

Y *Wagner* mueve la cola. Igual que un perro.

—¿Y qué piensas tú de estos aprendices de...?

—¿De qué, cariño?

—De hados, tesoro, esos tontainas que creen que es fácil cambiar el destino de sus congéneres, ¿no los encuentras muy interesantes?

—La verdad es que no, Paniagua tiene cara de caballo.

—Me refiero a la vieja, joder, a la Beatriz Ruano ésa.

—Sí, ésa me gusta, es guay.

—Guay de la muerte, ¿les ayudamos entonces?

—Venga.

—A nadie le viene mal un poco de ayuda, ¿verdad, *Wagner*?

Wagner las mira como si supiera a qué se refieren.

10. EL DÍA DEL SEGUNDO ENGAÑO

El día del segundo engaño amaneció brumoso en Madrid y radiante en Londres, como si ya anticipara que todo iba a salir al revés. Al ver que la ciudad entera titilaba con esa luz extrema que derrochan los lugares poco bendecidos por el buen tiempo, Inés decidió dejar la maleta hecha, acabar rápidamente con los últimos compromisos de trabajo que le quedaban y dedicar el resto del tiempo a pasear y hacer compras. Había tres cosas que deseaba adquirir: la hidratante milagrosa para su chico, el minihorno vertical y dos teléfonos móviles con ventanita. Mejor comprarlo todo en la ciudad incluidos los móviles, se dijo, si espero al aeropuerto seguro que son más caros. Y es que Inés, que viaja tanto, es de la opinión de que los *duty free* son un engañabobos, la versión moderna de un bazar de mercachifles. ¿Qué hora es? La de llamar a Beatriz por su cumpleaños y tal vez —tal vez— decirle que pasaré por su casa a darle un beso, piensa, aunque si está en plan borde desde luego me rajo y no voy, se dice antes de añadir, como quien necesita convencerse, que la ventaja de no haberle contado ni a su madre ni a Martín que había adelantado el viaje era que podía cambiar de opinión en cualquier momento: aún estaba todo en «veremos».

Mientras termina de cerrar el equipaje, busca en el listín del móvil el número de su madre pensando que, si alguna vez se le extraviara aquel aparatito al que es tan poco aficionada, no podría llamar a nadie. Entre la pérdida precoz de memoria y la tecnología punta llegará un momento en que no recordaré ni dónde vivo, piensa, y marca: ocupado, cómo no, su madre comunica siempre, pero esa manía que normalmente la irrita hoy le parece providencial, la coartada perfecta para no volver a llamarla, incumpliendo lo que le había prometido a Martín. Porque Inés está segura de que si llegase a hablar con ella, Beatriz no sólo acabaría por convercerla de que pasara por su casa aquella noche, sino que encima se las arreglaría para decirle alguna otra cosa que le disgustaría oír, seguro. Por eso decide que lo mejor es no arriesgarse y emplear un viejo truco de esos que tontamente tranquilizan conciencias: Voy a darte otra oportunidad, Beatriz, pero sólo una, se dice. Te llamaré de camino al aeropuerto; si lo coges, estupendo, pero como siga ocupado entenderé que la suerte considera que es preferible que no hable contigo ni vaya hoy a tu casa y ella sabrá por qué.

¿Fuiste siempre así de supersticiosa?, le había preguntado Martín con más sorpresa que censura el día en que se enteró de que Inés era capaz de confiar el éxito de su jornada laboral a cosas como pisar o no pisar raya en los adoquines de la calle. Claro que no, mintió ella porque no quería parecer una de esas personas lunáticas que de tanto vivir solas han desarrollado extraños oráculos por los que se rigen para tomar decisiones: si la cafetera comienza a silbar antes de que acaben los anuncios de la tele, querrá decir que debo hacer tal cosa / o no hacerla / o llamar a fulano / o cortarme el dedo antes de hacerlo, profecías caseras, recursos de almas solitarias y antojadizas, por eso dijo: Claro que no, amor, cómo se te ocurre, sólo es un juego, y a partir de aquel día procuró no recurrir a esas tontas pruebas para que le indicaran cómo debía proceder. Pero en esta ocasión era distinto, todo era distinto cuando se trataba de Beatriz.

«Mirá que las madres cuando menos lo esperás van y se mueren y te dejan con la culpa atragantada para toda la vida», le había dicho ayer Martín tratando de convencerla. «Pensátelo bien», insistió antes de colgar y fue entonces cuando ella le aseguró que, al menos, llamaría a Beatriz para desearle feliz cumpleaños sabiendo de antemano que si la suerte no se las arreglaba para impedírselo, era casi seguro que acabaría aquella misma noche en la casa de su infancia, dejándose turbar por ese husmo que parece no abandonar nunca los territorios del pasado.

Mientras termina de recoger sus cosas en el hotel, Inés se dice que no hace falta pensarlo demasiado, que la solución ideal es dejarlo todo al azar, como hacía antes de conocer a Martín, aun a riesgo de volver a comportarse como una solitaria maniática; ya está, basta de tontos agobios. Estaba decidido: iba a olvidarse de su madre hasta estar en el taxi. Entonces llamaría y que la suerte decidiese; si el teléfono daba ocupado, adiós, mamá.

Inés pasó un día agradable en la ciudad disfrutando del inesperado buen tiempo. Compró las cosas que se había propuesto. (¿Está seguro de que estos teléfonos están homologados y funcionarán en Madrid? *Yes, miss.* ¿Y ahora qué hago con este minihorno? Es grandísimo. No se preocupe, nosotros se lo hacemos llegar a Madrid en una semana y sin coste adicional, *we are all one big market now, you know*.) Podría haber mandado también los móviles nuevos junto con el minihorno, pero decidió llevarlos consigo porque, si bien era cierto que aunque quisiera usarlos para una emergencia le sería imposible (no tenía la menor idea de cómo funcionaban), seguro que a Martín le haría ilusión tenerlos cuanto antes: a todo el mundo le gustaban esos juguetitos menos a ella. Miró entonces su viejo Nokia.

Tú y la tecnología punta, querida, se dijo, porque por enésima vez había olvidado el cargador y su batería estaba al mínimo. Así, a ojo, le quedaba apenas carga suficiente como para desear feliz cumpleaños a su madre (perfecto, otra excusa para ser breve) pero en cambio no podré llamar a Martín para decirle la hora de salida del vuelo, pensó, aunque enseguida se dio cuenta de que eso hoy era irrelevante, había adelantado su viaje por sorpresa y esta vez no habría nadie a recogerla en el aeropuerto.

¿Y dónde estaría Martín? Había sonado bastante misterioso ayer cuando le preguntó con quién cenaba al día siguiente. Misterioso e infantil, se dijo, como si ocultara alguna travesura. ¿Qué, vas a aprovechar mi ausencia para cenar con alguna estupenda, amor?, le había preguntado y él: Ni te imaginás, ya podés ponerte celosa, la estupenda tiene lo menos sesenta años pero como vos me dejás tanto tiempo solo, ¿qué querés que haga? Qué ganas de hablar con él de tontunas, de que le gastara más bromas. Inés de pronto piensa que, ya que está por ahí de compras, bien podría aprovechar para hacerse con otro cargador para su Nokia, pero en seguida desistió porque aunque encontrara semejante antigualla ¿dónde iba a enchufarla? Bravo, concluyó, estoy como para que me ocurra una emergencia, con tres teléfonos y condenada a hablar sólo con mi madre.

Eligió marcar desde el taxi camino de Heathrow justo en el momento en que pasaban por delante de ese gran parque virgen que se extiende a la izquierda (¿cuánto valdría cada brizna de esas praderas?) y en el que pastan poneys y unas inverosímiles vacas. En alguna parte había leído que los telefonófobos como ella buscaban la visión de paisajes sedantes para realizar las llamadas que más les irritaban. Perderse en la contemplación del campo y sus animales o estudiar minuciosamente la floración que se produce al borde del camino eran —según aquella teoría— un refugio mental o antídoto, un *stress balm,* según la terminología actual y todo el mundo debería saber recurrir a ellos. Estamos cada vez más locos, pensó, pero por las dudas buscó la complicidad de unas mimosas silvestres mientras marcaba. Ahora sólo faltaba oír el plano timbrazo de número ocupado y ya está, misión cumplida, podría relajarse mirando el paisaje y todas las mimosas del mundo, su madre, ya se sabe, comunicaba siempre.

—Sí, ¿eres tú, tesoro?

—Ah, hola, Beatriz. (Pero qué mala pata, justo ahora resulta que contesta a la primera, no lo puedo creer). No, nada, verás, estoy en Londres y te llamaba para desearte feliz cumpleaños, sólo eso.

Dos minutos más tarde —a pesar de las mimosas y de las sedantes vacas del paisaje, a pesar de que la tarde en Londres era de esas que refuerzan las convicciones más profundas— la conversación transcurría ya por derroteros bien conocidos para Inés, los mismos que cuando era una niña de nueve años.

—... bueno, mamá, sí, mamá, ya, sí, de verdad que no pensaba... está bien, me pasaré a darte un beso esta noche, pero un momentito sólo, ¿eh? Estoy muerta, llevo todo el día... ¿qué? ¿cómo dices? Te oigo fatal. No, no es que me esté haciendo la sorda mamá, es que hay poca cobertura, ¿comprendes? Ya, sí, eso lo oí bien... de acuerdo, iré sola, sin, el *tipo* como tú le llamas (trágate el sapo, Inés, trágatelo, no digas nada, ¿cómo que nada?, un poco de dignidad por lo menos, lo tuyo es patético, no lo puedo creer)... mira, mejor no voy, estoy muy cansada, además, para que lo sepas, fue Martín el que me ha pedido que te llame, yo no tenía ni la menor intención, si lo he hecho ha sido más por él que por ti, entérate bien. (Largo parlamento al otro lado del hilo, que por supuesto no tiene nada que ver con lo que acaba de explicarle.) Su madre habla de esto, de aquello y tan prolongado es el monólogo que a Inés le da tiempo a construir en su cabeza un magnífico razonamiento, que jura, jura por Dios y por los santos va a soltarle a su madre (pero no, ahora no puedo, imposible, muy poca batería en el móvil, luego cara a cara se lo digo como que me llamo Inés, bueno, eso si llego a ir a verla, que creo que no. ¿No? ¿Sí? En qué quedamos, ¿pasarás a verla o no?, lo tuyo es peripatético, de verdad, a quien se lo cuente no se lo creerá). Sí, mamá, te entiendo, claro que sí, pero voy a tener que cortar, lo siento me estoy quedando sin batería. No, ahora no es la cobertura sino la *batería*, eso, eso mismo intento explicarte. ¿Qué? ¿Que te compre qué? (Coño, debería haberlo previsto, ahora viene un encargo, no podía fallar, paciencia, Inés, se lo has prometido a Martín.) ¿Sí? Perdona, otra vez se oye fatal, figúrate que creí entender que querías diez tubos de pasta de dientes Rembrandt, ¿cómo?, que sí has dicho eso, *diez* nada menos, por Dios, mamá, que lo venden en Madrid en cualquier farmacia. (Éste es el momento para mandarla a paseo, no vas a encontrar otro mejor, hazlo.) ¿Qué?, ¿que la inglesa es mucho mejor? Pero si es la misma, te lo juro. (Está decidido: nada de visitas al pasado, me voy directa a casa, con Martín.) Lo siento, mamá... (Pero si ahora recuerdo que Martín cenaba fuera, ¿con quién cenaría en realidad? Seguramente con ese tal Paniagua del que tanto habla desde hace unos días, un amigote de bar, por lo visto, un actor o algo así, bueno da igual, paso de todo, me voy a casa y me veo una película hasta que vuelva; cualquier cosa antes que...) ¿¿¿Diez pastillas de jabón Lux??? Mamá, que ya no existe el jabón Lux, desapareció hace años, por Dios. (Está decidido: ni por Martín ni por San Martín bendito voy a su casa, ni loca que estuviera.) ...Mamá, por-favor que a este paso pierdo el avión. Está bien, está bien, si hay en la perfumería de la sala de embarque te compraré las dos cosas, pero esta noche nada de visitas, yo...

Y cortó. En realidad ni siquiera llegó a hacerlo. Fue la batería de su teléfono la que lo hizo por ella. Entonces no tuvo más remedio que reírse. Ahí estaba ella, la que más detestaba los móviles, con tres teléfonos encima y los tres fuera de servicio, delicias de la vida moderna, en caso de que tuviera que hacer una llamada urgente tendría que recurrir a una cabina. Como en la edad de piedra, más o menos, se dice.

11. MARTÍN Y LAS DOS FLO

—¿Qué hacés, Martincito? ¿En qué quilombo andás metido ahora? —La voz de Florencia no salía esta vez de su cabeza (amordazada, la GE y todo eso) sino del móvil de Martín justo cuando él se disponía a vestirse para acompañar a Gregorio Paniagua a casa de la señora.

—Olá. ¿Pasa algo? ¿Están todos bien?

Las llamadas de Montevideo se habían vuelto tan escasas en los últimos tiempos y prácticamente inexistentes desde la última debacle económica, que la de Flo sólo podía deberse a una mala noticia.

—Olá. ¿Están bien? Por favor, Flo.

La risa de su hermana Florencia no podía considerarse tranquilizadora sino que en general era preludio de algún sarcasmo o desgracia, pero esta vez no fue así. Simplemente servía de acompañamiento a la aclaración de que si esa tarde podía permitirse el lujo de llamar, era gracias a que su compañía telefónica había decidido regalar puntos para llamadas internacionales a los usuarios del Uruguay.

—Una brillante idea de los gringos: a pesar de la crisis y de habernos dejado pobres como ratas no quieren que perdamos nuestros hábitos consumistas, viste, por eso nos regalan minutos telefónicos como los *pushers* reparten caramelitos con droga a los chicos a la salida del colegio, qué amables, que Dios los bendiga, pero mirá, así aprovecho para hablar con vos y, de paso, averiguar cómo te va la vida. ¿Qué, desastrosa como siempre?, ¿todo a la miseria?

Martín se miró en el espejo del armario. Con el pelo por fin de su color y una camisa celeste abierta sólo lo suficiente para dejar ver el colgante que le había regalado Inés y que él usaba más por romanticismo que por moda, no parecía precisamente la imagen del desastre, tampoco de la miseria. No obstante, antes de contestar a su hermana, se tomó varios segundos para observar la casa de Inés Ruano a través del mismo espejo y lo hizo con los ojos y con la mentalidad de su hermana: un departamento divino, superregio habría opinado Flo para luego, con su mejor voz de niña del Sacré-Coeur, colegio al que nunca fue, por cierto, añadir: Pero tuyo no es, ¿verdad, Martincito?, qué lástima... Dejá, no me cuentes nada, ya me imagino la situación: desde la última vez que hablamos, las novedades son dos: que seguís igual de buen mozo (aprovechá, la vejez llega volando) y que ahora sos el cafiolo de alguna rica y, bueno, qué querés, al final la vida...

—Nada de desastrosa ni a la miseria, Flo, la vida me va de lo más bien —contestó Martín cuando ya el silencio empezaba a inquietar a su hermana que hasta llegó a creer que se había cortado su llamada gratuita—. De lo más bien, te lo aseguro, estoy trabajando como actor. Mirá, justo ahora estaba eligiendo vestuario para una representación bien interesante que tengo dentro de un ratito.

«Elegir vestuario» sonaba lo suficientemente profesional como para tejer alrededor de la expresión una bonita mentira y eso es lo que hizo Martín: contar cualquier cosa menos la verdad porque ¿cómo explicarle a Flo que desde aquel trabajo con Guadiana Fénix Films (del que nunca cobró más que el adelanto aunque, eso sí, por deseo propio) su actividad principal consistía en arreglar lavadoras viejas y otras changas caseras. Y que, si bien era cierto que se estaba preparando para una nueva actuación «artística», ésta no era propiamente un trabajo sino más bien un favor a un colega en paro como él, un tal Paniagua, que le había pedido que lo acompañara a casa de la madre de su novia (¿?), que ya se lo explicaría todo más adelante pero que de momento *no* hiciera muchas preguntas (¿?), que mantuviera la misma actitud de silencioso comparsa que había adoptado semanas atrás mientras hacían otro trabajito (un simulacro de pacto con el Diablo) y que se recogiera el pelo en una coleta. ¿Cómo explicar eso, no ya a Flo, sino a nadie?

Pero como la que estaba al otro lado del hilo telefónico era la verdadera Florencia y no la que vivía en su cabeza y conocía sus infinitas tonterías samaritanas, la voz no hizo preguntas incómodas, tampoco comentarios sarcásticos. No inquirió, por ejemplo, si a Martín no le parecían muy extrañas las peticiones del tal Paniagua. Tampoco dijo: Pero cómo ¿así que, además de todas esas instrucciones inverosímiles, resulta que te llamó anoche para asegurarse de que Inés seguía de viaje y parece que quedó de lo más aliviado al saber que estaba en Londres y que vos no habías podido convencerla para que llegara a tiempo al cumpleaños de su mamá? ¿Pero no ves que todo es rarísimo?

No, la verdadera Flo parecía más interesada por la meteorología.

—Qué me contás, ¿así que allá casi hace calor?, mirá vos, acá en cambio hace un frío que pela, un bodrio.

Sí, eso dijo, en vez de reprochar: Nunca vas a aprender, Martincito, y ¿qué te explicó el tipo ese sobre todo el asunto? ¿No me digás que te vendió la milonga de que, con la escena teatral que tiene preparada, lo único que pretende es llevar a cabo una buena acción, lograr que la vieja al conocerte cambie de opinión sobre vos, así por arte de magia, y que te acepte sólo porque vos sos vos, porque en vez de tener cara de sudaca, medio cholo o guaraní, como se imaginan los europeos que somos todos los de acá, resulta que sos rubio, tenés los ojos verdes y parecés el arcángel San Gabriel en persona?

Pero no. Esta Flo, afortunadamente, no hizo ninguno de estos detestables comentarios; seguía más interesada por los anticiclones.

—¿A 20 grados están ustedes?, che, pero qué suerte, nosotros acá ya no sabemos ni cómo vestirnos... —continuó la Flo telefónica que era encantadora y meteorológicamente de lo más enterada, no como la otra, la amordazada por la Grandísima Estupidez, que seguro que hubiera aprovechado la generosidad de Telephone XX para decir cosas como: Claro, y mientras tanto, vos feliz de colaborar en semejante sonsada, ¿no? Por eso le insististe tanto anoche a Inés para que llamara a su mamá, e incluso (esto a espaldas de Paniagua que no sabemos bien por qué prefiere que Inés esté ausente) para que adelantase el viaje, qué lástima que no llegaras a convencerla. Pero no importa, vos encantado igual porque, quién sabe, a lo mejor todo va bien con esa escenificación estúpida que piensan hacer y entonces podrías llamarla al móvil y decirle vení, te tengo una sorpresa y ella llegaría y se encontraría con vos y con su vieja juntos, qué sé yo, tomando un *drink*, y qué lindo todo, qué buena onda, porque lo importante es *no* pelearse con las madres, ¿verdad, Martincito? Ni olvidarse de ellas porque si no, cuando uno menos lo espera, van y se mueren como te pasó a vos con mamá—. No me vas a creer, ché, siguió lloviendo a mares la semana entera, una cosa brutal —dice amable la voz de Flo decidida a exprimir hasta el fondo la oferta de Telephone XX, cuando de haber sido la otra, seguro que habría comentado algo más parecido a: Mirá, a mí no me podés engañar, me sé toda la película: si le dijiste que sí a ese amigo tuyo tan extravagante (¿y qué pretende *él* con todo este asunto, lo sabés?)... si le dijiste que sí al tipo ese fue, además de por pura vanidad masculina, porque esta *mother and child reunion*, que diría Paul Simon, te hace sentir como si estuvieras haciendo lo que *no* hiciste por tu mamá, que se murió cuando vos andabas en qué sé yo qué nido de caranchos gastándote la plata que ella te mandaba y fumándote la vida en una hooka, pero sin pensar que se moría acá en Montevideo y que le hubiera gustado tanto verte por última vez. Qué bueno sos, Martincito, así que lo que te proponés con todo este absurdo asunto es conseguir que Inés, que andá a saber qué oscuras cuentas tiene con su madre, haga las paces con ella como un homenaje a tu mamá que por cierto es la mía, como un regalo a los muertos, como si a ellos les importara un carajo lo que vos hagas ahora que está dos metros bajo tierra y la vida se le escapó llorándote. Homenajes, regalos, pero qué tipo lleno de magníficos sentimientos sos, Martincito, todo el mundo lo dice, sos buenísimo.

Buenísima Flo que no dice nada de esto, que sigue hablando del tiempo (ni palabra sobre la situación económica del país, cómo debe de estar la cosa de mal, cuánto sufrimiento embotellado y sin esperanza para que alguien dedique tantos minutos telefónicos al parte meteorológico), bla, bla, se me helaron las petunias y Martín se sienta ahora sobre la cama, no ya alarmado como al principio de la llamada, tampoco incómodo, qué alivio, se diría que Florencia, después hacerle dos o tres preguntas iniciales y retóricas sobre cómo le iba la vida, estaba decidida a dedicar el resto del tiempo a hablar ella, parece que tiene el día parlanchín y no inquisidor, bárbaro, fantástico, tal vez me aburra un rato, piensa Martín, pero por lo menos no tendré que oír cosas desagradables.

—...así que arranqué las petunias muertas y planté otras, porque en los malos tiempos es cuando más importante resulta rodearse de cosas lindas.

Hay que ver qué cambiada está su hermana, la adversidad hace aflorar lo mejor de las personas, filosofa Martín, y es en ese momento que una voz que Martín no logra discernir si sale de su cabeza o de su teléfono continúa con la conversación anterior, aquella sobre el homenaje a su madre muerta y de pronto ya no habla de petunias y cosas lindas sino que, hilando con lo anterior, dice: ...como si a los muertos les importara un carajo ahora que están bajo tierra y la vida se les escapó llorándote. Homenajes, regalos, qué tipo tan bueno sos, Martincito, todo el mundo lo dice, buenísimo aunque eso sí: más con los muertos que con los vivos: ¿te olvidaste ya de que todavía tenés un padre acá, en el mundo de los mortales, te olvidaste? Ay, los hombres, toditos iguales. Por alguna razón que nosotras nunca llegaremos a comprender, ustedes siempre necesitan perder al objeto amado para darse cuenta de lo mucho que lo querían. Pero qué boludos que son los varones, amantes de fantasmas, tontos adoradores a posteriori.

Martín no llegó a saber si este último comentario lo había hecho la Flo que vivía en su cabeza (no, no, se supone que seguía muda) o la de carne y hueso. Porque fue precisamente en ese instante cuando Telephone XX decidió cortar la comunicación. Una voz de suave acento chicano se impuso a cualquier otra dando por terminado el encantamiento o lo que quiera que fuese aquel espejismo. *Always near you, thank you for trusting us*, cantó la voz arropada por un coro de campanillas. Aun así en un hiato, a Martín Obes le pareció oír una vez más a quién sabe cuál de las Flo que insistía sobre aquel asunto de los hombres y su preferencia por amar siempre a fantasmas.

12. LA LLEGADA A LA CASA

—

Eran las nueve y media de la noche y ahí estaban Paniagua y Martín Obes delante de la casa de Beatriz Ruano exactamente igual a como habían estado semanas atrás frente a la de su hija. Paniagua, al que le gustaba fijarse en las similitudes, identificó dos diferencias con el día del simulacro de pacto con el Diablo: en esta ocasión, no estaba presente el gato *Wagner* (al menos no se lo veía por ahí) y los demonios (es decir, ellos) no vestían de negro. En cuanto al resto, la puesta en escena, la forma de detenerse frente a la puerta con las piernas abiertas y hasta el lugar que ocupaban uno más adelantado, otro ligeramente de escorzo, todo eran bellas simetrías. Hasta las palabras lo eran, porque si en la ocasión anterior Paniagua había ordenado algo así como «Mire, joven, haga el favor de tocar el timbre y a partir de este momento, limítese a parecer demoníaco, nada más. Diga las palabras iniciales que hemos convenido y luego permanezca en completo silencio ¿entendió? yo haré el resto», esta vez, como si se deleitase en ritornelos, sus palabras fueron:

—Mira, Martín, por favor toca el timbre, di buenas noches y a partir de ese momento permanece en silencio, ¿de acuerdo? Yo haré el resto.

Lamentablemente, ahí cesaron las simetrías porque la escena requería introducir nuevos detalles y no podía uno perderse en ritornelos. De modo que, en el momento en que Martín se disponía a tocar el timbre como la vez anterior, Paniagua lo detuvo:

—Espera, déjame que te vea, muchacho —dijo y su tono se parecía mucho al que emplean las madres al pasar revista al hijo antes de entrar en el aula de examen.

—Déjame ver —y ladeó la cabeza al tiempo que le retiraba de la cara unos mechones rubios para que, al menos de frente, diera la impresión de que tenía el pelo corto. A continuación inspeccionó con la misma maternal exigencia el atuendo del chico, poniendo especial atención en que la camisa estuviera bien metida por dentro de los pantalones, y por último había enderezado el colgante regalo de Inés que el muchacho llevaba al cuello. Lástima que éste sea plateado y demasiado grande, pero bueno, con un poco de suerte recordará a otro que yo me sé, dijo para su coleto, y tras una rápida mirada aprobatoria a los zapatos concluyó—: Ya podemos llamar.

Ferdy acababa de servirse un whisky cuando los vio entrar. En casa de Beatriz seguía existiendo la larga galería acristalada que conducía desde la puerta principal hasta la biblioteca donde él estaba: la situación era ideal para espiar la llegada de los visitantes si uno era observador, y Ferdy presumía de serlo. Era su antídoto contra el peor enemigo de los Ferdys de este mundo, el aburrimiento. Se sentó en uno de los sofás: demasiado profundo para su gusto, uno de esos muebles caros, posiblemente rellenos de plumón tan selecto que lograban tragarse a sus ocupantes, mueble estúpido, se dijo, y casi tuvo que bracear para salir de allí antes de acomodarse en el brazo del sofá, como un lobo marino sobre un roncal, así estaba mejor, pero más vale, se dijo, que vaya haciendo acopio de paciencia. La velada amenazaba con ser sumamente aburrida en la única compañía de aquellos dos personajes que se acercaban por la galería. ¿Cómo se le habría ocurrido a Beatriz invitar a ese par de especímenes que ahora veía acercarse? Verdaderamente, su amiga no acababa nunca de sorprenderle. A Ferdy, que por supuesto ignoraba que Paniagua ya conocía la casa y que había hecho aquel mismo recorrido varias veces, hipnotizado por los andares de Beatriz —ángulo recto, ángulo agudo—, le llamó la atención su forma de andar. El visitante avanzaba despacio, con tiento, como quien recorre un camino de peregrinación y teme pisar alguna reliquia santa. ¿Y el más joven? Bueno, también él resultaba extraño pero por puro contraste con el primero. No tenían nada que ver: uno con aire de caballo triste ataviado con un viejo y formal traje gris, el otro tan joven y bello que, en un primer vistazo, podría parecer un adolescente. ¿Serán artistas?, se preguntó. A Ferdy le aburrían mucho las personas que se dedican al arte, sobre todo las que lo hacen en su vertiente comercial como modistos, diseñadores y sobre todo detestaba a los marchantes de cualquier cosa, le parecían demasiado preocupados por esconder su vena mercantil tras un furibundo amor a las artes y entonces, bla, bla, se sentían en la obligación de infligir a otros una conversación monográfica sobre estructuralismo de vanguardia o la arquitectura de la Bauhaus o alguna otra petulancia, qué pereza, no sé si desaparecer un rato, por lo menos hasta que baje Beatriz, y luego ya veremos, al fin y al cabo son sus invitados y no los míos. ¿Hará frío en el jardín? Un frío polar, Madrid en noviembre puede llegar a ser peor que Milán, un mito eso de los otoños castellanos, se congela uno, bueno, no quedan muchas opciones, mutis por aquella esquina entonces, se dijo. Con un poco de suerte habrá una tele en alguna parte de la casa ante la que dormitar, así que *ciao Gino, io me la batto*, se dice, y piensa en algo en lo que ha reparado muchas veces: las extrañas pasiones como la que él siente por Beatriz tienen distintos precios y ninguno es barato, pero uno de los más gravosos es este de tener que soportar a los amigos de la bella. Porque Ferdy, que desde niño ha sentido debilidad por mujeres como la señora Ruano, lo tiene comprobado, los gustos de éstas en lo que concierne a las amistades son pésimos, suelen rodearse de comparsas de pisaverdes o de gente sumamente pesada de ambos sexos y aunque Ferdy es acomodaticio por naturaleza, hay veces que deplora este rasgo que tanto recuerda a los soberanos del Renacimiento con su corte de enanos y tullidos de modo que ahora dice *¡cazzo!* hay que escapar, ahora o nunca, porque aquellos dos tipos (seguro, seguro que son marchantes de arte o algo peor, *che noia mortifera veramente mi rompi le scatole*) están a punto de doblar el último recodo, y luego ya no habrá escapatoria, tendrá que ocuparse de ellos en ausencia de Beatriz. «Buenas noches, Bea bajará ahora mismo», deberá decir y luego, hasta que se produzca el tan deseado advenimiento (media hora, tres cuartos, nunca se sabe), los tres no tendrán más remedio que reojearse o toser o bascular sobre los talones ensayando alguna frase de compromiso, vaya par de *rompi coglioni* y es por eso que Ferdy y su whisky han desaparecido cuando los otros dos abren la puerta.

De la figura que tanto Paniagua como Martín en su camino hacia allí habían visto sentada en el brazo de un sofá vaso en mano y una manera inquieta de estirar el cuello como una foca sobre un roncal, no queda rastro. Ferdy no era fumador, pertenecía además al reciente club de los hombres que consideran que es más chic prescindir de la colonia y dejarlo todo a las feromonas, de modo que ningún perfume recordaba su presencia. En cuanto al sofá (magnífico pedigrí el de los gansos que perdieron sus plumas para que se fabricara), ni siquiera una suave hondonada recordaba su paso por allí: mullido, orondo, vacío.

Por eso, al entrar en un recinto tan neutro y desprovisto de todo influjo del presente y lleno, en cambio de recuerdos, Gregorio Paniagua sintió un pequeño escalofrío y pensó que si el tiempo se había detenido de modo tan evidente en aquellos rincones era porque sin duda se disponía a jugar alguna mala pasada.

—¿Taxi?

Pero qué mal está esto del empleo, piensa Inés, pues la conductora que se ha detenido a recogerla a la salida del aeropuerto, con el pelo teñido de naranja y unos chinos arrugados, tiene aspecto de dedicarse al mundo del arte, a la publicidad o al cine, cualquier cosa menos al transporte. La chica, muy amable, hace ademán de cogerle las dos bolsas de viaje para meterlas en el maletero (Ésta no, gracias, prefiero llevarla yo, es material fotográfico) e Inés observa entonces cómo, mientras se ocupa del equipaje, la taxista se mueve al compás de una melodía invisible como si llevara walkman (no lo lleva) o tuviera música propia. «Debería proponerle a Maira realizar una serie fotográfica que refleje el aspecto físico de los que se dedican a profesiones para las que están sobretitulados —piensa justo al entrar en el coche—, por lo menos será algo más novedoso que la tontería aquella sobre mujeres en la sombra que hicimos.» Inevitablemente al pensar en aquel trabajo, Inés se acuerda de la mujer de las uñas rojas y al instalarse en el asiento trasero se abrocha el cinturón de seguridad, cosa que nunca hace: por las dudas, se dice con un pequeño estremecimiento y luego: no seas tonta, olvida esas cosas, y decide concentrarse en algo más inmediato como, por ejemplo, decidir si finalmente va a pasar un momento por casa de su madre o no. A ver, ¿qué hago?, piensa, pero luego sorprendida de su propia pregunta añade ¿a qué viene la duda? La decisión estaba más que tomada desde antes de embarcar para Madrid, bastante ha tenido con comprarle a su madre —como una santa, Inés, como una santagilipollas— todo lo que le había pedido cuando faltaban escasos minutos para embarcar (incluido el jabón Lux que, vaya por Dios, tenía razón Beatriz, sigue existiendo en Inglaterra). Nada, no hay más que hablar, me voy a casa directamente y mañana le mando todo esto con un bonito lazo y algún otro regalito de cumpleaños, adiós, mamá.

La taxista tiene un cuello interesante e Inés, que viaja tanto en taxi, se fija mucho en los cuellos. Con esa manía suya por los tontos rituales, la observación de la nuca de los taxistas suele coincidir con la larga explicación que tiene que dar cada vez que indica la dirección de su casa para evitar errores:

—Mire, voy a la calle Ventura de la Vega, número 7, y por favor, no se confunda, la gente se hace un lío entre Ventura de la Vega y Lope de Vega.

Enfilaban ya la autopista cuando lo dijo, mirando la nuca trífida de la chica de pelo naranja (¿por qué a todo el mundo le habrá dado por teñirse el pelo de color zanahoria? Parecen clones) y la chica asintió:

—*Okey* —dijo, y ya no hablaron durante todo el trayecto. No porque la taxista no lo intentara, que desde luego lo intentó sacándole mil temas desde cuáles eran sus gustos musicales hasta preguntarle a qué signo del zodíaco pertenecía, pero Inés estaba cansada y posiblemente se durmiera. Sí, debe de haberse adormilado porque si no se habría dado cuenta de que el taxi no estaba tomando el camino de su casa sino que, como un caballo mal querenciado, la llevaba poco a poco, y al compás de la cháchara y de los amortiguados ruidos de ciudad, hasta la misma puerta de la casa de su infancia. Allí se despabiló y tan distraída estaba que aún tardó en reaccionar, la vista fija en un punto de la acera (tonta, tonta Inés, los adultos miran siempre delante de ellos; sólo los niños se pierden en la contemplación de las rayas del asfalto y de los adoquines) desde donde, a su vez, la contemplaban varias y muy familiares sombras de tiempos pasados.

13. VESTIRSE PARA CENAR

Beatriz detestaba los relojes, le parecían máquinas con una lamentable falta de tacto empeñadas en recordar con innecesaria porfía que *omnia vulnerant ultima necat* —todas hieren, la última mata—, como si ella no lo supiera de sobra, como si no lo viera cada mañana al mirarse al espejo para comprobar no ya la pérdida de la belleza —eso era preocupación de viejas jóvenes, atolondradas muchachitas de cuarenta o cincuenta años— sino algo mucho más aterrador. Porque lo que descubría Beatriz en el espejo cada mañana con mayor claridad era cómo se acentuaba más y más la inclinación de ciertas sombras sobre su rostro como si éste fuera, en efecto, el círculo de un reloj solar en el que en un momento ya próximo se marcaría la última hora, esa que mata, cuando ella todavía tiene varias cuentas pendientes con la vida. Era por eso, y por ninguna otra razón de tonta coquetería a la que nunca había sido proclive, por lo que Beatriz Ruano no usaba reloj de ningún tipo, ni pulsera, ni despertador; por eso llegaba tarde a todas partes y también por eso hacía más de treinta años que había dejado de dar cuerda a un viejo reloj de carillón, otra reliquia de la época de Salvador, que aún conservaba su lugar de privilegio en el distribuidor. Y ahí podía quedarse indefinidamente, porque un reloj parado sí es tolerable, un adorno inofensivo, también bello. Además, sus agujas marcaban las tres menos cuarto, una hora que no significaba nada en absoluto en la vida de Beatriz, una hora bonita y de brazos tan abiertos que ella había caído en el hábito de buscar el reflejo de su rostro en el cristal de la esfera cada vez que pasaba por allí. Como hace hoy: Vaya, parece que tengo bastante buena cara, apropiado regalo de cumpleaños, mientras va de una habitación a otra, del dormitorio al cuarto de baño, hasta recalar por fin en el vestidor donde después de algunas dudas elige un sencillo vestido negro que sabe dará mayor realce a las medias con costura que ha comprado especialmente para la ocasión. No están de moda, es cierto, pero no tardarán en volver a estarlo. «Todo vuelve y es tan tranquilizador que así sea», se dice. El Eterno Retorno. ¿Quién era el dueño de aquella maravillosa idea? ¿Nietzsche?, ¿o fue Carlos Gardel con su *Gira, gira*? Qué más da, en cualquier caso, lo importante es que se cumpla, que todo vuelva y retorne, porque la repetición es el mejor antídoto que se conoce contra los malditos relojes. Las tres menos cuarto. Eternamente son las tres menos cuarto en el reloj de Salvador, y ésa es la hora que marcaba cuando Beatriz sacó del armario el vestido negro, la misma que podía verse al salir del cuarto de vestir quince minutos más tarde y luego al cabo de mucho rato, las tres menos cuarto, cuando por fin logra encontrar un chal de color jade que iba que ni pintado. Y ya que estoy rebuscando por esta zona de los armarios, a ver si encuentro unos zapatos de noche verde muy oscuro que compré en París hace mil años para completar el atuendo, y si los encuentro, perfecto, será todo *vintage*, como lo llaman ahora, magnífico invento ese de desenterrar reliquias y lucirlas como si fueran prendas nuevas, porque ¿qué otra cosa es el vintage sino la vieja y tranquilizadora idea de Nietzsche o de Gardel, esa del eterno retorno?

El reloj sigue marcando las tres menos cuarto cuando Beatriz decide apresurar la ceremonia del vestir porque, uy, tendré que darme un poco de prisa, hace ya mucho rato que oí el timbre de la puerta principal y luego la voz de Paniagua diciendo «Buenas noches» junto con una segunda voz que no llegó a distinguir ya que de pronto otros sonidos se lo impidieron. Pero qué raro, parecería como si alguien hubiera abierto la puertaventana de su cuarto, piensa. Y Beatriz lo ha notado no tanto por el frío como por los ruidos; ella conoce cada uno de los de la casa y éstos no suelen incluir el bullicio sordo que sólo reina en la calle. Qué descuido, tal vez haya sido ella misma quien olvidó cerrar bien, pero bueno, no pasa nada, éste es un barrio muy tranquilo, ni ladrones, ni intrusos, tan sólo a veces algún gato. Debe de haber una colonia de ellos por aquí cerca, piensa Beatriz, porque no es la primera vez que ve sus sombras, incluso alguna ha llegado a colarse en la casa, pero los gatos son inofensivos. Y discretos.

Beatriz vuelve a atravesar el rellano hacia el cuarto de vestir. Si no encuentra los zapatos verdes tendrá que ponerse unos negros cualquiera, no hay tiempo para demoras. ¿Cómo serían los que llevaba puestos aquella última noche con Paniagua treinta y tantos años atrás? Lo más probable es que tuvieran tacón y punta cuadrada, eran los que estaban de moda entonces, pero es mejor no ponerse nada parecido: atención, cuidado, piensa, porque en ciertos casos —siempre según Beatriz— es mejor ignorar el eterno retorno. En lo que se refiere a zapatos, por ejemplo, resulta peligrosa la teoría de Nietzsche porque los hombres son demasiado fetichistas en lo que respecta al calzado, apenas toleran las puntas cuadradas y los tacones recios cuando están de moda, y cuando no lo están resultan un verdadero peligro para la seducción, así que, ojo, mejor elegir otros.

Tarda en decidirse: qué tal este par, no, mejor aquél, a ver, o estos sin talón para que se realce el efecto de las medias con costura, o tal vez aquellos muy escotados de tacón mediano pero fino... y en ésas está cuando se da cuenta de que, uy, qué barbaridad, debe de ser tardísimo, mejor darse prisa, porque como se retrase mucho más a Ferdy le va a dar un ataque por haberlo dejado solo todo ese rato con Paniagua y su acompañante. A lo mejor se ha ido, piensa Beatriz, o se ha metido en una de las habitaciones a dormir como si tal cosa. No sería la primera vez que hace algo parecido: Ferdy es perfectamente delicioso pero no tiene el mínimo sentido de lo que es hacer un sacrificio social. ¿Ferdy, tesoro?, llama en voz alta y se asoma al rellano pero las tres puertas del distribuidor están abiertas y con la luz apagada, ¿Ferdy, bebé? Bueno, por lo menos aquí arriba no se ha refugiado, con un poco de suerte no habrá salido de la biblioteca y en estos momentos estará ocupándose de los invitados.

¿Quién será el acompañante de Paniagua?, se pregunta ahora. La última vez que hablaron por teléfono había insistido en ir con un amigo. Un anuncio de estas características sólo puede significar una cosa en los tiempos que corren: «otro hombre perdido para el censo masculino», piensa la señora Ruano, antes de decidir qué pendientes ponerse. Frente al espejo se prueba unos de granates, otro par de antiguallas, es cierto, pero perfectos para completar el aire de eterno retorno que ha elegido. Una pulsera ahora, y al escoger unas esclavas de oro, Beatriz Ruano se tranquiliza pensando que, sea quien sea el acompañante, no resultará peligroso para sus intereses. Da exactamente igual, sonríe, porque aunque a Paniagua, como tantos hombres sensibles últimamente, le haya dado por enamorarse de un muchacho (si insiste tanto en traerlo a casa será por eso, ¿no?, ¿qué otra razón puede haber para presentarse aquí con alguien que yo no conozco ni me importa?)... aunque esté perdido para la causa masculina, y ahora le gusten los de su sexo, especula, seguro que sigue estando cautivo de los recuerdos. Porque los hombres, según la señora, sea cual sea su actual inclinación, puede que acaben traicionando a sus amores presentes, y son muy capaces de romperle el corazón a cualquiera que sea de carne y hueso, pero no se sabe de ninguno que le sea infiel a un buen recuerdo.

Ante el espejo gira para ver el efecto de la costura en sus medias negras. Otra ventaja que tiene el eterno retorno es que nunca es exacto: todo se repite en la Historia y en la pequeña historia de cada uno pero lo hace introduciendo una minúscula variante, afortunadamente, se dice ahora, al ver cómo le ajustan las medias. En cada regreso de las cosas del pasado hay una variación, a veces para bien, otras no tanto, pero en lo que se refiere a medias, por suerte el cambio es positivo. Hace treinta años eran de muy mala calidad, solían enroscarse en las piernas, incluso en las más perfectas, llenándolas de arrugas, de bolsas; ahora, por el contrario, hasta unas piernas de sesenta y tres años (bueno, no *todas* las piernas, corrige la señora, *algunas* piernas de sesenta y tres años) vuelven a parecerse a las que fueron. En un gesto clásico que sólo pervive en las películas, Beatriz se gira y recorre con el índice todo el largo de la costura desde la pantorrilla hasta que la línea se pierde bajo el vestido. Era así como se comprobaba antiguamente que estaban rectas, así como se ensayaba su eficacia letal.

Sonríe. Beatriz Ruano se considera una mujer de enorme paciencia. Tal vez ésa sea otra de las razones por las que odia los relojes siempre apresurándose hacia la nada. No sabía por qué, pero, desde que habló por última vez con Paniagua por teléfono (y fue ayer mismo cuando él la llamó para preguntarle si podía venir «acompañado»), tenía la intuición de que algo había cambiado en su actitud hacia ella; de ahí la importancia de las medias y otras artes de seducción. La sensación de desasosiego no era nada que ella pudiera explicar: «Sí, señora, desde luego, señora, ya verá qué idea tan buena se me ha ocurrido para complacerla», eso le había dicho, y las palabras sin duda eran irreprochables, también lo era el tono y sin embargo había algo en el timbre, una lejana campanita que le hacía pensar que iba a necesitar todo su poder de convicción para reconducir a Paniagua a su terreno en caso de que hubiera perdido el rumbo, empujado, muy posiblemente, por la distracción que producen las amistades peligrosas. En realidad, la necesidad de corregir el rumbo de modo que se cumplieran sus deseos era la razón principal por la que Beatriz había aceptado que Paniagua viniera con compañero, quienquiera que fuese y cualesquiera que fuera la relación que los unía. Porque Beatriz, como la vieja planta carnívora que es, necesita tener a sus posibles rivales muy cerca para poderlos calibrar, medirse con ellos. Y a veces morder un poco.

Con su adversario delante, Beatriz jamás ha perdido una contienda, la seguridad que siente no se debe a un exceso de confianza sino más bien a un viejo instinto vegetal que ahora la hace estar muy segura de que si Paniagua la ve y la tiene cerca, el resto del mundo dejará de existir. Siempre ha sido así.

Beatriz Ruano ha cerrado la puerta de su habitación y se dispone a atravesar el rellano. En otro gesto que también responde más a la costumbre que a la coquetería, antes de comenzar a bajar la escalera, se mira en el cristal del reloj de Salvador igual que ha hecho en otras mil noches antes de salir de conquista. Pero esta vez, aunque la luz es la misma de siempre, no logra verse reflejada en su esfera con la nitidez acostumbrada. Ensaya una sonrisa y ésta queda oscurecida por unas sombras que, seguro, seguro que antes no estaban ahí. Se detiene, juraría que las agujas han cambiado de lugar, como si ya no marcaran las tres menos cuarto, que es una hora acogedora, una postura de brazos abiertos. Sin embargo, si las manecillas se han movido, lo han hecho de forma casi imperceptible, quizá ahora señalen las tres menos diez, no más de eso, apenas unos centímetros pero uno no puede verse la cara en un reloj que está en esa postura, lo impide la sombra de las agujas, por eso se ha dado cuenta. Entonces, Beatriz Ruano recuerda la ventana abierta y la posibilidad de la presencia de un animal dentro de la casa, pero qué tontería, se dice, dónde se ha visto que un gato —suponiendo que alguno haya entrado, lo cual ya es mucho suponer— ponga en marcha un reloj. Y para asegurarse de que todo es un espejismo y de que el reloj de Salvador sigue tan muerto como su dueño, Beatriz Ruano, tal como haría un médico para auscultar a un enfermo, acerca su cabeza al cuerpo de madera intentando oír su latido. No hay ninguno.

Ya me parecía, piensa, nada ha cambiado en esta casa.

14. LA GALERÍA DE LOS CRISTALES

Todos habían olvidado ya la razón por la que se construyó aquella galería acristalada que iba desde la puerta principal hasta la biblioteca y que, de modo tan indiscreto, permitía ver acercarse a los visitantes mientras que éstos a su vez podían espiar a los ocupantes de la casa. A pesar de lo mucho que nombraba a su difunto marido, Beatriz no guarda memoria de sus palabras porque, como tantas viudas, a lo largo de estos años las había distorsionado creando multitud de frases y sentencias que a ella le convenía atribuirle: «Salvador siempre decía tal cosa», «Mi marido nunca hubiera permitido tal otra» y así hasta convertir el recuerdo del esposo en un muñeco de ventrílocuo que hablaba sólo por su boca. Y sin embargo, ciertas palabras del verdadero Salvador Ruano no llegaron a morir del todo, puesto que vivían en uno de los rasgos más característicos de la casa. «Esta galería acristalada se parece mucho a un puesto de caza en un desfiladero», había dicho él en tiempos, en referencia al pasillo, y continuaba siendo cierto. «Los visitantes —o piezas, digamos—, al traspasar el umbral, se ven obligados a meterse en un túnel en el que es muy fácil observarlos, ver cómo ventean o amagan. Mientras tanto, el ojeador en su puesto de mira allá en la biblioteca también puede ser observado por ellos con la misma minuciosidad cinegética. Porque, a diferencia de lo que ocurre en el campo, en esta casa todo el mundo es cazador y todo el mundo pieza, observador y observado al mismo tiempo.»

Muchos años más tarde, la cristalera aún hacía honor a las palabras del señor Ruano, pues continuaba cumpliendo la función cinegética para la que había sido concebida por su dueño. Y es que, mientras que el resto de la vida de Beatriz era un continuo cambio de ciudades, de amantes, de afectos, por alguna razón que jamás había tenido interés en analizar, su casa permanecía fiel a sí misma, con sus manchas, esas que surgían a los pocos días de su regreso o con aquel recorrido por la impúdica galería al que estaban obligados a someterse los que entraban en ella, y también sus moradores, tal como está haciendo Beatriz en este preciso momento camino de la biblioteca. Bendita hipermetropía que me permite ver de lejos con tanta claridad, se dice en cuanto dobla el primer recodo, porque ya a esa distancia distingue la silueta de Paniagua y la de otro hombre que debe de ser su amigo. Beatriz repara en que ambos están de espaldas: el muchacho mirando por la ventana y Paniagua cerca de la librería, como si hubiera decidido entretener la espera curioseando libros. Qué típico de Paniagua, piensa la señora, y luego, al fijarse en la otra silueta, se dice que debe de tratarse de un hombre muy guapo. Ella es experta en calibrar cuerpos por la armonía de los hombros y la inclinación de la cabeza. Sin perder ya más tiempo, como hacen los hombres que apresuran el paso para alcanzar a ver cómo es el rostro de esa mujer bien proporcionada que camina cuatro pasos por delante en la calle, también Beatriz apresura el suyo de modo que apenas tiene tiempo, antes de entrar en la biblioteca, de hacer dos cosas indispensables: bajar la intensidad de la luz (según sus propias palabras, sin duda plagiadas de alguna lejana lectura, ella sólo recibe visitas cuando la luz es escasa y las pantallas rosa) y la segunda, comprobar con una sonrisa que Ferdy no está por ninguna parte. Mejor así, se dice, por fin una de tus espantadas me viene de perlas, tesoro.

—Hola, Paniagua, no me diga que no me ha oído llegar —ríe desde la puerta, extendiendo hacia sus invitados ambas manos en señal de bienvenida. Entonces ellos comienzan a volverse para corresponder a su saludo.

15.   PROBLEMAS CON EL CALLEJERO

—Coño, pues sí que lo siento, se ve que te entendí mal, tía, te juro que pensé que habías dicho Lope de Vega y no Ventura de la Vega, por mi madre. Aunque no me digas que no es la hostia que le pongan a las calles nombres tan parecidos... en fin, que todos los marrones fueran como éste, móntate que te llevo al otro lado, gentileza de la casa, para eso estamos, ni medio *poblema*, joder. ¿Anda pero qué haces ahí mirando los adoquines, tía? ¿Has perdido algo? ¿Tas quedao meño, o qué?

Inés se sorprende, levanta la vista, ¿qué dice?, pero enseguida vuelve a bajarla, imposible no hacerlo una vez cometido el error, qué tonta, qué tonta, de sobra sabe que durante la noche las sombras de aquella calle continúan alineándose idénticas a cuando era niña como si la esperaran para jugar. Y si uno no es precavido y mantiene la cabeza alta (como los adultos Inés, siempre la cabeza alta) vuelve a aparecer una inquietante rayuela trazada —no con tiza sino con claroscuros—, la misma que ella acostumbraba a estudiar desde su ventana en el primer piso. Y aun ahora, pasados más de treinta años, es capaz de reconocer cada uno de sus trazos aprendidos de memoria en incalculables horas, largas como sólo lo son en la infancia, asomada a la ventana esperando la llegada de Beatriz, cuando su madre era aún mamá y se despedía de sus admiradores en la puerta aventándoles un beso: adiós, tesoro, llámame mañana, no mejor te llamo yo cualquiera de estos días.

E Inés trata de apartar la vista, porque qué va a pensar la taxista esta tan simpática (por cierto, estoy casi segura de que le solté la habitual retahíla, mire que voy a Lope de Vega y no a Ventura de la Vega, etcétera), tan amable esta taxista que seguro que no entiende qué hace ahí, mirando el suelo y buscando sombras en el empedrado, va a pensar que está chiflada, mejor montarse en el taxi a toda prisa, no sea que encuentre entre la maraña de sombras una que la paralice, maldita sea, que le impida alejarse de allí. Vuelve a subirte al taxi, Inés, no sea que te encuentres con la peor de todas, la tuya columpiándose allá arriba en la ventana, adelante y atrás, desnuda de cintura para abajo y tan borracha: «Júrame, mamá, que no volverás a verlo más, júralo por tus muertos.» Vaya momento para pensar en estas cosas, como si no hubiera regresado nunca a casa de su madre; ha estado mil veces, incluso por la noche, como hoy, pero es la primera vez que llega sin proponérselo, por una equivocación, otra casualidad. (Oye, tía, ¿qué hacemos?, mira, ya he quitado el taxímetro, pero, venga, monta, apura, que nos vamos.) Y ella ahí sin moverse, como una niña azorada.

Un gato. Es otra sombra la que la hace mirar hacia arriba. Le ha parecido ver un minino grande como un perro que salta de la puertaventana de la habitación de su madre en el primer piso. Entonces piensa que esta intrusión no hubiera ocurrido jamás en su infancia, cuando la casa estaba habitada, llena de luz y de risas, de gente frívola, de hombres que ella odiaba pues aún era demasiado niña como para saber que era mil veces mejor aquel estruendo de voces y risas que lo que vendría más tarde: los susurros apagados de su madre y Alberto. «Jura que lo echarás de tu vida como él me echó de la suya, que lo odiarás como yo lo odio...», atrás y adelante se columpia la sombra de la niña desnuda en la ventana amenazando con tirarse, con romperse la crisma y hasta el alma, si es preciso, para que mamá no tuviera más remedio que hacerle caso y pasar la noche junto a su cama curándole las heridas en vez de estar ahí con Alberto aunque, no, ahora que lo pienso, prefiero mil veces que falte de casa a la posibilidad de oír esos jadeos indecentes que se filtran por las paredes, pero qué digo, todo son fantasías, fantasmas, yo nunca oí sus jadeos, sólo sus risas en la heladería Bruin; no hay nada tan terrible como la frambuesa, no recuerdo nada peor.

—Coño, un tío guapo de la hostia —oye que dice entonces la chica del taxi. Inés se vuelve y la ve sentada sobre la aleta de su coche señalando hacia una de las ventanas de la casa de Beatriz. Acaba de sacar de alguna parte un botellín de agua y bebe como si se hubiera instalado ahí para una larga pausa.

—Perdona, ¿qué decías?

—Digo que hay un maromo de puta madre en esa casa que miras tanto, tía. Fíjate, allí en la ventana de la izquierda.

El primer impulso de Inés es no mirar pero sonríe, basta de chaladuras, enfrentarse a las sombras es la mejor manera de disolverlas. Además estamos aquí en el presente, ¿no? ¿Quién va a haber allá arriba? En el peor de los casos será uno de los tonycurtis de su madre. ¿Cómo se llamaba el último? Ferdy. Claro, es Ferdy y está casi dispuesta a elevar la vista cuando oye que la chica del botellín dice con arrobo:

—Joder, rubio como un dios, tía, a mí me gustan más agitanaos pero el tipo ese es que es la hostia, no veas.

—Vámonos —dice entonces Inés—. Por favor, llévame a casa. —Porque de pronto siente cómo, garganta abajo, comienza a deslizarse un hilillo helado, un sabor a frambuesa.

—Vale, nos vamos pero deberías mirar.

16.   DOS JURAMENTOS Y MEDIO

Inés jura que había decidido no mirar hacia la ventana, «ni ganas que tengo de que me vea ahora el Tonycurtis de turno de mi madre y empiece a hacerme señas para que suba», pero al insistir tanto la taxista en que el hombre de la ventana era rubio, se dio cuenta de que no podía ser Ferdy, porque los novios de su madre eran siempre morenos. Y manifiesta Inés que no entiende en absoluto la actitud de aquella chica taxista tan empeñada en dictarle lo que tenía que hacer, pero que, bueno, que bien pensado, tampoco es tan rara la insistencia porque sabido es que la gente de las grandes ciudades tiene unas reacciones contradictorias: o pasan de largo y dejan que te mueras desangrándote en una esquina con un cuchillo en la espalda o bien se emperran en decirte lo que tienes que hacer con tu vida: te digo que mires a la ventana, tía, aunque sólo sea para alegrarte el ojo, joder. E Inés manifiesta que tanta paparrucha comenzó a resultarle bastante pesada, porque llevaba ya lo menos diez minutos delante de la casa de su madre donde había llegado por error, pero el caso es que allí estaba ella en la acera y la situación era absurda porque lo cierto es que la llegada le había removido no pocos recuerdos aunque de este tema prefiere no hablar, por favor, no insistan, y su deseo era irse pero en cambio ahí seguían la taxista y ella, las dos mirando la casa de manera muy diferente.

—Bueno, qué, tía, ¿nos vamos? Venga, te llevo.

E Inés jura que fue justo en el momento en que la chica dejó de presionarla para que mirara hacia la ventana y encogiéndose de hombros le dijo haz lo que te dé la gana, cuando sintió curiosidad, una curiosidad temeraria, sostiene; pero así suele ocurrir, y se imaginó quién sabe qué, que su madre había cambiado de modelo masculino y quiso comprobarlo mirando hacia allá, o tal vez la razón no fuera ésa sino otra que prefiere reservarse, pero lo cierto es que miró hacia la ventana iluminada y lo que vio, jura, fue a Alberto que a su vez la miraba.

Por su parte, Gregorio Paniagua no jura pero manifiesta que le gustaría hacer unas consideraciones previas antes de relatar lo que, según él, sucedió aquella noche. Y para eso insiste en que es indispensable explicar que lo *único* que pretendía cuando planeó el Segundo Engaño (y esto casi está dispuesto a jurarlo, casi) era poner en marcha una inocente jugarreta por la que, aprovechando que Inés estaba de viaje, Beatriz Ruano conociera a Martín Obes en la seguridad de que ambos llegarían a entenderse dándole así una agradable sorpresa a la hija a su regreso. Una idea inocente como puede verse y bienintencionada como pocas, sostiene Paniagua. Y declara además que es completamente falso que él le pidiera a Martín que esa noche se recogiera el pelo en una coleta, por ninguna razón en particular, no, no, simplemente se lo sugirió porque le parecía que a la señora también le podía resultar más guapo así. Por otro lado afirma que ni por un momento se le llegó a ocurrir que la baja intensidad de la luz reinante y el hecho de que el encuentro de los tres tuviera lugar en la biblioteca de la casa, pudiera tener sobre Beatriz Ruano un efecto tan sorprendente como el que va a relatar a continuación. Y declara que es muy importante señalar que no fue él quien bajó la luz sino la misma señora. (Eso sí lo jura, absolutamente, sin ningún reparo.) Por tanto fue ella y nadie más quien provocó esa equívoca penumbra de luz tenue y pantallas rosa. Y afirma además que tampoco fue él quien eligió como escenario del encuentro aquella estancia de la casa que, treinta años más tarde de su primera visita, y a pesar de los cambios que suelen tener lugar en todas las casas, se parecía tanto a la habitación de Salvador. A ese respecto, Paniagua manifiesta que a él mismo le dio un escalofrío al ver los libros del muerto tal como él los recordaba de otras noches ya muy lejanas, clasificados por temas: aquí la cetrería, allí la caza menor, todo con gran orden. Y asevera también que le llamó la atención que una dama tan inquieta y viajera, con tantos amantes y rendidos admiradores (yo el primero —suele confesar Paniagua en este punto—, yo, su eterno esclavo), cómo una mujer de estas características, dice, mantenía en su casa y casi como una provocación tal cantidad de elementos cargados de recuerdos. Pero, conociendo a la señora, tampoco le sorprende la contradicción, porque ella había expresado en muchas ocasiones algo así como que «el recuerdo de un cuerpo se mata abrazando a otros» y que «la repetición es la única forma de olvido», lo que explicaría —insiste— esa doble actitud de buscar refugio en largas escapadas y viajes y al mismo tiempo matar cada día el recuerdo de lo ocurrido teniendo bien a la vista los fantasmas de la muerte de Alberto. Y es que no hay forma más eficaz de acabar con un espectro que exponerlo a la cotidianidad, al trasiego implacable de la rutina, como hace la señora Ruano en esta biblioteca que es la réplica del cuarto de Salvador aunque ya nadie, ni la propia señora, sea consciente del parecido, porque el recuerdo de lo monstruoso ha sido enterrado en la más segura de las fosas, la de lo ordinario, la de lo común. De ahí que Paniagua afirme y asevere y declare e incluso estaría dispuesto a jurar, si no hay más remedio, que él no tiene culpa alguna de lo sucedido a continuación, porque si la señora se había pertrechado tan inteligentemente contra los recuerdos a lo largo de treinta años, ¿cómo podía él adivinar que, al ver a Martín Obes de pie contra la ventana, iba a demudarse (ésa es la palabra que suele emplear Paniagua al hacer este relato aunque a veces utiliza también conturbar o conmocionar y en más de una ocasión ha llegado a usar incluso escarapelar que significa lo mismo pero en grado sumo), a escarapelarse de tal modo que trastabilló y comenzó a retroceder con los brazos extendidos en retaguardia como si quisiera proteger de aquella visión a alguien que estuviera a su espalda. «Buenas noches, Beatriz», dice que dijo Martín en ese momento, casi tan aturdido como ella, y Paniagua ignora si la culpa de la reacción de la señora la tuvieron aquellas palabras, ¿pero cuáles?, ¿el término «noches»?, ¿el sonido de su nombre dicho con tanto tiento? Paniagua declara su perplejidad porque el acento rioplatense en ningún modo pudo evocar la voz de aquel muchachito rubio de apenas dieciséis años, pero aun así, afirma que se produjo un momento de dolorosa confusión e inmediatamente la señora murmuró: «Alberto, amor mío», como si de pronto, de la más común de las fosas del olvido, la de la cotidianidad y la rutina antes mencionadas, hubieran escapado todos los recuerdos tan bien enterrados hasta reproducir lo dicho en una noche muy similar a la de hoy en la que una niña subió al cuarto de su difunto padre cuando debería haber estado durmiendo.

Lo que sí está dispuesto a jurar el doctor Paniagua sin ambages es que lo dicho y hecho por Beatriz Ruano acto seguido no va a desvelarlo nunca. Y no porque se sienta culpable de haber escenificado este encuentro de la señora con su pasado más doloroso (¿culpable yo?, ¿culpable de qué?,

¿de *non serviam*?, vamos, vamos, ¿qué es eso?, ¿un latinajo? No sé de qué me hablan) sino porque piensa que a ella no le gustaría que él desvelase que tiene un lado tierno y humano. No, no debe saberse nunca porque las diosas —sostiene Paniagua— no son humanas, sino divinas y por tanto no se desmoronan ni caen de rodillas. Las diosas no lloran ni llaman a muchachitos muertos treinta años atrás «mi gran amor», «mi dolor», «mi única herida». Tampoco protagonizan cosas peores que sucedieron y que Paniagua jura que nadie sabrá jamás, como, por ejemplo, el modo en que una cara celestial puede desbaratarse en un instante para dar paso a otra tan agostada por el sufrimiento que parecería que hubiera perdido el control de sus rasgos. Algo así como si todos los músculos hubieran desertado de pronto abandonando en su huida el soporte de los ojos que se extraviaron locos hasta querer saltar de sus órbitas, y los pómulos que simularon hundirse sin previo aviso en la carne mientras que de la nariz escapaba un humor acuoso de color inenarrable. Y qué decir de la boca, la más obscena de todas las aberturas, que permitió de pronto que cayera de ella una baba terrenal e inmunda mientras que lo único que se oye es el sonido de un reloj loco y lejano que toca allí arriba en otro piso las tres y luego las tres y cuarto, la misma hora de entonces como si el tiempo se precipitara en retroceso.

No. Paniagua asegura y asevera y manifiesta y jura por su vida que nadie sabrá nada de estas cosas. Y de momento nadie las sabe, porque Paniagua es testigo de cómo Martín, nada más comenzar a ver lo que le ocurría a la señora y oír los discursos incoherentes con sus alusiones a Inés, y sobre todo cuando al cabo de unos minutos dijo: «Dámela, tesoro, no te preocupes, mamá se ocupará de todo», tuvo una actitud que, sostiene Paniagua, le honra.

Igual que el involuntario testigo que, tras abrir una puerta y sorprender a alguien en una situación embarazosa, se retira sin decir palabra, Martín se deslizó hacia la salida. No conoce la casa pero lo más probable es que intente abandonarla, al menos eso piensa Paniagua, al que realmente le importa un pito lo que haga Martín Obes en este momento, tan ocupado como está en levantar del suelo a una diosa y en limpiarle los mocos, en cubrir sus viejas piernas que han quedado al descubierto enseñando esas costuras torcidas de las medias que ya nunca marcarán ángulo recto, ángulo agudo, ningún rumbo de perdición. Vamos, Beatriz, mi gran amor, mi dolor, mi única herida, dice, no por emularla sino porque, si ése es el lenguaje amoroso que a ella le gusta, él está dispuesto a aprenderlo, como dispuesto está a beberle las lágrimas una a una si ella se lo pide y morir si hace falta para que esa cara maravillosa vuelva a ser la que era, porque Paniagua de pronto manifiesta que, llegados los acontecimientos a este inesperado punto, está dispuesto a rectificar su testimonio y reconocer que lo declarado hasta ahora es una verdad a medias, por decirlo suavemente, y que su verdadera intención cuando planeó aquel encuentro entre Beatriz y el muchacho iba un poco más allá de la laudable intención de reunirlos. Reconoce ahora Paniagua que su intención era mucho menos virtuosa pero en descargo le gustaría explicar que si se esmeró en reproducir una escena ocurrida tantos años atrás, no fue para que se produjera el doloroso espectáculo que acaba de relatar, no, de ninguna manera; lo hizo sólo con la intención de proporcionar una dosis de su propia medicina a alguien tan acostumbrado a manejar la vida del prójimo. Añade, además, que él pensaba que un ser que se dedica a mover los hilos de la existencia de otros con tanto éxito es por definición un dios, una diosa en este caso, y que las diosas son invencibles, no sufren ni lloran, claro que no, las diosas no pierden la compostura porque su corazón no es de carne mortal sino que está hecho de alguna materia desconocida y muy dura que nadie puede traspasar. Y Paniagua en este punto manifiesta y sostiene y también lo jura (lo jura, por su muerte, por sus muchas equivocaciones de las cuales la más grande es la jugarreta de esta noche) que jamás hubiera hecho algo que pudiera dañarla porque sabe demasiado bien lo que ocurre cuando una diosa cae de un pedestal o, mejor dicho, no lo sabía pero acaba de aprenderlo, de modo que pide por favor que ahora lo disculpen, que no puede seguir hablando, no, de ninguna manera, porque tiene que arreglarle el pelo enmarañado a la diosa, y limpiarle bien la cara para luego maquillársela un poco y ponerla guapa, no te preocupes, mi amor, mi única herida, esto no es nada, ya verás como mañana vuelves a ser la de siempre, vida mía, ven, dame eso, tesoro. Paniagua se ocupará de todo.

Martín Obes por su parte jura que lo sucedido fue tan rápido y extraño que lo único que puede decir es que en un segundo tuvo la sensación de que se le entremezclaban realidad y sueños, viejas pesadillas ajenas con sentimientos propios, y que todo ese revoltijo es imposible de describir. Por eso pide disculpas si su relato de los hechos es un poco deshilvanado.

Dice Martín que al mirar por la ventana segundos antes de que la señora entrase en la biblioteca, pudo ver a Inés abajo en la calle, lo que le sorprendió, pues no la esperaba hasta el día siguiente. Ya se disponía a comunicárselo a Paniagua cuando oyó la voz de la señora a su espalda y, durante el brevísimo instante que tardó en volverse, dice que pudo observar la escena que se desarrollaba tras de sí reflejada en el cristal de la ventana, beneficiándose de la distancia y de la frialdad que confiere el ver las cosas en un espejo. Asegura que no fueron más de un par de segundos pero los suficientes para comprobar la belleza de aquella mujer en la que no reconoció ni un rasgo de Inés y observar cómo se encendía la sonrisa de Paniagua al verla. A partir del momento en que se volvió para saludarla, Martín afirma que toda la escena pausada y elegante que había visto reflejada en el cristal segundos antes, se derrumbó. El cambio de actitud de su anfitriona fue tan súbito que, dice Martín, le recordó a esas situaciones de alarma repentina, cuando se declara un incendio en un sitio público y en centésimas de segundo puede verse caer las máscaras, la compostura se resquebraja mientras las sonrisas se convierten en muecas y la educación se esfuma dando paso a actitudes humanas en su forma más impúdica. Y afirma Martín que no puede describir la cara de la señora más que con el símil del incendio porque es a lo que más se parecía, perdida toda dignidad, pues hubo un momento incluso en que la señora cayó de rodillas intentando agarrarse a sus piernas aunque esto no puede afirmarlo con seguridad porque Paniagua se interpuso entre los dos, ocultándola con su cuerpo. Las palabras que dijo, en cambio, nada ni nadie pudo ocultarlas, ni las que le dirigió a él llamándole su único amor ni mucho menos esas que acompañaron al más sorprendente de todos los comportamientos de la señora: cuando comenzó a andar hacia atrás con los brazos extendidos en retaguardia como si intentara proteger a alguien más pequeño de una visión terrible mientras repetía textualmente cierta frase que él recordaba de sus sueños. Dice Martín que en ese momento, con la velocidad con la que se atropellan las ideas en las situaciones extremas, recordó todo lo que le había dicho Paniagua respecto de los sueños y los misteriosos túneles que conectan unas almas con otras y cómo los más recónditos pensamientos, incluso aquellos que sus dueños desconocen o han borrado por demasiado crueles, pueden llegar a adentrarse en los sueños de alguien próximo y buscar allí refugio como si supieran que esa persona que los ama es la mejor depositaria de su horror, su mejor custodio. Y sostiene Martín que por suerte todo el hilo de sus pensamientos fue muy rápido porque no había un segundo que perder: él había visto minutos antes a Inés por la ventana, presumiblemente debía de estar a punto de entrar, ¿qué diablos la había traído allí cuando debía estar en Londres? Eso ahora daba igual, sería el destino, una equivocación, cualquiera sabe, cosa de Mandinga. Lo más urgente para él en ese momento era protegerla como había hecho Paniagua con el cuerpo de la señora: en este caso, evitar que viera algo que sus sueños tanto se empeñaban en ocultarle, y por algo sería. Pero ¿por dónde empezar a buscarla? Martín estaba seguro de no haber oído el timbre.

Las casas en las que nunca se ha sido feliz invitan a la transgresión y no a tocar el timbre. Una vez que hubo despedido al taxi, Inés permaneció aún varios minutos inmóvil en la acera observando la ventana en la que había visto un fantasma y sin decidirse a entrar. Si al fin lo hizo no fue para conjurar sus miedos, como hacen los que eligen enfrentarse al pasado y abrir de una vez los ojos. Tampoco lo hizo como los ilusos, con la esperanza de comprobar que se había equivocado y que los fantasmas no existen. Si Inés entró en la casa de su madre fue por vértigo. Del mismo modo que alguien que teme a las alturas un día sin saber cómo encuentra su desaprensivo cuerpo medio palmo fuera del pretil e inclinado hacia el vacío. De la misma forma que el marinero que no sabe nadar halla inexplicable placer en ensayar piruetas en las jarcias, así entró Inés a la casa, no por la puerta principal, sino por la de la cocina, de la que tenía llave, y un impulso la hizo subir las escaleras, hacia el cuarto de Salvador. Y segundos más tarde se encontraba en el pasillo que comunicaba con los dormitorios traseros. Tardó mucho en recorrer la casa: los que sufren de vértigo suelen recrearse en cada uno de sus pasos de equilibrista, en cada triunfo de su temeridad sobre el abismo. Además, forzando la suerte de la jugadora de ruleta rusa en la que acababa de convertirse, cada tanto Inés apretaba el gatillo, es decir, abría una puerta y luego otra, esperando sentir en cualquier momento el estallido en su cabeza o, lo que es lo mismo, encontrarse con la confirmación de lo que toda su vida había elegido ignorar. ¡Mira!, ¡aprende!, ¡escucha!, le gritaban los ruidos de la casa, igual que habían hecho cuando era niña respecto de las andanzas de su madre, mientras ella se empeñaba en ignorarlas. Esta vez, en cambio, decidió obedecer. Otra puerta: nadie. Una más: también vacía. En la siguiente encontró a un individuo dormido con un vaso de whisky aún en la mano y en la cara la expresión de un payaso al que no han permitido entrar en pista. Era Ferdy. ¿Sería su figura la que vio en la ventana?, ¿había una mínima, lejana, estúpida, posibilidad de que así fuera? Ojalá, pero ni siquiera una maestra en el autoengaño como ella podía confundir a Ferdy con un espectro tan rubio. Porque eso, un fantasma, se decía, era lo que había visto en la ventana de la biblioteca de su madre, ¿verdad?, la sombra de Alberto; nada menos pero tampoco nada *más* que un espantajo de un pasado lejano, ¿verdad?, ¿verdad?

Otra puerta. Otra vez el clic de la pistola del jugador de ruleta, pero ahora con menos incertidumbre. Porque hasta el más temerario de los ruletistas sabe que cada nuevo chasquido en falso anuncia la proximidad del momento fatídico en que se volará los sesos o, como en este caso, el momento en que, tras una de las hojas de madera, encuentre aquello que busca y teme, y entonces se acabó, ya está, todo se hará evidente ante sus ojos y verá lo que hasta sus sueños le han ocultado: dos siluetas negras en el cuarto de Salvador y una que dice: ¿Qué haces aquí, tesoro? ¿Por qué has abierto la puerta? Eso está muy feo, las niñas buenas llaman antes de entrar, ¿acaso no lo sabes, Inesita, Inés? Y ella, que hasta este momento no sabía nada de nada pues su único recuerdo doloroso era el de su madre tomando helados con aquel niño tan guapo, ahora recuerda algo vago, apenas ciertas sombras de una escena olvidada porque la audacia de los suicidas hace que las puertas —como los sueños— se conviertan en túneles que llevan a lo más oculto de la memoria, sobre todo cuando han pasado muchos años y los recuerdos se han vuelto demasiado pesados, en especial los falsos recuerdos, esos que uno fabrica para poder seguir viviendo.

Así iba Inés por la casa, desafiando puertas (el espectro de Alberto, por favor, que sea eso y no algo aún peor: los fantasmas son amables y están muertos y los muertos no cambian, no traicionan, son los vivos los que nos hieren). Primero todas las puertas del piso principal, luego las del fondo del pasillo. Ya sólo le quedaba bajar la escalera y llegar hasta la zona donde comenzaba la galería de cristales. Y a Inés, loca kamikaze, temeraria insensata, no le importa apresurarse a pesar de que sabe que, una vez en la zona acristalada, ya no valdrán puertas. «Esta galería es como un puesto de caza en un desfiladero», decían que decía Salvador. «El visitante —o pieza— al entrar se ve obligado a meterse en un túnel en el que es muy fácil ser visto, pero desde el que los que están allá en la biblioteca también pueden ser observados por el recién llegado con la misma minuciosidad cinegética.»

Un paso más y todo quedará expuesto. Ya no podrá hacerse falsas ilusiones ni negar la evidencia como otras veces porque los suicidas saben —Inés sabe— (Dios mío, ¿cómo diablos se me ocurrió venir a esta casa precisamente hoy?, ¿qué me trajo hasta aquí?) y el suicida que lleva dentro sabe que (no hagas caso, Inés, el suicida es un mentiroso, no le hagas caso), sabe que va a encontrar a Beatriz, su madre, no con un fantasma precisamente —a qué engañarse con viejos espectros— sino con el hombre que ella ama. Como la otra vez, mamá y él riéndose... (Qué no, tonta, que no es posible, Beatriz tiene sesenta y tres años y Martín poco más de treinta, no digas disparates, además, ni siquiera se conocen; estás desbarrando, Inés. Lo que has visto en la ventana no es más que un espectro, la sombra de Alberto, la inofensiva sombra de un niño muerto: los muertos no cambian, no traicionan, los muertos son de fiar)... mamá y él riéndose... Martín y su madre juntos, igual que aquella noche que al fin recuerda nítida en todos sus detalles porque se han abierto todas las puertas.

Igual que alguien que conoce de memoria una melodía se sorprende al descubrir en ella una o dos notas disonantes, Inés tardó varios minutos en comprender la escena que tenía ante sus ojos. Porque lo primero que vio al traspasar la puerta de la biblioteca no fue un espectro del pasado, tampoco a Martín Obes como ella temía, sino la misma fantasmal escena de su infancia representada por otro intérprete masculino completamente distinto, un hombre de cierta edad y aspecto de caballo. Aquel hombre acariciaba con tal mimo la cabeza de una anciana sobre el diván (es tu madre, Inés, mírala; no, no puede ser Beatriz, imposible, mamá nunca llora) y secaba sus lágrimas con devoción tan cautiva, que Inés tuvo la sensación de haber interrumpido un momento privado (¿ves?, aquí no está tu bella madre, ni por supuesto Martín pero entonces ¿quién es ese hombre?, ¿lo he visto antes?). Y tan inesperado es su hallazgo, tan íntima la escena de la que es intrusa, que Inés se oye de pronto diciendo:

—Perdone, señor, creo que me he equivocado de puerta.

—Desde luego —dijo entonces el amante sorprendido— y, por favor, cierre bien al salir, la señora podría resfriarse.

Todo le pareció irreal, otro sueño, pero al girar sobre sus talones para abandonar la estancia, algunos elementos le llamaron la atención. No fue de forma inmediata sino progresiva porque, igual que alguien que conoce de memoria una melodía tarda en descubrir cuál es la nota intrusa, Inés caminó varios pasos hacia la puerta antes de oír —sentir— la primera disonancia. Se dio cuenta entonces de que aquella escena que acababa de presenciar, y toda la biblioteca por extensión, estaba envuelta en el inconfundible perfume de su madre. Otros dos pasos hacia la salida, y ya no había duda: L'Air du Temps había acompañado la presencia de Beatriz desde que ella tenía uso de razón y flotaba en el aire, primero como consuelo cuando mamá se marchaba por las noches, más tarde como un heraldo anunciando su regreso en tantas madrugadas de insomnio infantil. Años más tarde, también era L'Air du Temps el perfume que se colaba como un humor maligno por las rendijas de las puertas tras las que podía oírse una risa adolescente. Maldito perfume a veces, es cierto, pero otras, en cambio, clemente como cuando llegaba hasta su dormitorio entreverado con música de Brassens, porque entonces Inés sabía que mamá se encontraba abajo, que había vuelto a frecuentar la compañía de aquellos aburridos caballeros que le hacían la corte, viejos como el que ahora le acaricia el pelo en el sofá, ancianos a sus ojos de niña, hombres inofensivos. Dos pasos más hacia la puerta de la biblioteca para marcharse (una vieja, ¿la has visto bien, Inés?, mamá es una anciana) e Inés se da cuenta de que, a pesar de la nota discordante del perfume —o tal vez precisamente gracias a él—, en el escenario que está a punto de abandonar, todo es perfectamente aceptable y decoroso, igual que si el mundo hubiera girado a la inversa, poniente a levante, de izquierda a derecha, para devolverla a los tiempos de caballeros aburridos y construir a partir de ahí un nuevo presente. Un presente sin temores y sin la sombra de niños muertos. (¿Y tú crees que se puede cambiar el pasado, Inesita, Inés, campeona en autoengaños, la más hábil en olvidar escenas dolorosas, la reina de la frambuesa?) Inés alcanza el picaporte. Sólo falta en esta escena idílica la música de Brassens, pero no será ella la que vuelva sobre sus pasos para corregir aquel detalle, esa mínima nota discordante en una sinfonía que ya le parece perfecta. Lo único importante ahora es salir de esa casa, olvidar lo que no conviene (sólo fue un sueño, el crimen del cuarto de Salvador nunca tuvo lugar, lo que nadie menciona no existe) y recordar lo que sí conviene (una anciana inofensiva, una pobre vieja con un galán a su medida, eso es tu madre, nada más). Inés recorre la galería de cristales, conoce de memoria también todas estas sombras, pero ya no se detiene a buscarlas. Unos pasos más y cerrará tras de sí la última puerta, la principal. Entonces todo quedará atrás como una historia infantil falsificada por los sueños, como algo lejano y muy ajeno a su vida verdadera, como un álbum de fotos viejas.

Tal vez sea por eso que, al cerrar la cancela, a Inés no le sorprende ver a Martín esperándola muy cerca del lugar en el que ella se había detenido antes para mirar hacia la ventana. Sí, tal vez sea por eso o quizás porque ya nada puede sorprenderla después de una noche como aquélla.

EPÍLOGO

——

—¿Así pues, miserable, procuras la salvación de mi alma?

—Por lo menos alguna vez hay que hacer una buena acción.

FIODOR DOSTOIEVSKY, *Los hermanos Karamázov*,
diálogo entre Iván y el Diablo.

Métetelo en la cabeza de un vez por todas, Jacinto, todo eso que parece tan inexplicable en esta vida, las casualidades, las coincidencias, los encuentros imprevistos, aquello que se diría tejido por una mano traviesa o atravesada, no son más que hechos fortuitos. No le busques explicación, podrías pasarte la vida entera estudiando sólo para descubrir que todo es pura carambola. Por ejemplo: resulta que un día, por azar, te encuentras en un lugar al que no pensabas ir y de pronto dices «qué raro es esto» porque acaba de producirse una inverosímil concatenación de hechos, como si hubieran estado esperando tu llegada. Otras veces crees ser testigo de unas coincidencias tan asombrosas que tiendes a atribuirlas a un Dios burlón o al mismísimo Diablo. Pero el mundo no funciona así, tenlo por seguro, ni siquiera existen la aristotiquia ni la cacotiquia (y qué sería aquello, se preguntó el muchacho), sólo hay azar, y el azar, ya lo dijo alguien, no es más que un loco que obedece a un único Dios: el capricho. Y ahora abrevia, dime cómo sigue la niña Lilí y luego, por favor, márchate, estoy aún más ocupado que antes.

Gregorio Paniagua no entendía por qué diantres estaba ahí perdiendo el tiempo con aquel muchacho cuando le esperaba tanta faena. Tenía aún que cortar unas rosas de su terraza para llevar a la señora, encargar varias cosas de carácter reservado en la farmacia, hablar con el servicio, contratar un nuevo peluquero, y un maquillador, velar su siesta.

—Alcánzame las tijeras, sí, esas de podar que están sobre la mesa. Gracias, muchacho.

Jacinto lo observó mientras cortaba unas raquíticas rosas con tal devoción que no pudo evitar pensar: pobre doctor, seguro que cree que porque las ha cultivado él serán más apreciadas por su dama, quienquiera que sea, pero son pocas las damas que se fijan en detalles tan sentimentales cuando las rosas son así de racas, creo yo.

—Haz el favor de hablar más alto, chico, apenas te oigo desde aquí fuera, a ver, ¿qué estabas diciendo?

A Jacinto le hubiera gustado, antes de relatar sus progresos con Lilí, disponer de tiempo suficiente para confiarle ciertos hechos relacionados con *Wagner*. Empezar diciendo cómo, preocupado por la muchacha y el color azufre que habían adquirido sus ojos, se había dedicado a seguir al gato durante varios días hasta ser testigo de hechos muy extraños. Paniagua en este punto seguro que le habría interrumpido con un: «Vaya, chico, así que tú eres de los que odian a los gatos y los imaginan capaces de todo tipo de maldades; hay mucha gente así, es creencia popular que los gatos son malignos, otro topicazo.» Pero él habría intentado justificarse: «No, patrón, yo no creo esas cosas, pero le juro que la otra noche lo vi colarse por la ventana

318

de una casa muy linda y señorial que hay por allá a poquitas cuadras. No me explico cómo entró, la ventana parecía cerrada, pero estuvo un buen rato y, al salir, parecía más satisfecho que gato en campanario, como dicen en mi tierra. ¿Quiere que le diga una cosa, patrón?», habría dicho Jacinto de ser autorizado a hacerlo y bajando la voz como quien relata un gran misterio. «Para mí que *Wagner* se dedicó a hacer de campanero una vez dentro. Sí, igualito que el gato del refrán, porque justo al salir oí sonar dos veces el carillón de un gran reloj que debía de haber en la casa, primero dando la hora y luego los cuartos. Se lo juro, patrón, dos veces seguidas como si el tiempo pasase más rápido de lo normal. Lo oí con mis propios oídos, ya, ya sé que me va a porfiar que es otro tópico como usted dice pero ¿le parece a su merced que los gatos pueden poner en marcha los relojes?, ¿es cierto que hacen repicar las campanas anunciando que pronto va a haber una boda o una muerte, tal como dice el refrán?»

No. Jacinto no dijo nada de lo anterior. Conocía a su vecino lo suficientemente bien como para saber que habría descartado semejante historia con un vaivén incrédulo de la mano al tiempo que repetiría su firme creencia de que todo en la vida es azar, puritita casualidad. ¿Y si le cuento lo del taxi?, se dijo Jacinto entonces, porque, en su seguimiento del gato, lo había visto hacer algo aún más asombroso. Inmediatamente desistió de la idea. Si la historia del reloj sonaba inverosímil, ¿cómo contar que la misma noche en que había visto a *Wagner* salir de la casa esa tan linda al son de las campanadas, pudo observar cómo, una vez ganada la calle, el gato se había detenido en la acera sentándose a continuación muy formal, como si aguardara algo o a alguien? Y usted no lo va a creer, señor, pero yo le aseguro que, al cabo de un rato, pasó por allí un taxi muy despacito, muy despacito, igual que si hubiera estado esperándolo. Se detuvo y pude ver al conductor —a la conductora, mejor dicho— y ¿a que no adivina a quién se parecía muchísimo? A una de las señoritas esas que usted me pidió que acompañara un día a su casa, ¿se acuerda, patrón? Sí, sí, ya sé que la moda de ahora hace que las señoritas sean toditas iguales, una pura hilacha si me permite la expresión, pero yo diría que era una de ellas, además, todavía me falta contarle lo más raro. Por Santa Rosa de Lima y todos los santos del cielo juntos, le digo que *Wagner* subió al vehículo (no abrió la puerta, saltó por la ventana, loco no estoy, señor) y entonces la lucecita verde del taxi se apagó igualito que si se hubiera montado un cliente y allá que se fue el gato como un hacendado en su auto. ¿Se da cuenta? ¿Qué me dice ahora, existen o no los mengues?

No, Jacinto tampoco contó la historia del taxi. Sabía que acá en Europa la gente era descreída. En su pueblo pasaban cosas inexplicables con suma frecuencia, hechos incluso aún más raros. Los viejos contaban los sucedidos y luego se santiguaban, los jóvenes se reían pero procuraban no olvidarlos, y todos eran respetuosos porque nunca se sabía cuándo iba a ocurrirle a ellos alguna mandingada. Acá en Europa, en cambio, uno no podía hablar de ciertas cosas so pena de quedar como un imbécil. Por eso y con resignación, Jacinto decidió circunscribirse a informar a su vecino sobre el estado de salud de la niña, tal como Paniagua le había pedido que hiciera.

—Sobre el tema de sus ojos amarillos —comenzó diciendo—, verá usted, patrón, yo...

Paniagua dejó por unos segundos su tarea para escuchar con más atención a su vecino. Necesitaba buscar un bonito papel de regalo con el que envolver el ramo de flores, pero retrasó la búsqueda, se sentía algo culpable. Había en este mundo otras personas además de la señora Ruano, él tenía a gala haberse interesado siempre por los pequeños problemas de sus allegados «hasta que apareció ella», se dice, «hasta que se eclipsaron incluso las estrellas del cielo», añade, pero no, no puede ser, hay que volver a la realidad, existe vida más allá de las diosas.

—Bueno, cuéntame, muchacho, cómo está la pequeña Lilí, ¿que sus ojos ya no son amarillos, dices? (qué bobada sería esa de los ojos amarillos, cuánta superstición, piensa). ¿Has logrado recuperar su afecto?, ¿en qué anda ese tramposo gato *Wagner*?, hace tiempo que no se le ve por aquí, y no puedo decir que lo eche de menos, la verdad.

Jacinto pasó entonces a contarle lo preocupado que había llegado a estar por la muchacha, «porque como usted recordará, patrón, yo vine a consultarle sobre la extraña conducta de Lilí con el gato y cómo andaban juntos todo el tiempo, de modo que yo llegué a pensar que estaba aposicionada... Aquí Jacinto se detuvo con cautela como si esperara que su vecino volviera a explicarle que eso de los aposicionamientos eran paparruchas de viejas, pero Paniagua parecía escuchar atento así que Jacinto se atrevió a ahondar un poco en el resbaloso asunto. —Aposicionada, patrón, porque aunque usted no lo crea, a Lilí le ocurría algo muy extraño. Como usted sabe, yo anduve consultando por ahí para ver cómo podía ayudarla, y además de con su merced, hablé con el padrecito Wilson que, aunque él es de su misma opinión en muchas cosas, en cambio piensa que...»

—¿Y quién es el padrecito Wilson, muchacho?

Jacinto caviló entonces que qué triste suerte la de los inmigrantes como el padrecito y como él mismo que estaban condenados a no existir o condenados, al menos, a un perpetuo olvido patronímico, porque no podía ser casualidad que cada vez que se mencionara el nombre de alguno de ellos, incluso ante alguien amable y fuera de toda sospecha de xenofobia como Paniagua, el retruque se repitiera como una letanía: ¿Y quién es el padrecito Wilson, muchacho?, ¿quién es...?, triste suerte la de los exiliados de la miseria y ¿cuánto tardaba un inmigrante en adquirir entidad suficiente como para no resbalar por las mentes olvidadizas de los privilegiados?, ¿cuánto en adquirir corporeidad? Todo esto se preguntaba Jacinto al tiempo que se convencía de que —como en el caso de su espionaje al gato *Wagner* y sus descubrimientos al respecto— lo más prudente era no contestar a la pregunta de Paniagua, sino callar. Si antes la razón para hacerlo fue el temor a la incredulidad de su vecino, esta vez calló para evitar una larga refutación. Porque Jacinto estaba seguro de que si le explicaba (por tercera vez, dicho sea de paso) la teoría del padrecito Wilson, esa de que el Diablo no existe pero en cambio existe su huella y que el mal es como una presencia o, mejor aún, un inexplicable soplo frío en la nuca como el que siente uno ante ciertas situaciones o personas, o animales... en fin, que si le exponía todo aquello, Paniagua habría dicho lo mismo que las veces anteriores: patrañas de viejas.

—Sujeta estas flores que voy a buscar un papel con que envolverlas —oyó que decía Paniagua, interrumpiendo sus pensamientos y luego, con indulgencia pero ya algo impaciente le había apremiado—: ¿Se puede saber qué te pasa, muchacho?, ¿a qué viene tanto silencio?, ¿te ha comido la lengua el gato?, ¿tienes o no algo que contarme de Lilí?

Jacinto se apresuró a responder «no, señor» a las tres primeras preguntas y «sí, señor» a la última, mientras que, de todo lo que pensaba haber dicho, de toda la información que se acumulaba en su cabeza y zumbaba como una abeja y pugnaba por salir para que alguien más supiera el asunto de las huellas y de las marcas del Diablo, el frío en la nuca y todo eso, tan sólo dijo:

—Tiene razón, señor, yo vine nomás para contarle que no tenemos que preocuparnos más por Lilí. Está muy repuesta de su crisis nerviosa. (¿Crisis nerviosa?, ¿tener los ojos color de azufre es consecuencia de una crisis nerviosa? La gente en Europa sí que es bien crédula). —Mucho mejor, señor, ha vuelto a trabajar con tanta diligencia como antes y es capaz de fabricar varias docenas de nevaditos del Guascarán sin que sus ojos de color caramelo...

—Cuánto me alegro, chico, Lilí es una muchacha tan bonita. ¿Y ves como yo tenía razón? Lo suyo no ha sido más que un malestar pasajero, cosas de la adolescencia, ahora está claro. En la vida hay siempre una explicación razonable para todo.

Razonable la vida, por lo menos así la ve Paniagua, feliz en su terraza cortando más rosas raquíticas que luego envolverá en un bonito papel junto con las anteriores, silbando una canción. Y dentro de un rato Gregorio Paniagua habrá olvidado su encuentro con Jacinto, que al final resultó de lo más intrascendente, y se llegará hasta casa de la señora a ver cómo se ha levantado hoy de la siesta. Y si por el camino se encuentra con Martín e Inés paseando, los saludará muy amable, qué pareja encantadora, pensará, qué suerte que la pequeña broma que le gastó a su diosa sólo para hacerle probar un poco de su propia medicina, haya servido para unirlos más, una pura carambola, naturalmente, pero todo en esta vida son carambolas sin sentido, ¿no?

«Adiós, pareja» es posible que diga en caso de verlos porque a Paniagua le gusta mucho el sonido de esa última palabra, igual que le agrada la palabra «par» y la palabra «dúo», vocablos que nunca ha podido usar respecto de sí mismo. Lo suyo ha sido una andadura solitaria, de estudioso, pero qué importa, todo está en los libros y la vida, según nueva teoría suya, es tan sólo un simulacro. Como lo que va a encontrarse cuando llegue a casa de la señora y la levante de la siesta, por ejemplo, sólo un simulacro. Porque ¿acaso esa mujer convaleciente y gris a la que alimentará como a un pajarito (cuidado, vida mía, toma otro poco, muy bien, ahora un sorbo de manzanilla, así, así) puede ser su diosa? Sí y no. Sí en el amor que siente por ella y no ante lo que sus ojos le muestran. Pero no importa, porque los ojos de Paniagua son muy imaginativos y capaces de ver no lo que hay sino lo que él desea que haya. «No existe destino por adverso que sea que no pueda conjurarse con la más total indiferencia», decía Camus. Y Paniagua, gracias a las últimas experiencias vividas, ha logrado llevar tanta sabiduría un paso más allá: sin duda el destino (y el azar) son dos caprichosos impenitentes que hacen con nosotros lo que se les antoja, pero existe otro modo aún más eficaz que la indiferencia para conjurarlos: hacerles trampas y ver las cosas, no como son, sino como uno quiere que sean. «Tal como ha hecho siempre la señora», se dice Paniagua, nuevo prosélito de tan sutil religión, una que él, como buen converso, ha abrazado con verdadero fervor. Todo es impostura, se repite Paniagua. Pero qué importa si gracias a ello él logra seguir viendo a su diosa tan divina como era apenas unos días atrás: vamos, apóyate en mí, ahora te levantaré un poquito para que puedas ver la calle, hace una tarde preciosa, casi parece primavera y, mira, te he traído rosas.

También las rosas son divinas, naturalmente, cómo no iban a serlo si todo es simulacro. Y si Paniagua alargase un poco más su paseo antes de llegar a casa de la señora, seguramente sería testigo de otros muchos devenires caprichosos o simulacro de tales, según tan inusual creencia. Vería, por ejemplo, sentado en la terraza del bar que él solía frecuentar con Martín antes de que ambos tuvieran las tardes tan ocupadas, a un escritor camino del premio Médicis que suele tomarse un anís a esas horas junto a su bolsa de supermercado. Y a su vez, este escritor de gran talento literario y magnífica sensibilidad se encuentra mirando a su alrededor en busca de un tema para su próximo libro (que será un desquite feroz contra los malditos filisteos, bucaneros de premios literarios, ratas de alcantarilla literaria, ya se enterarán de lo que es un genio) cuando ve pasar a Paniagua y su escuálido ramo de rosas. Por un momento se fija en él, qué tipo curioso, parece un caballo famélico, tal vez se pueda inventar algo, fantasear sobre su vida, se dice, pero inmediatamente desecha la idea; una gran novela no se escribe con personajes enigmáticos —eso queda para los folletines— sino con personalidades. Y este excelente escritor camino del premio Médicis se dice que él tiene a mano la mejor de las personalidades, la más rica y polifónica, polisémica diríamos, llena de bellas contradicciones y abrumada por la inmensidad de lo ineluctable. ¿Pilar? Síí, Pilar, ya lo tengo, voy a escribir una novela que te vas a quedar pasmada, anuncia vía teléfono móvil con eurekiano entusiasmo. Ya, ya sé que te había prometido intentar algo de intriga, policiaco como hacen ahora todos, incluso Ignacio de Juan, pero he decidido que no, basta de concesiones a la galería. Lo mío va a ser genial, tengo el mejor personaje novelesco: yo mismo, ¿qué dices, pero qué dices, Pilar?, no seas soez, chica. ¿Paja ment... cómo puedes decir que será otra paj...? Mira que cuelgo, Pili, mira que me paso a Mercedes Casanovas, que hace años lo estoy pensando, ¿eh? ¿Que busque a mi alrededor y escriba sobre personas de carne y hueso?, ¿y yo qué soy?, ¿qué soy, Pili? ¿Que yo nunca he escrito sobre alguien que no sea yo, mi, me...? Mira, Pilar, que no tienes ni idea de literatura, mira que te cuelgo, dedícate a tus labores, bonita, que te zurzan, guapita. Por Dios, por Dios, lo que hay que aguantar, ¿qué hacer?, ¿a quién recurrir? Pensemos, y mientras lo decido, otra absenta. Doble, si no te importa, Josemari, tengo que hacer algo drástico. Coraje.

Camino de casa de la señora es posible que Paniagua coincida con algún otro personaje de esta historia, porque si la vida es un simulacro y todo lo que ocurre es producto del azar —ese loco insensato que sólo obedece al capricho—, si es así, si sólo puede vencerse el destino con la más total indiferencia, Camus *dixit*, o con el fingimiento, según sabia teoría de Paniagua, no es de extrañar que ocurran cosas como las siguientes.

FERDY, TESORO, Y EL PADRECITO WILSON
—

En el departamento de relojería de unos grandes almacenes cercanos, dos hombres hablan por sus teléfonos móviles mientras esperan a que les cambien la pila de sus relojes. Y al hablar permiten que su vista vague hacia el cuerpo del otro. Lo hacen con la indiferencia y la impunidad con la que se puede mirar un mueble, porque les da lo mismo posar la mirada en una persona o hacerlo en un objeto; su atención está al otro lado del teléfono y no a éste.

—*Senti Donatella* —la conversación tiene lugar en italiano, naturalmente, ponga el lector su imaginación en ello—, *senti*, tesoro, regreso hoy mismo. ¿Me invitas a tu casa de Cortina d'A. durante unas semanas? No, no me pasa nada, te equivocas, belleza, yo adoro Madrid y adoro a Beatriz, qué tonterías dices, Donatella querida, claro que no.

La vista de Ferdy se ha detenido de pronto en los botones de la chaqueta del padrecito Wilson, gastadísimos botones de hueso que en otros tiempos debieron de ser hermosos. Buen lugar aquel para posar la vista, suaves los bordes raídos por el uso, perfectos para descansar la mirada mientras se miente:

—...Beatriz está guapísima como siempre, mejor que nunca, yo sólo adoro a señoras *first class* como ella, y como tú, tesoro..., no, te lo juro, no ha habido ningún cortocircuito como tú dices, lo mío por mujeres como vosotras es auténtica pasión estética; no pido nada a cambio, simplemente amo —mancha de tomate, hay una a la derecha de la bella hilera de botones gastados. Ferdy no hace la asociación de ideas de modo consciente pero su vista sí, su vista recuerda otras manchas igualmente proletarias y rápidamente se aparta de ésta, *porco pomodoro*... —En fin, querida, que si no puedo ir a tu casa, no te preocupes, tengo invitación perpetua en casa de Stellina, dejémoslo, ¿quieres? Creo que mejor me voy con ella, Torino está sensacional en esta época del año, lleno de Agnellis.

—...Y el 23 estaré de nuevo en Turín —dice el padrecito Wilson. Por un momento su mirada y la de Ferdy se cruzan. Pero tampoco es cuestión de sorprenderse porque los dos estén hablando de la misma ciudad, coincidencias sin importancia, que diría Paniagua, meras carcajadas del azar caprichoso—. Sí, ya tengo lo que usted me pidió en el último viaje, una carta de recomendación de mis superiores. En efecto, como ya se lo adelanté por *e-mail*, me interesaría consultar más a fondo lo que haya en su convento sobre la figura del Ángel caído, todo el mundo sabe que Turín es un ciudad dedicada a... Mire, si a usted no le sirve de molestia yo quisiera...

El padre Wilson, por su parte, también tiene propensión a dejar que sus ojos vaguen por el objeto más próximo mientras habla por teléfono, y el objeto más cercano en este caso es Ferdy. Sin embargo, por un pudor ancestral, sus ojos no se elevan más allá de las rodillas del observado, ésta es la razón por la que se pasean por sus zapatos. «Fratelli Rossetti», dice para sí el padrecito, que no sólo entiende de ángeles caídos y luego al teléfono:

—¿Le puedo llevar algo de Madrid? Cómo no, cómo no, con mucho gusto, lo compraré en el *duty free* del aeropuerto sin problemas. ¿Dos de Fra Angelico y una de Benedictine verde? Muy bien... Ah, ¿y tres de whisky Monks? Cómo no, faltaría más...

Y si la conversación que mantienen ambos clientes de la sección de relojería se hubiera dilatado unos minutos más, Ferdy y el padre Wilson hubieran descubierto que ambos pensaban volar a Turín el mismo día, casualidad que no tiene importancia alguna, como la mayoría de las que ocurren en este mundo, encuentros sin sentido ni trascendencia, conversaciones que no conducen a nada, igual que la que ahora les une muy brevemente:

—Perdone, creo que este reloj es el suyo y aquél el mío —dice Wilson sonriendo al ver que la dependienta, que es muy joven, ha puesto delante de él un bello reloj de múltiples esferas y a Ferdy le ha dado su viejo Tissot.

—Gracias —dice Ferdy, devolviéndole el Tissot suspendido por la punta de la correa como si fuera una desagradable lagartija—. Gracias —repite, pero no mira al padrecito Wilson más que de pasada, ¿por qué habría de hacerlo si no se conocen ni tienen nada en común? Y si alguna vez, quién sabe, quizá el próximo día 23, Ferdy y Wilson coinciden en la tienda libre de impuestos del aeropuerto, comprando vituallas, lo más probable es que ni siquiera recuerden que han coincidido antes en otra ocasión, corroborando así una vez más la teoría de Paniagua de que en la vida todo es una pura carambola sin sentido: sólo en las novelas las coincidencias tienen algún significado. En la realidad la mayoría no son más que breves e insignificantes encuentros sin consecuencia.

Y si la teoría de Paniagua resulta correcta, es muy posible que otra escena que se desarrolla por ahí cerca tampoco llegue a tener trascendencia de ningún tipo. Porque, para ahondar en la idea de que se producen multitud de casualidades pero la mayoría de las veces nosotros ni siquiera nos damos cuenta, en las grandes ciudades como Madrid pueden pasar décadas sin que volvamos a coincidir con un compañero de colegio, por ejemplo, o con un novio de la adolescencia que desapareció tragado por esa ciudad con la misma arbitrariedad que un día nos juntó. Y aunque todos en Madrid veamos la misma mañana de sol y el mismo programa de telebasura, nuestros mundos no se tocan, como si fuéramos diminutos planetas vagando por el espacio cada uno atento a su movimiento de rotación. O tal vez sí vuelvan a tocarse, pero sin que nosotros lo sepamos porque ¿cuántos compañeros de colegio habrán coincidido en la cola del cine sin reconocerse?, ¿cuántos novios de la adolescencia se habrán cruzado en la calle sin verse? Y no tanto porque hayan —hayamos— envejecido hasta volvernos irreconocibles sino porque vamos demasiado absortos en nuestros planetitas, habitando mundos concéntricos y personales en los que la realidad no es más que paisaje.

Como le ocurre ahora a Paniagua, lejanísimo en su asteroide, preguntándose si por fin esta tarde logrará convencer a la señora para dar un pequeño paseo, y ojalá lo consiga, porque desde el día del segundo engaño no ha querido salir a la calle. Vamos, querida, te hará bien, una vueltecita a la manzana nada más, pero antes nos tomaremos un poco más de manzanilla, dos cucharaditas nada más, ángel mío.

Y todo esto va pensando Paniagua, al tiempo que cavila sobre cuánto ha cambiado su posición después de ese día, porque no hay duda de que ahora es él quien maneja los hilos de la vida de la señora; no todos, es cierto, aún le queda convencerla para que vuelva a hacer vida normal, para que acepte ver a su hija y también a Martín (he ahí el obstáculo más difícil, se dice Paniagua, ¿cuánto tiempo tarda una persona de ánimo frágil en exorcizar los fantasmas del ayer?, ¿cuánto en conseguir que un rostro dolorosamente parecido a otro muy amado no le traiga a la memoria la sombra de aquel que perdió?). Paniagua le había rogado a Inés y a Martín paciencia durante unos días y también carta blanca. Lo más conveniente, según él, era que se mantuvieran alejados de la señora hasta que él solucionara ciertos problemas. Y Gregorio Paniagua está muy seguro de lograrlo, porque ¿acaso no lo había hecho impecablemente en dos ocasiones anteriores? «Ven, tesoro, no te preocupes, Paniagua se encargará de todo», diablos, la frase comenzaba a ser como un mantra en su vida.

Tan absorto iba él en su mundo interior, tan ocupado en deshacer entuertos, que le podría haber pasado por delante hasta el mismísimo lucero del alba sin que reparase en su presencia. No pasó el lucero del alba, pero sí dos conocidas suyas que tampoco parecieron verle, pues tenían una manera muy particular de transitar por la calle: ambas con las manos hundidas en los bolsillos de sus chinos, ambas mirando al frente como pequeños soldados de un inmenso ejército hablando en voz muy alta la una con la otra o, tal vez, con algún interlocutor desconocido al otro lado del pinganillo que llevaban en el oído izquierdo. Es muy posible que hicieran ambas cosas a la vez porque la conversación, en caso de que alguien hubiera prestado atención a ella (nadie lo hizo, cada uno iba por ahí muy pendiente de la rotación de su minúsculo planeta, ocupándose de deshollinarle los volcanes, de arrancar los peligrosos baobabs y todo eso), hubieran oído algo parecido a:

Ro (*al micrófono de su teléfono móvil*):
—¿Sííí? Uy, no, desde luego que no, lo consultaré pero lo veo muy difícil, tío.
Kar (*en otra conversación también a su micrófono*):

331

—...¿El premio Médicis dice usted? ¿Y quién le ha dado nuestro número? Espere un momento, lo tengo que consultar. Llámeme en media hora.

La mirada al frente, dos tragos de agua de sendos botellines más tarde y Kar le dice a Ro:

—¿Ro?

—¿Qué, Kar?

—Estoy muy cansada, éste es un mes de muchísimo trabajo...

—¿Era un escritor, verdad?

—Son los más pesados de todos, incluso peor que los políticos. ¿Y tú con quién hablabas, también un...?

Asentimiento de cabeza por parte de Kar y luego:

—Sí, era Ignacio de Juan para quejarse. Dice que para cuándo lo suyo.

—Es que lo suyo va a tener que esperar.

—Ya, pero él insiste en que en el pack que acordamos iba incluido el...

—Y qué, ¿qué pasa?... Ah, ya caigo: según todos los pronósticos el año que viene le tocaría a un hispanohablante, ¿no? Vaya, vaya, pues me temo que no va a poder ser, Kar, S. J. tiene prioridad, contrato de 1968, figúrate. De Juan tendrá que ponerse a la cola otros veinte años por lo menos. Pero bueno, se lo puede permitir, es muy joven.

—No tanto, Ro, recuerda que lo de conservar la juventud también iba en el pack, en realidad debe de andar por los cincuenta y tantos.

—Que se espere, joder, ya sabes lo que dijo ese otro cliente al que le vendimos el don de filosofar: «Lo que no pue ser, no pue ser.» Un tipo simpático aquél, ¿cómo se llamaba?

—No sé, Ro, son legión.

—¿Y a ti quién te llamaba, Kar?

—*Otro* escritor más, éste quiere el premio Médicis.

—Humilde, ¿no? Pudiendo pedirlo todo.

—No sonaba muy humilde que digamos, desinformado diría yo, pero eso nunca ha sido un *problema* para nosotros, ¿verdad, Kar?

Risas.

—Ningún *problema*, Ro.

—¡Corten! ¡Corten! Son las seis de la tarde, descanso.

Eso dice una voz detrás de la cámara, y las chicas se detienen, quiebran la cadera en lo que podría llamarse una moderna versión de la militar postura de descansen y sacan un paquete de Chester. Guadiana Fénix Films tiene fama de ser una compañía muy respetuosa de los convenios laborales, está siempre a favor del trabajador y garantiza todas las conquistas sociales. Es cierto que las colaboraciones que ofrece son de corta duración y que no vuelve a contratar a los mismos operarios una segunda vez, pero tanta precariedad laboral está compensada por unos salarios inusualmente altos y una cantidad única de descansos en los rodajes como el que se dispone a disfrutar ahora el equipo técnico (formado por una realizadora, un cámara y un ayudante): la llamada pausa del cigarrito de media tarde.

Ya casi nadie fuma en este mundo, es cierto, pero ni hablar de renunciar a esta minipausa estipulada por convenio (la jornada laboral en Guadiana Fénix Films ofrece seis pausas del cigarrito amén de la pausa para desayunar, la pausa del bocata de media mañana, comida principal, merienda, bocata de la tarde y en fin...). El grupo técnico (contratado para esta ocasión) es sumamente ecológico. Sólo las chicas, Kar y Ro, que no son parte del equipo eventual, sino fijas de la productora, aprovechan para fumar. Los técnicos las miran con recelo y se mantienen a distancia: primero porque acaban de conocerse hace escasos minutos y segundo para que no les atufen con su humo apestoso, tías jurásicas del copón, comenta la realizadora, mientras se dispone a degustar un Bio con L. Casei Imunitass.

—Si el curro no estuviera tan mal me iban a ver a mí colaborando con esta productora alternativa y semiclandestina —dice ahora el cámara, que ya saborea un yogur de kiwi con fibra.

—¿Y qué os parece el coñazo que estamos rodando? Según mi primo, que colaboró para ellos hace unos años, se dedican a hacer programas de televisión sobre camelos a personajes famosos, pero al final nunca se emiten.

—Cómo se van a emitir, quién se los va a comprar —interviene el cámara (barrita de oligoelementos con bífidus es su elección para la pausa)— si los personajes que eligen no los conoce ni Dios. Famosos, ¿pero qué coño famosos?, ¿quién es ese Ignacio de Juan del que hablan? ¿Y S. J.? ¿A ti te suena de algo S. J.?, ¿escritores de renombre universal, dices?, ¿candidatos al Príncipe de Asturias y al Nobel, incluso? Anda ya, menudo coñazo. En este país hay un dineral de la hostia, y demasiada gente dispuesta a malgastarlo, ¿adónde irá todo este material? Joder, joder cómo está el curro, pásame el queso fresco con perfume de mango, ¿quieres?, Martínez.

Se reojean los bandos, los saludables a la derecha y a la izquierda las chicas fumando Chester, ajenas a los mordientes comentarios de los sanísimos. Y si alguien al pasar escuchara ambas conversaciones (huelga repetirlo, nadie lo hace: demasiados problemas en los planetitas de cada uno, contratiempos con los baobabs y todo eso), sería testigo de ráfagas de charla tan crípticas como éstas:

CONVERSACIÓN EN EL BANDO DE LOS SALUTÍFEROS

—Coño, no te quejes. Los de la agencia me dijeron que los de Guadiana pagan religiosamente y eso hoy en día no

334

se ve por el mundo, de modo que date con un canto en los dientes —opinó la bebedora de bífidus activos.

—Sí, tienes razón —intervino Yogur de Kiwi—, pero yo, no sé... verás, el otro día cuando me llamaron para este trabajo, al entrar en la oficina sentí, ¿cómo decirte?, un frío en la nuca, un soplo helado, una sensación como de algo... un mal rollo...

—Quia, eso es que te falta potasio, tío —opinó Barrita de Oligoelementos—. A mi madre le pasa lo mismo pero se come un plátano y no veas, como nueva.

CONVERSACIÓN EN EL BANDO CHESTER

—¿Sabes una cosa, Ro?

—¿Qué, Kar?

—Que estoy hasta el jopo de esta gente, ¿me dejas que los fumigue?

—Claro que no, cariño, todavía los necesitamos. No querrás que se nos quede el trabajo de compra-venta de esta semana a medias, nosotros nunca dejamos trabajos a medias.

Mientras beben agua y fuman en silencio suena el teléfono de Ro.

—¿Quién era, princesa?, ¿otro escritor, una escritora esta vez? Menudo coñazo.

—No sé, se cortó.

—¿No sería la señora esa, la clienta de la semana pasada? Me extraña que no haya llamado, no parece ser de las que fácilmente se dan por vencidas.

—¿Quién, Kar?

—Vamos, ya sabes, la que se vendió a cambio de poder amar en cada nuevo cuerpo que abrazaba a un muchachito muerto años atrás, una idea tan romántica, tan sutil, una bella forma de perder el alma.

335

(Suspiro.)

—Sí, tienes razón; ése sí que fue un bonito trabajo. Son los casos que más gustan a un profesional, es un placer servir a gente como ella, ¿verdad, Ro? Qué pena que con tantas solicitudes no podamos dedicar más tiempo a peticiones así. Un trabajo tan bien hecho el nuestro y con un resultado perfecto, logrando que cada cual recibiera lo que se merecía. Una verdadera filigrana.

—Ya, pero el *poblema* es que resulta cada vez más difícil encontrar buenos sirvientes... ayudantes, quiero decir, para montar los camelos y como no podemos repetir operarios para que no resulte demasiado cantoso...

—Fíjate en esta pandilla —dice Kar señalando con el mentón a los tres técnicos que continúan disfrutando de su salutífera versión de la pausa de cigarrito.

—Si no encontramos gente mejor, vamos a tener que renunciar a hacer trabajos artesanales y dedicarnos al mogollón, a la producción en serie.

—No digas eso, princesa, no debemos permitir que el *prêt-à-porter* estropee nuestro departamento de alta costura. ¿Sabes una cosa? Se me está ocurriendo que a lo mejor podríamos darle una nueva vuelta de tuerca a nuestro bello trabajo de la semana pasada, sólo para no perder la práctica; los artistas necesitamos ejercitar nuestro talento para que no se oxide. Mira, pero mira qué casualidad...

—¿Dónde, Ro?

—Allí, Kar, por encima de las cabezas de los comedores de bífidus. ¿No son esos dos tortolitos que se disponen a entrar en su casa los mismos que utilizamos en el camelo a la señora Ruano?

—Sí, Ro.

—¿En qué estás pensando? Deberías contentarte con que nos hayamos divertido tanto y haber *servido* a nuestra manera. Pero, dime, ¿qué se te ha ocurrido?

Las cabezas de Yogur de Kiwi y de Barrita de Oligoelementos están demasiado cerca como para que Kar se arriesgue a que oigan lo que tiene que decirle a su amiga, por eso se vuelve hacia ella y le susurra algo al oído.

—¿Te parece?

(Otro aparte al oído.)

—¡Me parece!

—Mira, mira, Martín e Inés están a punto de entrar en su casa, es el momento ideal para retomar esa historia y darle otra interesante vuelta de tuerca. La vida no es como las novelas que acaban cuando chico salva a chica de vieja historia del pasado y adiós, mamá, ¿verdad que no?

—Claro que no, Kar, ni siquiera termina cuando un buen sirviente casi consigue torcer el devenir de las cosas y logra que se produzca un final feliz. Aquí estamos nosotras para impedirlo.

—¿Retomamos el caso entonces?

—Un artista nunca está satisfecho con su obra ¿verdad?

—Verdad.

—Pero no podemos continuar trabajando en la historia de la semana pasada si no nos libramos antres de estos tontos ayudantes de hoy. ¿No te parece?

—Claro, princesa, tienes toda la razón. Tú échale un ojo a Inés y Martín para que no se nos escapen, que yo me ocupo de los salutíferos y en seguida retomamos la historia por donde la dejamos.

—¿Y Paniagua?

—Descuida, él no tiene más remedio que ayudarnos, su bondad lo convierte en nuestro mejor sirviente.

—¿Y *Wagner*?

—Con *Wagner* sí hay que tener cuidado, cariño. La otra vez casi logra que nuestra broma saliera mal.

—¿Qué hacemos?

—De momento, buscarlo. ¿*Wagner*? ¿Dónde estás, bonito?

337

—¿*Wagner*?

—¿*Wagner*?... Ah, mira por ahí anda, pero ten mucho cuidado con él, nunca llegaremos a saber a ciencia cierta en qué bando está ese maldito gato.

La tarde madrileña huele a humo y no porque se haya contaminado de los Chester de las chicas, sino porque noviembre siempre ha olido así, a hojas quemadas. Aunque el ayuntamiento prohíba tal práctica, el humo es el olor del otoño. Y ese aire con leves variantes es el que envuelve todos los rincones de la ciudad y a los protagonistas de esta historia. Suavemente contaminado por L'Air du Temps y rosas raquíticas es el que se adueña de la casa de la señora Ruano, quien ahora, aprovechando un descuido de Paniagua, vuelve a estirar una mano furtiva hacia el teléfono. Recio y callejero el aire que flota en torno al padrecito Wilson y a Ferdy, ambos saliendo del departamento de relojes, con prisas y sin mirarse. Teñido de amor el que respiran Inés y Martín de la mano y casi a punto de entrar en su casa de la calle Ventura de la Vega: un segundo más y meterán la llave en la cerradura. Teñido de amor también es el aire que reina en la confitería clandestina donde trabajan Jacinto y Lilí, sólo que este último tiene un leve rastro de azúcar, de nevaditos del Guascarán. Y hasta que otra cosa que no sea el aire los junte de nuevo, los diez viajarán cada uno en su minúsculo asteroide gobernados por el azar, ese que sólo conoce un amo: el capricho, según la interesante teoría de Paniagua. De modo que lo mejor es que cada cual se ocupe de sus cosas —de sus simulacros— porque, siempre según el doctor Paniagua, que sabe tanto, en eso consiste la vida.

ÍNDICE

OTROS TÍTULOS DE LA COLECCIÓN

DULCE CHACÓN
Cielos de barro

MATILDE ASENSI
El origen perdido

NATIVEL PRECIADO
Bodas de plata

MÀRIUS CAROL
El secuestro del rey

LUIS RACIONERO
El alquimista trovador

JUAN ESLAVA GALÁN
La mula

JAVIER GARCÍA SÁNCHEZ
Dios se ha ido
Premio Azorín 2003

JOSÉ MARÍA GIRONELLA
Los cipreses creen en Dios

ANTONIO GALA
El dueño de la herida